宮澤賢治『銀河鉄道の夜』の真実を探って

佐々木賢二

誠文堂新光社

宮澤賢治『銀河鉄道の夜』の真実を探って

目次

装画・本文イラスト　こよみ丸
写真　牛山俊男

序

一九三三年（昭和八年）九月二十一日、三十七歳にして宮澤賢治はこの世を去りました。その理想は現実や度重なる病のなかで苦闘し、そのこころざしは半ばにして死によりピリオドを打たれましたが、幸いなことに多くの作品が生み出され、わたしたちは今それを眼にすることができます。その作品の数々は日本の文学のなかでも異質な光を放ち、その光はますます現代のわたしたちの中で輝きを増しているように思えてなりません。その時代を超えた普遍性とは何なのでしょうか。その普遍性は私たちの現在の生き方にどのように影響を与えることができるのでしょうか。これらの疑問に対して、『銀河鉄道の夜』という作品を通して少しでも迫ってみたい、そう願って、この作品に向かってみたいと思います。

宮澤賢治の思想をたどる時にはまず、「農民芸術概論綱要」から始めるのがよいと思われます。賢治唯一の理論的著述といってもよいこの作品には、『銀河鉄道の夜』にいたる背景が、かなりの部分まで表明されていると思われるからです。そのエッセンスが凝縮された「序論」の部分を書き出してみます。

……われらはいっしょにこれから何を論ずるか……

おれたちはみな農民である　ずゐぶん忙しく仕事もつらい
もっと明るく生き生きと生活をする道を見付けたい
われらの古い師父たちの中にはさういふ人も応々あった
近代科学の実証と求道者たちの実験とわれらの直観の一致に於て論じたい
世界がぜんたい幸福にならないうちは個人の幸福はあり得ない
自我の意識は個人から集団社会宇宙と次第に進化する
この方向は古い聖者の踏みまた教へた道ではないか
新たな時代は世界が一の意識になり生物となる方向にある
正しく強く生きるとは銀河系を自らの中に意識してこれに応じて行くことである
われらは世界のまことの幸福を索ねよう　求道すでに道である

この序論中では農民となっていますが、農民に限る必要はなく、まじめに生活のために働いているすべての人々に置き換えてよいと思います。そのような人々は日々の生活やつらい仕事に追われて忙しく、なかなか日々を明るく生き生きと生活することができていない実情があります。その実情のなかでなんとか明るく生き生きと生活することを願う時、苦しい環境のなかでも明るく道を切り開いてきた古い師父たちの実践が、わたしたちに勇気を与えてくれますし、正しい行動の持つ意味を教えてくれます。釈迦やキリストもそのような師父でしょうし、我々からみれば宮澤賢治その人もそのような師父の一人であるといってよいと思います。賢治には明るい人のイメージはあまりないのですが、実は明るく生き生きと生きることを求めていたのです。

そこで芸術の実践に向かっていくに際して、賢治は重要なポイントが三つあると述べています。一つは「近代科学の実証」であり、二つは「求道者たちの実験」であり、三つ目は「われらの直観」であるというのです。そしてこの三つが一致するところに道が拓けると表明しています。一つ目の「近代科学の実証」について、近代科学は芸術とは一見無関係に思えますが、そうではないというのです。それはわたしたちを取り巻いていて、いつの間にわたしたちの考えを間違った方向に導いてしまう事柄の数々も、それらを科学的に見ることでそのなかにある真理を客観性を持ってしっかり摑むことが可能になり、その真理に従って芸術活動をすることで科学が明らかにした真実に基づいて本当に人々ための芸術活動ができるようになるのですから。そこでこの「農民芸術概論綱要」のもとになった一九二六年賢治三十歳時の岩手国民高等学校での講演（伊藤清一の講演筆記帳より抜擢）を見てみます。ここでは科学は既成の芸術宗教に対するものとして考えられています。そこを抜き出してみますと、

今日の芸術家宗教家なんと云ふ者は食ふ為めに行ってる様なものである
宗教はつかれ、科学に依って置換された、然も科学は未だに暗く冷たい
芸術は今吾等を離れ多くはわびして堕落した、トルストイ曰く人々の一割のための芸

術なり
併して胸の底から湧くものにあらじして知的である、
今日の芸術は無力、虚偽である、
都会の脳髄人の遊戯であると云ひ
又才気、名誉の為め、金の為めの芸術である、
今日の文学校等皆んな之れである、
併して避難所となった、
実生活の避難所にして阿片の如きなり

既成の宗教や芸術や文学に対する厳しい言葉が述べられています。そこで「近代科学の実証」とは、既成の宗教や芸術に惑わされることなく、科学的にこの世界の真実を観究めることをいっているのだと思います。しかし「科学は未だに暗く冷たい」のです。一九二六年当時に較べて現在の科学は、知識量は比較にならないくらい増大していますし、そのことによりわたしたちはこの世界の真実の姿をより深く知ることができるようになっています。しかしそのような知識の進歩がこの世界の本当の姿を掛け値なしで明らかにし、そのことで私たちの精神が豊かに深くなっているのかどうかは、まだまだと言わなくてはならないと思います。たとえばこの宇宙の本当の姿は実のところ私たちにはまだまだよく分からないことだらけなのですし、科学はまだまだ迷妄

のなかにいるのかもしれません。また科学が大量破壊兵器をつくりだし人類に惨劇をもたらしたのも現実ですし、誤った科学的言説が権威の名のもとに横行し真の科学を否定してしまうことも無きにしもあらずなのです。

二つ目に「求道者たちの実験」と述べていますが、実験とは新しい世界に挑戦してゆく創造的な営みのことであり、また求道者とは、本当にこの世界をもっともっと明るく生き生きとした世界にしようと志している人々のことであると思いますが、そのような人々は、いままでの既成の概念を乗り越えて、豊かな創造力を持って新しい芸術作品を創り出して行こうとする、そのような実践を通してこそ求める世界が実現できるというのです。

そうして三つ目の「われらの直観」ですが、再び岩手国民高等学校での講演筆記帳から引用しますと、

農民芸術とは宇宙精神の地人の個性を通ふずる具体的な表現である、
そは直観と情緒との内経験を素材としたる無意識時に有意的なる創造である、

とあります。ここでは農民芸術となっていますが、農民に限ることはないと思います。つまり芸術を創造することとは、宇宙精神というものを個々人の個性を通して具体的に作品として表現しているのであり、それは個々人がそれぞれの内部で、その時点その時点で経験しているさまざま

な直観と情緒を素材として、それらを無意識の作用というるつぼの中に投げ入れ、その中から生まれてくる意志的具体的な創造の産物なのだというのです。つまり無意識の領域にある宇宙精神を、直観を通して意志的に具体化し、芸術として表現するというのです。この点に関して賢治は同じ講演において次のように述べています。「正しく強く生きるとは、銀河系を自らの無意識として自覚しこれに応じて進むことである」と。「銀河系を自らの無意識として自覚すること」とは、銀河系は、わたしたち生命を生み出した母体として、一人一人の無意識の中に厳然として存在し続けているのであり、そのことを自覚することが必要であると言っているのだと思います。それは『銀河鉄道の夜』が賢治のなかの無意識の中にある銀河系の意識化から生み出されてきたものなのだ、ということを暗示しているのではないでしょうか。

そしてこれらの三つの点を一致させることが、農民芸術を論じるときの根本であるというのです。そこで賢治は述べます。「世界がぜんたい幸福にならないうちは個人の幸福はありえない」と。世界中にはどこかで常に紛争があり、貧富の差や、独裁や、テロや麻薬やその他諸々の不幸や矛盾があるわけであります。そうすると個人の幸福はあり得ないことになるのでしょうか。そういう諸々の実情も厳然としてありますが、賢治がここで言いたかったことは、その次の文の内容なのだと思います。「自我の意識は個人から集団社会宇宙と次第に進化する」。個人で事足れりとする世界から次第に拡がって、集団や社会そして地球全体にそしてさらに太陽系から銀河系へと拡がって行く、そのような自我意識があるというのです。つまり銀河にまで開かれた自我意識はおのずと世界全体の幸福を考えるようになるのであり、そのことが自我の必然的な進化だというのです。そしてそのような進化した自我意識のもとでは個人の幸福と世界全体の幸福は密接に結びついており、世界全体が幸福にならなければ個人の幸福はありえないというのです。つまり個人の自我は個人の幸福だけを問題にする次元から地球全体の幸福を問題にする次元にまで進化し、またそれは宇宙意識にまで繋がっているのです。この考えを突き詰めると、『銀河鉄道の夜』でしばしば語られる「ほんとうにみんなの幸いのためならば僕のからだなんか、百ぺん灼いてもかまはない」との言葉に結びついてくるのだと思います。

同じく岩手国民高等学校での講演筆記帳で「農民芸術概論綱要」序論と同様に、「自我の意識は個人から集団社会宇宙と次第に進化する」と述べたあとに括弧つきで次のように述べています。（仏教では法界成仏と云ひ自分独りで仏になると云ふことが無いのである）と。自我の意識が宇宙意識にまで進化するとは、仏教でいうところの法界成仏と同じであるというのです。法界とは宇宙全体を意味していますので、法界成仏とは宇宙全体が仏となるということですし、また仏とは宇宙の真理を体得した人々ですので、宇宙そのものがそのような真理体得者に従って真理そのものとなるというのです。言い換えますと、宇宙の真理を把握した真理体得者の意識は、個人の自我の意識の中だけに留まることなく、法界つまり宇宙全体に及んでいるというのです。このように自我の意識が個人から宇宙や銀河にまで進化して行くことは、『銀河鉄道の夜』の大きなテーマでもあります。主人公ジョバンニの自我意識が銀河の旅のなかで進化して深まって行く、その軌跡をたどる物語といっても過言ではないのですから。そしてその物語をたどりながら、わたしたちの自我意識が宇宙へと拡がり深まって行く、そのことが賢治の願いなのだと思います。

次には、賢治の思想の根本には仏教がありますので、その創始者である釈迦に思いを致して、「この方向は古い聖者の踏み教へた道ではないか」との言葉が語られます。そこでは釈尊の意識が、釈尊個人を超えてあらゆる生命非生命、原子から銀河や宇宙にまで及んでいることが、賢治には実感を持って感じられたのだと思います。そして次の言葉、「新たな時代は世界が一の意識になり生物となる方向にある」に続いて行きます。つまり釈尊と同じ様に、一人一人それぞれが不可分に宇宙と結び合っていると感じ取れるならば、「世界が一の意識になり生物となる」方向へと向かうことになると、賢治は言っているのだと思います。世界をそして宇宙全体を一つの生物とみるとは、宇宙全体を生き生きと自分の中で感じるとともに、その中の構成員としての自分の姿を感じることでもあります。そうすることにより、自分と宇宙とが継ぎ目なしに繋がって行くといってよいのです。そこで自分の存在と宇宙との関係について、現代の宇宙論で語られる物質の生成を考えてみるのは、この言葉の理解に多少なりとも有用であると思います。

宇宙の中で物質が生成される混沌とした場においては、バリオン（陽子や中性子）やレプトン（電子やニュートリノ）や光子が存在し、それらから核融合を経て水素やヘリウムが形成されます。その水素やヘリウムが重力の作用により集まってやがて最初の星が形成されます。その最初の星の中心部で核融合により炭素や酸素や窒素が形成され、さらにその星の寿命が尽きる時には超新星爆発によりマグネシウムや鉄などの重金属が形成されました。そしてそれらが宇宙空間にまき散らされて水素ガスと混じり合い、次の星の材料になります。このようにして誕生と超新星爆発を繰り返しながら次第に重元素を多く含む星が形成されるようになり、やがて太陽が生まれ、惑星が生まれ、地球も生まれ、星々から形成された材料を基にして生命が地球上に誕生したというのです。このことが事実とするならば、私たちは宇宙と密接に結びついていると言わざるを得ません。

そこで賢治は次の言葉を決然と表明します。「正しく強く生きるとは銀河系を自らの中に意識してこれに応じて行くことである」と。銀河系を自らの中に意識してその意識に応じて生活して行くことは、わたしたちを生みだした宇宙という根本に帰って、宇宙と繋がるかけがえのない自分を意識することであり、そのことは正しく強く生きるのと同義だというのです。そしてそのことは宇宙と繋がっているかけがえのない一人一人として、お互いが共生する道を求めることであり、「世界のまことの幸福を索ねる」ことでもあるというのです。そこにこそ人間としての真の道があると宣言して、この「序論」は閉じられます。「世界の真の幸福を求める」とのフレーズは『銀河鉄道の夜』にも繰り返して表明されており、物語の中心テーマでもあります。

このように「農民芸術概論綱要」序論の中での宮澤賢治の思想を振り返りますと、『銀河鉄道の夜』はまさにその思想を文学作品の中に結実させたものといってよいと思われます。この物語は単なる友情物語でも銀河旅行物語でも死者との交流の物語でもないことを理解しておくことは、読み進める上で有用であると思います。

そこで次に『銀河鉄道の夜』がどのように成立して来たのかを見てみたいと思います。賢治の中でいかに度重なる推敲が行われ作品が成立して来たのか、そのことも作品の理解に重要であると思います。そしてそのあとで、作品の中に入って作品とともに歩を進めてみましょう。

『銀河鉄道の夜』の成立

筑摩書房刊『［新］校本宮澤賢治全集』によりますと、現存している『銀河鉄道の夜』は第一次稿、第二次稿、第三次稿、第四次稿の四稿があります。第四次稿が本文稿とされていますが、作者の死去により未完成のままで、さらなる推敲が行われることなく終わってしまった可能性も高いと思われます。第一次稿は八十三枚ある残存原稿用紙の六十枚目以降で、①鉛筆による下書き稿と②ブルーブラックインクによる手入れ稿が残されています。冒頭から五十九枚目までは残ってはおりませんが、六十枚目以降の内容はその前の五十九枚目までの話がないと繋がってきませんので、おそらくは書かれていたと思われます。本文篇の内容と較べて削除追加等の変更が所々でなされています。

第二次稿は四十九枚目以降八十三枚目までが残されており、③青インクによる稿と、④鉛筆による大幅な手入れ稿が残されています。第一次稿と同様に削除追加等の変更が所々でなされています。そして第三次稿ですが、十一枚目から八十三枚目までで、「ケンタウルス祭の夜」から始まっています。本文篇つまり第四次稿では、まず「午后の授業」から始まって「活版所」、「家」と続き、「ケンタウルス祭の夜」はその次の四番目の章ですが、冒頭の三章は第四次稿で追加されたのでした。三次稿では二次稿に比して途中で一枚廃棄され、三枚挿入等がなされています。特に末尾近くの「黒い大きな帽子をかぶった青白い顔の瘠せた大人」の人によるジョバンニとの哲学的な問答の部分が、第二次稿に対して追加されています。⑤ブルーブラックインクによる稿と、⑥それに対する鉛筆による手入れ稿が残されています。この第三次稿は初期形三として内容が最終稿である第四次稿と異なる点が多く、賢治の思想が直接表現されている個所があり、第四次稿に劣らず重要であると思われます。また三次稿内においてもかなりいろいろなところで削除が行われています。たとえば「いるか」や「讃美歌」が現在の初期形三では削除されています。

第四次稿は第三次稿に、前述の如く冒頭において十枚の追加が行われています。また二か所の順序変更が行われ、特に末尾五枚が差し替えられ、「黒い大きな帽子をかぶった青白い顔の瘠せた大人」の人とジョバンニとの、哲学的な問答の部分が削除されています。そしてちょうどブーメランがもとの場所へ戻って来るように、話の始めのカムパネルラが溺れた場面が描写されて終結に向かいます。⑦第四次稿は黒インクによって書かれた手入れ改編稿です。第四次稿で冒頭の追加と末尾の差し替えが行われたのは、作品を読者に近付けてより解りやすく、別の表現をするならより童話らしくしようとしたのではないかと思われます。

以上のように、手入れ改編を合わせて全部で①から⑦までの七稿が存在し、その各々で削除追加表現の変更等が行われています。そしてそれでもまだ未完成であり、第四次稿をさらに更新しようとしていた形跡もあるとのことです。そうしますと賢治の作品の中において、この『銀河鉄道の夜』が特別に重要な意味を持っていたのではないかと思わざるを得ません。そしてこの作品が賢治の身を削るような推敲を経ていることは忘れてはならないと思います。またそのような推敲に力を与えたのは「銀河系を自らの中に意識」して「まことの幸福を索ねる」との求道の精神だったのだと思います。

次に『銀河鉄道の夜』の内容と関係する賢治の人生について、振り返ってみたいと思います。賢治の人生を理解することは、作品の理解を深めるキーポイントでありますし、また賢治の人生そのものが、私たちのこれからの人生に対して勇気を与えてくれる何かを持っていると思われるからです。

『銀河鉄道の夜』と賢治の人生

筑摩書房刊『[新]校本宮澤賢治全集』の「年譜」によりますと、盛岡中学三年時（明治四十五年）に短歌の制作を始めています。盛岡中学卒業後疑似チフスとなり入院、その後家業への嫌悪感強くノイローゼ状態になりますが、『漢和対照妙法蓮華経』（島地大等著、大正三年明治書院）を読んで深く感銘を受け、生涯の信仰をここに定めています。以後受験勉強に専念し、盛岡高等農林学校に入学しております。同校三年時同人誌『アザリア』創刊、このころは短歌制作が中心でした。岩手山に何度も登山をしておりますし、県内の地質調査を行い岩手の地質に精通することになります。また恩師関豊太郎教授から、石灰岩末による土壌改良が重要であることを教わり、後に東北砕石工場で技師として働くことになる遠因となっております。大正七年盛岡高等農林を卒業し同校の研究生（および実験助手）となります。同年七月肋膜炎発症、将来命を奪うことになる病に取りつかれますが、初期症状で収まっています。またこのころから童話制作を開始しています。「蜘蛛となめくぢと狸」、「双子の星」などです。「双子の星」は、双子座の話です。このころ盛んに岩手県内の土性調査を行っています。同年十二月、研究生を辞任し帰郷、また妹トシが東京で入院します。トシの付き添いで東京へ行き、東京で職業に就きたい思いを抱きますが具体性はなく、大正八年三月トシに付き添って帰郷します。以後自宅で悶々とした生活を送りますが、一時郡立農蚕講習所にて臨時講師をしております。大正九年五月盛岡高等農林研究生を正式に終了、この年六月の友人保坂嘉内への書簡には次のように書かれています。

「このごろは毎日ブリブリ憤ってばかりゐます。何もしやくにさわる筈がさっぱりないのですがどうした訳やら人のぼんやりした顔を見ると、『え、ぐづぐづするない。』いかりがかっと燃えて身体は酒精に入った様な気がします。机へ座って誰かの物を言ふのを思ひだしながら急に身体全体で机をなぐりつけそうになります。いかりは赤く見えます。あまり強いときはいかりの光が滋くなって水の様に感ぜられます。遂には真青に見えます。（以下略）」。この手紙の文章を読みますと、『銀河鉄道の夜』のなかで主人公ジョバンニが時々「たまらないほどいらいら」する場面がありますが、そのような表現の原点に賢治自身の中にある何ものかに対する怒り、があるように思われます。

大正九年十一月、日蓮の教えを奉じる国柱会に入会します。大正十年一月、店の火鉢にあたり独り考えている時、頭の上の棚から『日蓮上人御遺文集』など二冊が落ちて背中に当たったのをきっかけにし、その本と洋傘一本を持って飛び出し東京行きの汽車に飛び乗ったのでした。その後本郷区菊坂町（現、文京区本郷四丁目）に間借りし、文信社という小さな出版社に校正係として勤めます。この時の経験が『銀河鉄道の夜』第二章の「活版所」に活かされているのだと思います。二月、高知尾智耀という国柱会員が賢治と話した内容によれば、「今日における日蓮主義信仰の在り方は、ソロバンを取るものは、そのソロバンの上に、鋤鍬をとるものは、その鋤鍬の上に、ペンをとるものは、そのペンのさきに、信仰の活きた働きが現われてゆかなければならぬ云々」と話したそうです。そして賢治は「高知尾師ノ奨メニヨリ法華文学ノ創作」を志すことになります。その結実が一連の作品であることは、忘れてはならないと思います。大正十年九月妹トシが喀血し、これを機に帰郷します。この時大トランク一杯の書き溜めた原稿を持ち帰ります。「かしはばやしの夜」、「月夜のでんしんばしら」、「鹿踊りのはじまり」、「どんぐりと山猫」、「注文の多い料理店」、「雪渡り」、「鳥の北斗七星」などが相次いで完成します。十二月稗貫郡立稗貫農学校教諭となります。

大正十一年一月『春と修羅』が起稿されます。『春と修羅』が完成し刊行されるのは、大正十三年四月になります。大正十一年十一月二十七日最愛の妹トシが死去します。このトシの死が、『銀河鉄道の夜』が書かれることになった大きな契機になっているのではないかと思われてなりません。トシはカムパネルラに仮託されているのですし、ジョバンニは賢治自身が仮託されているのだと思います。「永訣の朝」、「松の針」、「無声慟哭」にトシの死は描写されます。

大正十二年七月三十一日より青森・北海道経由樺太旅行へ出発します。「青森挽歌」、「宗谷挽歌」、「オホーツク挽歌」などの挽歌シリーズが書かれていますが、その中には『銀河鉄道の夜』の主題が表現されている部分があります。「宗谷挽歌」の中から一部を取り上げてみます。

とし子、ほんたうに私の考へてゐる通り
おまへがいま自分のことを苦にしないで行けるやうな
そんなしあわせがなくて
従って私たちの行かうとするみちが

ほんたうのものでないならば
あらんかぎりの大きな勇気を出し
私の見えないちがった空間で
おまへを包むさまざまな障害を
衝きやぶって来て私に知らせてくれ。
われわれが信じわれわれの行かうとするみちが
もしまちがひであったなら
究竟の幸福にいたらないなら
いままっすぐにやって来て
私にそれを知らせて呉れ。
みんなのほんたうの幸福を求めてなら
私たちはこのまゝこのまっくらな
海に封ぜられても悔いてはいけない。

最愛の死者に呼び掛ける痛切な言葉とともに、この現実の世界が「ほんたうの幸福」に向かう世界になるように、死者であるトシにこの世界にやって来てそこに到る道を示して欲しい、と呼びかけています。そしてそれが本当に実現するならば、自分の身を真っ暗な北の海に投げても悔いはないというのです。「ほんたうの幸福」に到るために我が身を捨てても悔いはない、との表現は『銀河鉄道の夜』にも何回か現れてきます。また死んだトシがこの世にやって来て賢治に正しい道を示してくれるというのは、カムパネルラがジョバンニのもとにやってきてジョバンニが正しい生き方をする手助けをしてくれたのと、共通しているのと思いませんでしょうか。これらの共通点を考えますと、トシの死が契機となって『銀河鉄道の夜』が構想されたと考えるのが、自然な気がいたします。

「ほんたうの幸福」に到るために我が身を捨てても悔いはないとの思想は、前出の「農民芸術概論綱要」で示された思想でもありますし、仏教でいうところの菩薩行ということなのだと思われます。賢治は岩手国民高等学校での講演（伊藤清一による「講演筆記帳」）で次のように述べています。一部分を抜き出します。

我等は世界のまことの幸福をもとめや
道を求める其の事に我等は既に正しい道を見出した、
仏教で云ふ菩薩行より外に仕方があるまい
然らば菩薩とは何にか？　大心の衆生なり、

菩薩行より外に「仕方があるまい」と、他に対しても自分に対してもこれで行かざるを得ないのだと、言い聞かせています。

大正十二年は詩集『春と修羅』に収められることになる詩が書き続けられます。その中に「冬と銀河鉄道」があります。筑摩書房刊『［新］校本宮澤賢治全集』の「年譜編」（第十六巻（下）二六一頁）には「冬と銀河鉄道」の記述がありますが、『春と修羅』中には同名の詩はありません。詩集『春と修羅』第一集の最後の詩に「冬と銀河ステーション」があり、この詩が「冬と銀河鉄道」に相当すると思われますが、途中で題名が変更されたのかも分かりません。詩の内容は『銀河鉄道の夜』とは関係はありませんが、「銀河ステーションの遠方シグナルも　けさはまつ赤に澱んでゐます」との荘重な表現が幻想的な風景描写の中に浮かびあがり、銀河のなかを行く鉄道の姿に結び付いてくる何かがあります。おそらくこの詩が書かれたころには賢治のなかで『銀河鉄道の夜』が結実してきていたのではないでしょうか。

大正十三年四月心象スケッチ『春と修羅』（関根書店）が刊行され、また十二月にはイーハトブ童話『注文の多い料理店』（杜陵出版部・東京光原社）が刊行されます。この年、詩と童話が多数書き続けられています。大正十四年一月五日北陸中への旅に出発します。この旅に際して書かれた詩に「異途への出発」があります。賢治は次年の大正十五年に花巻農学校を退職し羅須地人協会の活動を始めることになりますが、そのことが「異途」という言葉の中に暗示されています。その一部を書き出します。（『春と修羅』第二集、下書稿㈠より）。

みんなに義理を缺いてまで
気負んだ旅に出るといっても
結局荒んだ海邊の原や
林の底の渦巻く雪に
からだをいためて来るだけだから
ほんたうはどうしてい〻かわからない

これからの途が多難であることを自覚し、その途がほんとうに行くべき途であるかどうか迷う気持ちがあることを、正直に告白しています。しかしその迷いを振り切って「異途」に向かって行ったのです。大正十四年四月、知人への書簡において次のように述べています。

わたくしもいつまでも中ぶらりんの教師など生温いことをしてゐるわけには行きませんから多分は来春はやめてもう本統の百姓になります。そして小さな農民劇団を利害なしに創ったりしたいと思ふのです。

大正十四年十一月東北大学地質古生物学教室の早坂一郎助教授を案内し北上川の小船渡でバタグルミの化石を採集しています。この時の経験が、『銀河鉄道の夜』の中の「北十字とプリオシン海岸」の章において、白鳥の停車場で降りたジョバンニとカムパネルラがプリオシン海岸においてくるみの化石を見付け、また出会った化石発掘中の大学士が説明をする場面に繋がっていると思われます。また大正十五年一月に『春と修羅』第三集のはじめの詩「岩手軽便鉄道の一月」が書かれています。この詩は後に盛岡中学校の校友会雑誌に「銀河鉄道の一月」として発表されています。詩の内容は賢治の作品のなかでは珍しく軽妙でユーモア感や汽車の速度感が感じられます。『銀河鉄道の夜』の鉄道は、賢治には身近だったであろう岩手軽便鉄道が原イメージとなって、創り出されたものと考えられます。またこのころ前出の岩手国民高等学校での講義が続けられております。同講義は三月二十三日の第十一回講義「農民芸術の批評」で終了しております。そして三月三十一日をもって花巻農学校を退職します。

六月岩手国民高等学校での講義をもとに「農民芸術概論綱要」が書かれます。八月二十三日（旧暦七月十六日）羅須地人協会を設立します。この場所は現在の花巻市桜町で南端の崖上に位置し、その風景は年譜の記述によれば「崖上から展望すると、眼下には古い沖積層の砂地の畑や不規則な桑畑が点々とし、北上川がゆるやかに流れ、獅子鼻や双子の山、その向こうには早池峰山が起伏なだらかな北上山脈の最高峰として清浄な姿を見せている」とのことです。実際筆者がかれこれ三十年前に訪れたときも、北上川のゆるやかな流れに眼を奪われてしばし見とれたことを思い出します。そしてこの風景は『銀河鉄道の夜』のなかにしばしば登場する、川の流れや崖の表現にリアリティを与える基になっているのではないでしょうか。そしてその頃の賢治は農民と同じ格好で農作業を行い、また作品を作っています。

大正十五年十二月賢治はセロを持って上京します。神田錦町三丁目に下宿し、年譜によるならば、上野の図書館で午後二時頃まで勉強し、その後神田のYMCAタイピスト学校へ行き、さらに数寄屋橋そばの新交響楽団でオルガンの練習をし、次に丸ビル八階の旭光社でエスペラントを教わり、夜は下宿で予習復習をするというのが日課でした。それに加えて観劇やセロの特訓が加わりました。この時は十二月二十九日には帰郷しています。短いが充実した日々だったと思われます。

羅須地人協会における食事はきわめて粗食で、井戸水につけておいたごはん、トマト、小麦粉を練って焼いたもの、沢庵、なす、などでした。また近隣の農家の人々を集めて、農業や音楽や芸術についての集会講義が行われたのでした。講義内容は年譜によれば、エスペラント、土壌学、植物生理学、肥料学などでした。童話の会も持たれています。この昭和二年三月からたくさんの詩作がなされています。また羅須地人協会の活動が続けられています。昭和三年二月第一回普通選挙が行われ、賢治は労農党を陰ながら応援します（四月政府による解散命令により労農党解散）。三月、石鳥谷町において肥料相談所を開きます。この時は一週間の予定でしたが多数の農民が訪れてさばききれず、追加相談もしております。六月七日から六月二十四日まで父親から依頼の水産物調査や、茨城農事試験場や東京の西ヶ原農事試験場行き、伊豆大島行き、上野での浮世絵鑑賞などが目的の旅行をしております。そして八月十日より発熱します。診断は両側肺浸潤すなわち肺結核でした。羅須地人協会での生活と旅行での無理が重なって、病が発症したのでした。四十度の発熱が四十日間続き、九月二十日過ぎに漸く下がります。この病の回復時友人に宛てた手紙には盛岡の工兵隊の架橋演習のことが書かれています。『銀河鉄道の夜』の中の「ジョバンニの切符」の章に工兵隊の架橋演習の場面が出てきますが、北上川で工兵隊の演習が時々行われており、賢治もそれを目撃していたものと思われます。十二月に入り再び三十八度台に発熱、風邪からの肺炎の併発でした。

昭和四年結核の病勢衰えず実家での臥床が続きます。この時の詩に（一九二九年二月）があります。

われやがて死なん
　今日又は明日
あたらしくまたわれとは何かと考へる
われとは畢竟法則（自然的規約）の外の何でもない
　からだは骨や血や肉や
それらは結局さまざまの分子で
幾十種かの原子の結合
原子は結局真空の一体

外界もまたしかり
われわが身と外界とをしかく感じ
それらの物質諸種に働く
その法則をわれと云ふ
われ死して真空に帰するや
ふたゝびわれを感ずるや
ともにそこにあるは一の法則（因縁）のみ
その本原の法の名を妙法蓮華経と名づくといへり
そのこと人に菩提の心あるを以て菩薩を信ず
菩薩を信ずる事を以て仏を信ず
諸仏無数億而も仏もまた法なり
諸仏の本原の法これ妙法蓮華経なり
帰命妙法蓮華経
生もこれ妙法の生
死もこれ妙法の死
今身より仏身に至るまでよく持ち奉る

この詩は死というものを強く意識し、宇宙の中では身体は分子や原子の集合でそれは究極では真空に帰すること、そしてそこは仏教でいう本原の法の世界でそれを名づけるならば妙法連華経ということ、生もそして自分の死もその法の働きとしてすべてを受け入れる、との決意を表明しています。

またここで表現されている真空は何も無い真空なのではなく、この宇宙の本原としての真空なのであり、ここで賢治が「原子は結局真空の一体」と述べている意味は、量子論においてマックス・プランクが述べているように、原子は波動でもあり粒子でもありうる存在であり、つまりはそれらの表すエネルギーと言ってもよく、そのようなエネルギーの場としての真空ということなのだと思います。そして死とともにそのような真空にわたしたちも帰って行くというのです。そうするとこの世界は生も死も含んで混然一体となったエネルギーに満ち満ちた一大世界であり、そのような一大世界の一員としてこの宇宙にわたしたちも存在しているのです。

以後の年譜の記述には、『銀河鉄道の夜』に関係することは出ては来ません。ですが賢治の人生そのものが、「ほんたうにみんなのさいわひのためなら」との心で貫かれており、そのことは『銀河鉄道の夜』の主題でもありますから、昭和八年九月二十一日の死去の日まで今暫くその足跡を辿ってみたいと思います。また賢治の伝記のたぐいもいろいろありますので、内容がそれらと重なるのは已むを得ないところです。御容赦ください。

昭和四年の病状は一連の「肺炎詩篇」によって窺い知ることができます。そのなかの詩篇「眼にて云ふ」を取り上げてみます。

だめでせう
とまりませんな
がぶがぶ湧いてゐるのですからな
ゆうべからねむらず血も出つづけなもんですから
そこらは青くしんしんとして
どうも間もなく死にさうです
けれどもなんといゝ風でせう
もう清明が近いので
あんなに青ぞらからもりあがって湧くやうに
きれいな風が来るですな
もみぢの嫩芽と毛のやうな花に
秋草のやうな波をたて
焼痕のある藺草のむしろも青いです
あなたは医学会のお帰りか何かは知りませんが
黒いフロックコートを召して

こんなに本気にいろいろ手あてもしていたゞけば
これで死んでもまづは文句もありません
血がでてゐるにかゝはらず
こんなにのんきで苦しくないのは
魂魄なかばからだをはなれたのですかな
ただどうも血のために
それを云へないがひどいです
あなたの方からみたらずゐぶんさんたんたるけしきでせうが
わたくしから見えるのは
やっぱりきれいな青ぞらと
すきとほった風ばかりです。

「清明」は四月五、六日頃ですので、昭和四年の四月は気管から出血が続いてまさに死に瀕していたことが分かります。病室の中に青空から盛り上がって来るようなさわやかな春風が吹きこんで、自分の身体は死にそうなのに、魂は身体から離れてその春風と一緒になってその魂一杯に春風を感じているというのです。悲惨な自分を外から見ているもう一人の自分がいる、そしてその自分は今の悲惨な状況から自由になりさわやかな春風を感じることができるのだというのですが、究極の状態における人間の魂の自由を表現した不思議な詩です。

九月に入り病勢は少し改善してきます。十月東北砕石工場の鈴木東蔵が訪問します。前出しましたが、恩師関豊太郎教授から石灰岩末による土壌改良の有用性について教わっていた賢治は当初は助言をします。この時の話によれば賢治は農民から「肥料の神さま」といわれていたそうです。鈴木東蔵も農村救済の理念を以て事業をしており、賢治と意気投合したものと思われます。

昭和五年に入り病状は回復します。羅須地人協会の活動については花巻町下根子（羅須地人協会があった所）の伊藤忠一あての書簡にて以下のように述べています。


（前略）

根子ではいろいろお世話になりました。

たびたび失礼なことも言ひましたが、殆どあすこではじめからおしまひまで病気（こころもからだも）みたいなもので何とも済みませんでした。

どうかあれらの中から捨てるべきは　はっきり捨て再三お考えになってとるべきはとって、あなたご自身で明るい生活の目標をおつくりになるやうねがいます。（以下略）

「あすこ」は、羅須地人協会を指します。ただこの手紙だけから賢治本人が羅須地人協会の活動を否定したと考えるべきではないと思います。後を引き継いで苦労している立場を思いやって

の表現だと思いますので。昭和五年十一月十八日の菊池信一あての手紙では「それも全く健康にさへなればどんなことをまた考へ出すか自分でも見当がつきません」と述べています。賢治は自分の内面の衝動をよく分かっていたのだと思います。またその衝動は一種の病気のようなものであるけれども、やむにやまれぬものでもあることも、よく分かっていたのだと思います。ですが大病を経験した賢治は、他の人を思いやる心が以前にも増してより強まっていたでしょうし、また自分の過激な行動を反省する気持ちも強くなっていたのでしょう。

昭和五年の四月、五月は年譜の記載によりますと、園芸植物や野菜などの種を蒔いたり世話をしたりに費やされています。病後の身体のリハビリの意味もあったのでしょう。九月、東北砕石工場を見学します。そして年来の課題である土壌改良を推進するために積極的に協力しようとの意思をもちます。十一月「県下菊花品評会」に出品、四等入選します。十一月十八日の前出の菊池信一あての手紙では「たぶん四月からは釜石へ水産製造の仕事へ雇はれて行くか例の石灰岩抹工場へ東磐井郡へ出るかも知れません」とあります。十二月七日の沢里武治あての手紙では「来年の三月釜石か仙台のどちらかへ出ます。わたくしはいっそ東京と思ふのですがどうもうちであぶながって仕方ないのです」とあります。病状がやっと回復し今後の途を考えた時、一つは父親がやろうとしていた水産物製造の仕事を釜石でやるか、東京へ出て詩や童話に打ち込むか、東北砕石工場での石灰岩抹製造による土壌改良の仕事をやるか、の三つの選択肢がありましたが、農業でやって行くのはすでに身体が許さなかったのです。賢治は詩作や文筆で有名でありますし、それでやって行くのが当然ではないかと私たちは考えてしまいますが、そういう文学以上に賢治にとって重要なのは、自分がずっと専門的に勉強してきた肥料学や土壌学を、農民の実際の生活のために役立てることなのでした。そこでそのために東北砕石工場での仕事を選ぶことにしたのでした。

昭和六年一月、東北砕石工場の技師となります。筑摩書房刊『［新］校本宮澤賢治全集』の第十五巻「書簡篇」によりますと、昭和六年の書簡数は二百九十番から四百一番まで草稿も含めて百十一ありますが、そのうち東北砕石工場関係の書簡が八十六あります。その内容は品質に対する指示、製造上の金策、販路の開拓、役所との交渉、地元農業関係を回っての営業など多岐にわたっています。このころに書かれたと思われる「王冠印手帳」に次のようなメモ書きがあります。

◎あらたなる
　よきみちを得しといふことは
ただあらたなる
　なやみのみちを得しと
　　　　　いふのみ
このことむしろ正しくて

あかるからんと思ひしに

はやくもこゝにあらたなる
なやみぞつもりそめにけり
あゝいつの日かか弱なる
わが身恥なく
　生くるを得んや
野の雪はいまかがやきて
遠の山藍のいろせり

自分のなやみは深まるが、そのなやみとは関係なく、野原の雪は輝いており遠くの藍色の山もすがすがしい姿を見せているというのです。
またこのメモ書きの次の頁に斜線で消されてはいますが以下が記されています。

肥料屋の用事を
　もつて
組合にさこそは

行くと
病めるがゆゑに
うらぎりしと
さこそは
ひとも唱へしか

新しい途と思って始めた仕事ではありましたが、その仕事は新たな悩みを生み出していたのです。不景気も重なり、特に製造販売に伴うお金の問題は大きくのしかかって来ることになります。また一番に農民のためを思って始めた仕事でしたが、金もうけのために裏切って農民を利用しようとしていると思われたのでした。そのような思いを抱えつつも賢治は誠実に東北砕石工場の仕事を行ってゆきます。このころの賢治の行動を物語る毛藤勤治の記述を『[新]校本宮澤賢治全集』第十六巻（下）年譜篇から書き写してみます。斎藤報恩農業館を訪ねた時の話です。

昭和六年五月某日のひるさがり出張で不在なはづの館長室からの呼び出しのベル。館長室をノックして入つたが、出かける仕度をすませた館長が、そのままの姿で来客を紹介するのだつた。
その人は「C科（＝農芸化学科）大正七年卒の宮沢です」と言葉少なくあいさつさ

れ、そしてこのみすぼらしい身なりでやせほそつた風体の宮沢と名乗られたこの先輩に深々と頭を下げられた。

館長の机の上に、どこの磧か、あるいはどこの砕石場から拾い集めたものかわからない色とりどりの小石が、口を開いた袋から半ばあけられて、ちらばつていた。

きつと、この小石について宮沢さんから説明をうけたと思うが、今はその記憶はない。

工藤館長は時間で出かけたあと、しばらくのお相手を承つたが、フト言の端に、私が主任でホームスパンをやつていることをしやべつた。すると宮沢さんの目は急に底光りしたように感じられてドキッとした。やがて、ひとりごとをいうような句調で、切々とつぎのようなことを説かれた。

その昔、スコットランドの地方の農民達は、庭先に美しく咲いた花を摘み、広い野辺の細道を横切って先祖の墓を詣で、あるいは、久々に妻や娘たちと馬車をかつて街場の買物にでかけた。こんなとき着用した服は、いづれも、手染め、手織り、手仕立ての自家製であり、女物の民族的匂いの高く美しい服装の刺しゅうは、余り糸がその材料として用いられたものだつた。

当時、都会の織物工場で生産された服地にあきたらなかつた人人は、この野趣豊かな生地に心を奪われた。（以下略）

――宮沢さんが話された以上のことは、私の心を奥底までえぐり抜いた。――

賢治が東北砕石工場の営業のために頭をさげて地方まわりをしていたこと、やせ細ってみすぼらしい身なりであったこと、またそのために病後の身体を酷使していたこと、しかしこころの中には違う世界がしっかりとあったこと、などがこの文章から伺うことができます。五月十六日発熱し病臥します。この時は十九日には回復しています。またこの年東北地方冷害により農村不況が深刻化します。七月東北砕石工場の鈴木東蔵が賢治のもとに来訪し、壁材料（建築用人造石など）を東京方面に販売し工場の命運を開きたいとの懇請を受けます。しかし販売を依頼した県内の商店にては壁材の売れ行き悪く、資金繰りが悪化します。九月十一日から十五日まで盛岡で肥料展覧会がありその後片付けのあと、社運をかけて四十キログラム余りになる壁材のサンプルトランクとともに仙台水戸経由で上京します、が九月二十日東京到着とともに発熱します。二十一日には死を覚悟したのか父母兄弟に遺書を書きます。そして壁材の売り込みは行えずに、二十七日夜行列車で花巻に帰り、ただちに病床に臥します。

以後は死に至るまで病床にあったことになります。この病床で「雨ニモマケズ手帳」が書き続けられます。その中からいくつか挙げてみます。

（10月24日）

聖女のさまして
　ちかづけるもの
たくらみすべてならずとて
いまわが像に
　釘うつとも
乞ひて弟子の礼をとれる
いま名の故に
　足をもて
われに土をば送るとも
わがとり来しは
ただひとすじの
　みちなれや

はじめの「聖女のさまして　ちかづけるもの」とは何でしょうか。物事は近づいて来る時は美しく純粋で邪念のない姿をして来ることがほとんどです。その物事とはある時は人を捉えて離さない何か美しい理想や理念のこと、を指しているのではないでしょうか。しかしそのような美しい理想や理念が実現できないとなった時、その理想の名のもとに釘を打たれたり石つぶてが飛んできます。しかしそのようななかにあっても、自分は本当の真実に対して「乞ひて弟子の礼をと」るというのです。そして美しい理想や理念の名のもとに、墓穴に土をかけるように足で土をかけられても、「わがとり来しは　ただひとすじの　みちなれや」自分はただひとすじの真実に至る途を歩いてきただけなのだ、と言っているのだと思います。

（10月29日）

疾すでに
治するに近し
警むらくは
再び貴重の
健康を得ん日
苟も之を
不徳の思想
目前の快楽
つまらぬ見掛け
先づ――を求めて

以上――せん
といふ風の
自欺的なる
行動
に寸毫も
委する
なく
厳に
日課を定め
法を先とし
父母を次とし
近縁を三とし
農村を
最后の目標として
只猛進せよ
利による友、快楽

を同じくする友尽く
之を遠離せよ

唯諸苦ヲ抜クノ
大医王タレ

この次の頁にあの有名な「雨ニモマケズ」の詩が書かれています。

病が癒えて健康になったならばその貴重な命を、誤った思想や、目の前にある自分の五感を満足させるだけの快楽や、自分が人にどう見られるかといった見掛けのことなどに費やさず、またまずあちらをやってからなどと自分を偽らずに、現在目の前にあることに真剣に向きあい、なによりも法を、つまりこの世の真実を第一に考えて、生きて行こう。

単に利害得失や楽しみを同じくするだけで結びついている友達からは遠く離れて、農民や人々の苦しみを癒す、大医王であることを志そう。病が癒えたなら、いままで以上に自分を律して、法と農民のために尽くす決意を述べています。

ここでいうところの法とは、仏教でいう法で、この世界を貫いている真実を指しています。またこの詩は、釈尊がその最後の旅で述べていることと、重なって来ます。「大パリニッパーナ経」において釈尊は次のように述べています（『ブッダ最後の旅　大パリニッパーナ経』中村元訳、岩波文庫、昭和五十五年)。

「それ故に、この世で自らを島とし、自らをたよりとして、他人をたよりとせず、法を島とし、法をよりどころとして、他のものをよりどころとせずにあれ」(六三頁)

「修行僧たちよ。それではここでわたしは法を知って説示したが、お前たちは、それを良くたもって、実践し、実修し、盛んにしなさい。それは、清浄な行ないが長くつづき、久しく存続するように、ということをめざすのであって、そのことが、多くの人々の利益のために、多くの人々の幸福のために、世間の人々を憐れむために、神々と人々との利益・幸福になるためである」(九五頁)

そして釈尊の最期の言葉は次の如くでした。

「さあ、修行僧たちよ。お前たちに告げよう、『もろもろの事象は過ぎ去るものである。怠ることなく修行を完成為さい』と」(一五八頁)

このように、法をよりどころとして、多くの人々の幸福のために、寸暇を惜しんで修行を行うように、との釈尊の言葉は、賢治の姿に重なってきます。また利や快楽によって結ばれている他人を頼りにするのではなく、自分を拠り所にしなくてはいけない、というところも賢治と共通しています。また大医王とは釈尊の別名でありますから、釈尊の跡に続くとの意気込みを示しているとも考えられます。

この「雨ニモマケズ」手帳の中に、『銀河鉄道の夜』との関係で挙げておきたい「月天子」という詩があります。

月天子

私はこどものときから
幾つもの月の写真を見た
いろいろな雑誌や新聞で
その表面はでこぼこの
　　火口で覆われ
またそこに日が
　　射してゐるのも
　　　はつきり見た
后そこが大へん
　　つめたいこと
空気のないことなども
　　習った

また私は三度か
　それの蝕を見た
地球の影が
　そこに映って
　滑り去るのを
　　はっきり見た

次にはそれがたぶんは
　地球をはなれたもので
最后に　盛岡測候所の
　　私の友だちは
稲作の気候の
　ことで知り合ひになった
　ミリ径の
　小さな望遠鏡で
その天体を見せてくれた
亦その軌道や運転が

簡単な公式に従ふ
　ことを教へてくれた

しかもおゝ
わたくしがその天体を
　　　　月天子と称し
　　　　　うやまふことに
　　　　　　遂に何等の
　　　　　　　　障りもない
もしそれ人とは
　人のからだのことであると
さういふならば誤りで
　　　　　　　あるやうに
さりとて人は
からだと心であるといふならば
これも誤りであるやうに
さりとて人は

心であるといふならば
また誤りであるやうに
しかればわたくしが月を
月天子を称するとも
これは単なる擬人でない

前後の切迫した手帳の文面とは異なった詩が、異空間のように出現しています。賢治の月を見る視線は、その向こうに横たわっている銀河を見る視線にも繋がっていると思われます。それは単なる分析や擬人化を超えた、月の存在やそして天の川銀河そのもの対する、崇敬の念と云ってもよい、言葉での表現を超えた何かなのでしょう。

昭和六年は臥床して過ぎて行きます。

昭和七年になっても呼吸苦強く歩行困難で臥床が続きます。書簡集を見ると前半は東北砕石工場鈴木東蔵への事務連絡が主です。五月にはいり病状はようやく落ち着きを示します。六月にはいりだいぶ落ち着き「或は今度もなほるかもしれません」と治癒への望みを抱きます。病状の落ち着きとともに少しずつ手紙も書かれるようになっています。

六月二十一日、母木光あての手紙には次のように書かれています。

（前略）何分にも私はこの郷里では財ばつと云はれるもの、社会的被告のつながりにはいっているので、目立ったことがあるといつでも反感の方が多く、じつにいやなのです。じつにいやな目にたくさんあって来てゐるのです。財ばつに属してさっぱり財でないくらゐたまらないことは今日ありません。どうかもう私の名前などは土をかけて、きれいに風を吹かせて、せいせいした場処で、お互ひ考へたり書いたりしやうではありませんか。こんな世の中に心象スケッチなんといふものを、大衆めあてで決して書いてゐる次第でありません。全くさびしくてたまらず、美しいものがほしくてたまらず、ただ幾人かの完全な同感者から「あれはそうですね。」といふやうなことを、ぽつんと云はれる位がまづのぞみといふところです。（以下略）

このころから次第に諦めが、文章の端々にあらわれるようになります。法華経の教えを詩や童話で表現するとの意気込みは薄れ、「美しいものがほしくてたまらない」ためであると、言っています。しかし手紙の文章をそのままにとってはいけないと思います。血を吐く苦しみを経たからこその「美しいものがほしくてたまらない」との表現なのですから。また大衆に理解されることを望んでいるのではなく、本当に分かってくれる数人の人がいれば、それでいいのだと言っています。この言葉は表現者としての本音なのだと思います。

この年病状はさらに徐々に回復します。昭和七年十月五日、森佐一あての手紙を示します。

(前略)私の病気もお蔭でよほどよくなりました。いつでもよほどよくなってゐるやつだと思ふでせうが、それほど恢復緩漫たるものです。病質はよく知りませんが、肺尖、全胸の気管支炎、肋膜の古傷、昨秋は肺炎、結核も当然あるのでせう。たゞ昨今次第に呼吸も楽になり、熱なく、目方ふえ、(十一貫位)一町ぐらゐは歩き、一時間ぐらゐづつは座るやうになった所を見れば、この十月十一月さへ、ぶりかえさなければ生きるのでせうと思はれます。お医者にも昨冬からかゝりません。かかっても同じです。薬も広告にあるビール酵母だけ、あとは竹を煎じてのんでゐます。何でも結核性のものは持久戦さへやる覚悟でゐればどうにかなるといふよりは他に仕方ないやうです。(以下略)

一町(=一〇九・九メートル、筆者注)歩けるぐらいまで回復しています。何とか生きられるのではと、少し希望も出て来ています。また医者にかかっても同じであると見抜いています。実際当時の治療では同じことでありましょう。

同じく十月に書かれた、草野心平あての手紙の下書き稿を取り上げます。

（前略）あなたへも数回手紙を書きかけましたが、主義のちがひですか、何を書いても結局空虚なやうな気がして、みんな途中でやめました。ちがった考は許すならやっぱりにせものです。何としても闘はなければならないといふと、それはおれの方だとあなたは笑ふかもしれません。そうでもないです。わたくしの今迠はただもう闘ふための仕度です。（以下略）

宮澤賢治と草野心平の主義の違いが何か定かではありません。あるいはそれは「ほんとうのみんなのさいわいのために」作品をつくろうとするか、そうでないのかの違いなのではと、推察されます。ここで闘うとの強い表現が使われていることからしますと、賢治の心の底には、「法華文学の創作」を志すとの思いが燃え続けていることが伺われます。また「わたくしの今迠はただもう闘ふための仕度です」と、今までの創作や行動はまだ今後の闘いのための準備であり、本番はこれからだというのです。賢治は本心ではけっして気弱になったわけではなかったのです。

昭和八年、東北砕石工場は不況で苦境にあり、鈴木東蔵より諸雑務に加えて資金の依頼が続きます。最終的には、八月四日の手紙で賢治が金銭の清算を通知し、関係が終了しております。賢治は東北砕石工場の仕事を損得ぬきで最後までよくやっていたと思いますが、とうとう終了となったのは、死の一ヵ月半前なのでした。石灰肥料が農民の暮しに寄与することを思って始めた仕事でしたが、営業もしなくてはならなかった激務や金銭的な問題が、死期を早めたことは否定できません。ここでも、理想と現実の狭間で苦闘せざるを得ない姿が浮かび上がってきますし、それは賢治の表現によりますと「修羅」ということなのでしょうが、そのことは私たちの現実とも重なってくるところでもあります。またこの年の前半は寝たり起きたりの状態が続いておりますが、死の影は書簡で見る限りまだ感じられません。

八月三〇日の伊藤与蔵あての手紙を取り上げます。

(前略) 私もお蔭で昨秋からは余程よく、尤も只今でも時々喀血もあり殊に咳が初まれば全身のたうつやうになって二時間半ぐらゐ続いたりしますが、その他の時は、弱く意気地ないながらも、どうやらあたり前らしく書きものをしたり石灰工場の事務をやったりして居ります。しかしもう只今ではどこへ顔を出す訳にもいかず殆ど社会からは葬られた形です、それでも何でも生きてる間に昔の立願を一応段落つけやうと毎日やっきとなってゐる所で我ながら浅間しい姿です。(以下略)

小康状態とはいっても、喀血も収まったわけではなく、全身でのたうちまわるような激しい咳も続いていたのです。そうしてやはり、「昔の立願」を一応の段落をつけようと毎日やっきとなっている、というのです。ここの「昔の立願」とは、「法華文学の創作」を志したことを指しているのだと思われます。未完成だった童話作品を完成させるために、毎日やっきとなって、病身

に鞭打ちながら机に向かっていたのです。そうしてその中に『銀河鉄道の夜』が含まれていたことは、想像に難くありません。おそらく第四次稿はそのようななかで書かれたのではないでしょうか。そしてそのやっきとなっている姿は「我ながら浅間しい」というのです。死を覚悟した身にとっては、潔く死に就こうとしない最期のあがきであると、感じていたのでしょう。

賢治の死の十日前である昭和八年九月十一日に書かれた、農学校の教え子である柳原昌悦あての手紙をもって書簡集は終わっています。この手紙は賢治を語るに際してはしばしば出てきますので、あるいは御存じかと思いますが、最後の手紙でありますので全文を引用することにします。

八月廿九日附お手紙ありがたく拝誦いたしました。あなたはいよいよご元気なやうで実に何よりです。私もお蔭で大分癒っては居りますが、どうも今度は前とちがってラッセル音容易に除こらず、咳がはじまると仕事も何も手につかずまる二時間も続いたり、或は夜中胸がびうびう鳴って眠られなかったり、仲々もう全い健康は得られさうもありません。けれども咳のないときはとにかく人並に机に座って切れ切れながら七八時間は何かしてゐられるやうになりました。あなたがいろいろ想ひ出して書かれたやうなことは最早二度と出来そうもありませんがそれに代ることはきっとやる積りで毎日やっきとなって居ります。しかも心持ばかり焦ってつまづいてばかりゐるやう

な訳です。私のかういふ惨めな失敗はたゞもう今日の時代一般の巨きな病、「慢」といふものの一支流に過って身を加へたことに原因します。僅かばかりの才能とか、器量とか、身分とか財産とかいふものが何かじぶんのからだについたものででもあるかと思ひ、じぶんの仕事を卑しみ、同輩を嘲り、いまにどこからかじぶんを所謂社会の高みへ引き上げに来るものがあるやうに思ひ、空想をのみ生活して却って完全な現在の生活をば味ふこともせず、幾年かゞ空しく過ぎて漸くじぶんの築いてゐた蜃気楼の消えるのを見ては、たゞもう人を怒り世間を憤り従って師友を失ひ憂悶病を得るといったやうな順序です。あなたは賢いしかういふ誤りはなさらないでせうが、しかし何といっても時代が時代ですから充分にご戒心下さい。風のなかを自由にあるけるとか、はっきりした声で何時間も話しができるとか、じぶんの兄弟のために何円かを手伝へるとかいふやうなことはできないものから見れば神の業にも均しいものです。そんなことはもう人間の当然の権利だなどといふやうな考へでは、本気に観察した世界の実際と余り遠いものです。どうか今のご生活を大切にお護り下さい。上のそらでなしに、しっかり落ちついて、一時の感激や興奮を避け、楽しめるものは楽しみ、苦しまなければならないものは苦しんで生きて行きませう。いろいろ生意気なことを書きました。病苦に免じて赦して下さい。それでも今年は心配したやうでなしに作もよくて実にお互い心強いではありませんか。また書きます。

人生の終焉間際になって、賢治は厳しく自己批判をしています。そして自分の人生が、惨めな失敗だったとまで言っています。それは一にも二にも、自分が生きている今現在において、眼の前に展開している宇宙の本当の姿を深く味わうこともせずに空理空論に走り、自分の少しばかりの才能や器量や身分や財産をあたかももとから在ったかのように錯覚して慢心し、同輩や現在の生活をないがしろにしたところから、起こったというのです。そうしてそのような空理空論が蜃気楼のように消え去るのをみては、人を怒り世間を憤り、その結果師友を失ったというのです。そうしてそれは自分だけではなく、今日の時代一般の巨きな病でもあるというのです。この自己批判の鋭さは、他の作家には類をみることのできない激しさです。死の間際にここまで激しく自己批判をするのは、自分のいままでの行動に対する反省はもちろんあると思いますが、迫りくる世界大戦に向かって「慢心」している世間に対する危機意識もあったのではないかと思われます。そのような世の中にあっても正しく生きて行くことを、教え子に伝えたかったのではないかと思われます。

当時は正当に認められてはいなかったと思いますが、賢治のなした仕事は、ここまで自己批判をしなくてもよいすばらしいものでしたし、農民の生活のために自分の人生を犠牲にしてまで頑張った数々の行動は、それが蜃気楼のように消えてしまったとしても、人々の心の中には、現在までも綿々と生き続けています。そうではありますが、ここまで自己批判をせざるを得なかったところが、自分に厳しかった、いかにも賢治らしいところであります。

また現在眼の前に展開している宇宙の本質を深く味わうこと、とは賢治のいうところの「本気で観察した世界の実際」と同義であると思います。「風のなかを自由にあるける」ことは、歩けない人にとっては「神の業にも均しい」と賢治は述べています。私達は「風のなかを自由にあるける」ことを当たり前のことと思い、それが「神の業にも均しい」とは考えもしません。しかしそれが「神の業にも均しい」ことを、本気で観察することによって身体とこころ全体で感じ取ることが出来た時には、我々を構成している約一〇〇〇兆個の細胞が宇宙と呼応しあっている本当の姿が目の前に姿を現してくるのであり、そこから本当の人生が開けてくると、賢治は言いたかったのではないでしょうか。私たちがここに生存していること自体が「神の業にも均しい」のです。ですので慢心することなく、瞬間瞬間の現在を大切にして、現在の一挙手一投足を「本気で観察」し、そのことによって「世界の実際」を感じとりながら生きて行くこと、そのことが賢治の遺言なのだと思いますし、私達が日々の生活の中でそのことを実行して行くことが、賢治の遺志に答えることになると思います。そして賢治の言うように「しっかり落ちついて、一時の興奮や感激を避け、楽しめるものは楽しみ、苦しまなければならないものは苦しんで」生きて行くことを、日々に心がけて生活して行きたいと思います。この結論は、『銀河鉄道の夜』の結論と同様であると思います。次に賢治最期の数日を、「年譜編」に従って記述して、この章を終わることにします。

昭和八年九月十九日、鳥谷ヶ崎神社の祭礼三日目、賢治は丘上の本殿へ還る神輿を拝みたいといい、みんなで手伝って二階からおろし、門のところへ出て暫く冷気のなかを待っていた。夜八時神輿をお迎えすると拝礼して家に入ったが、九月二十日になって容態が急変した。主治医の往診があり、急性肺炎とのことであった。夜七時ごろ、農家の人が肥料のことで相談に来た。「そういう用ならぜひあわなくては」と言って衣服を改めて二階から降りた賢治は、およそ一時間ばかり相手をした。その日の夜付き添った弟清六に「今夜は電灯が暗いなあ」とつぶやき、「おれの原稿はみんなおまえにやるからもしどこかの本屋で出したいといってきたら、どんな小さな本屋からでもいいから出版させてくれ。こなければかまわないでくれ」といった。二三日前には父政次郎に「この原稿はわたくしの迷いですから、適当に処分してください」と言っていた。またある時は母親に「この童話は、ありがたいほとけさんの教えを、いっしょうけんめいに書いたものだんすじゃ。だからいつか、きっと、みんなでよろこんで読むようになるんすじゃ」と話していた。これらはいずれもが本心だったのだろう。九月二十一日午前十一時半、突然「南無妙法蓮華経」と高々と唱題する声がした。みな驚いて二階へ上ると、賢治は喀血して顔面蒼白になっていた。父親は死期の近いことを直観し「賢治、なにか言っておくことはないか」と聞くと、「国訳の妙法蓮華経を、一、〇〇〇部つくってください」と返事した。

「うむ、それは自戒偈だけでよいのか」、「どうか全品をおねがいします。表紙は朱色で校正は北向さんにおねがいしてください。それから、私の一生の仕事はこのお経をあなたの御手許に届け、そしてあなたが仏さまの心に触れてあなたが一番よい、正しい道に入られますようにということを書いておいてください」、「よし、わかった」と、政次郎は書いたものを読みあげ、「これでよいか」と念を押すと賢治は、「それでけっこうです」と答えた。「たしかに承知した。おまえもなかなかえらい。そのほかにないか」、「いずれあとで起きて書きます」政次郎が下へ降りていくと、賢治は弟を見て、「おれもとうとうおとうさんにほめられたもな」と微笑した。みな下に降りて母一人が残った。「おかあさん、すまないけど水コ」母が水をさしだすと、熱のある体をさわやかにするのか、うれしそうにのみ、「ああ、いいきもちだ」と、オキシフルをつけた消毒綿で手をふき、首をふき、からだをふいた。そしてまた、「ああ、いいきもちだ」と繰り返した。母はふとんをなおしながら、「ゆっくり休んでじゃい」といい、そっと立って部屋を出ようとすると、眠りに入ったと思われる賢治の呼吸がいつもとちがい、潮がひいていくようである。「賢さん、賢さん」思わず強く呼んで枕もとへよった。ぽろりと手からオキシフル綿が落ちた。午後一時三十分であった。

『銀河鉄道の夜』について

一、午后の授業

「ではみなさんは、さういふふうに川だと云はれたり、乳の流れたあとだと云はれたりしてゐたこのぼんやりと白いものがほんたうは何かご承知ですか。」先生は、黒板に吊した大きな黒い星座の図の、上から下へ白くけぶった銀河帯のやうなところを指しながら、みんなに問いをかけました。

カムパネルラが手をあげました。それから四五人手をあげました。ジョバンニも手をあげやうとして、急いでそのまゝやめました。たしかにあれがみんな星だと、いつか雑誌で読んだのでしたが、このごろはジョバンニはまるで毎日教室でもねむく、本を読むひまも読む本もないので、なんだかどんなこともよくわからないといふ気持ちがするのでした。

ところが先生は早くもそれを見附けたのでした。

「ジョバンニさん。あなたはわかってゐるのでせう。」

ジョバンニは勢よく立ちあがりましたが、立って見るともうはっきりとそれを答へることができないのでした。

ザネリが前の席からふりかへって、ジョバンニを見てくすっとわらいました。ジョバンニはもうどぎまぎしてまっ赤になってしまひました。先生がまた云ひました。

「大きな望遠鏡で銀河をよっく調べると銀河は大体何でせう。」

やっぱり星だとジョバンニは思ひましたがこんどもすぐに答へることができませんでした。

先生はしばらく困ったやうすでしたが、眼をカムパネルラの方へ向けて、「ではカムパネルラさん。」と名指しました。するとあんなに元気に手をあげたカムパネルラが、やはりもぢもぢ立ち上ったまゝやはり答へができませんでした。

透き通った青空が拡がる夏の日の午後、小学校の教室の中、ジョバンニたちは理科の授業を受けています。今日は夏祭り、銀河の祭りがあります。子供達は気もそぞろでした。黒板には、大きな星図が吊るされ、そこには黒い背景いっぱいに星座が描かれ、左上から右下にかけて白くけぶったような銀河の帯が横たわっていました。

先生は問いかけました。「ではみなさんは、さういうふうに川だと云われたり、乳の流れたあとだと云はれたりしてゐたこのぼんやりと白いものがほんたうは何かご承知ですか」。東洋では川といい西洋では乳の流れた跡といっています。カムパネルラや四五人の級友が手をあげましたが、ジョバンニはあげようとしてやめてしまいます。たしかにあれがみんな星だと、いつか雑誌で読んだことがありましたが、ジョバンニは「なんだかどんなこともよくわからない」気持ちがして、あげるのをやめてしまったのでした。それはジョバンニが疲れていたためではありますが、それにもましてかれの孤独感疎外感が深く、友だちとの間だけでなく、銀河も含めてその他もろもろのこととの間にも、いつのまにか深い溝のようなものができてしまい、それらを生き生きと実感することができなくなっていたからでした。銀河は厳然として存在していますが、その存在を感じられれかどうかは、人間のこころがその存在を感じられる状態にあるかどうかによるのですから。また逆にいうならば、ジョバンニはそれだけ自分の心の実感に対して素直だったので、言葉の上だけで、「それは星です」と言ってごまかしてしまうことができなかったのでした。

ところが先生は、ジョバンニが手をあげようとしてやめてしまったのを見とめて、ジョバンニを指します。「ジョバンニさん。あなたはわかってゐるのでせう」。先生はこのところのジョバンニの様子が気にかかっていたのでした。手をあげている四五人ではなくあげようとしてやめたジョバンニを指したのは、そのこともあってなのでした。それにしても「わかってゐるのでせう」というよりは、「ジョバンニさん、ご存じですか」と言うべきでした。「わかってゐるのでせう」には、少し非難の調子が入っています。

ジョバンニは勢いよく立ちあがったものの、「なんだかどんなこともよくわからないといふ気持ち」がまだしていたので答えられずにいると、級友のザネリに振り向きざまにクスッと笑われます。ジョバンニはどぎまぎしてまっ赤になってしまいます。ザネリはジョバンニのつらいこころの内などに思いをめぐらせることなどなく、ジョバンニが答えられないでいるのがなぜか面白かったので笑ったのでした。実のところこのように困っているひとを見て思わず笑ってしまうことは、だれにでもよくあることです。ここには、みんなが思いやりがあって良い人とは限らないですし、多くの人にとっては他人のこころの内の苦渋はしょせん人ごとなのであり分かり合えることは難しいとの、賢治の鋭い人間観察が見えてきます。そして笑われたことでジョバンニはこころが動揺してしまいます。

先生はさらに質問をします。「大きな望遠鏡で銀河をよっく調べると銀河は大体何でせう」。ジョバンニはやはり星だと思いましたが、答えられません。このような、分かっていても答えられなかった経験は誰にでもあると思います。分かっていてもそのことが声となり、言葉となって人に伝わるまでには、実は大変な過程が必要なのです。人前ですらすらしゃべれる人もいますが、どうしてもしゃべれない人もいます。こころのはたらきのどこかが、言葉を発するという回路のどこかにブレーキをかけてしまうのです。それは傷つきやすく、内向的な性格の人に多いと思います。

ジョバンニが答えられないでいるので、先生はしばらく困ってしまいます。教室の中にも気まずい沈黙が訪れます。そこで先生は眼をカムパネルラの方へ向けて、「ではカムパネルラさん」とカムパネルラを名指ししました。カムパネルラなら当然分かっていると思ったのでした。しかしあんなに元気に手をあげたカムパネルラですのに、やはりもじもじと立ち上がったまま、ジョバンニと同じように答えることができませんでした。ジョバンニの答えられない姿をみていたカムパネルラは、ジョバンニの苦渋がなんとなく分かったのでしょうし、答えることで友情が傷ついてしまうような気がしたのでしょう。カムパネルラは相手に共感することのできる子供だったのです。相手をおもいやり共感することができることは、貴重な資質といってよいのです。それとともにここでのエピソードは、この二人の結びつきの深さを象徴してもいると思います。

先生は意外なやうにしばらくぢっとカムパネルラを見てゐましたが、急いで「では。よし。」と云ひながら、自分で星図を指しました。

「このぼんやりと白い銀河を大きないゝ望遠鏡で見ますと、もうたくさんの小さな星に見えるのです。ジョバンニさんさうでせう。」

ジョバンニはまっ赤になってうなづきました。けれどもいつかジョバンニの眼のなかには涙がいっぱいになりました。さうだ僕は知ってゐたのだ、勿論カムパネルラも知ってゐる、それはいつかカムパネルラのお父さんの博士のうちでカムパネルラといっしょに読んだ雑誌のなかにあったのだ。それどこでなくカムパネルラは、その雑誌を読むと、すぐお父さんの書斎から巨きな本をもってきて、ぎんがといふところをひろげ、まっ黒な頁いっぱいに白い点々のある美しい写真を二人でいつまでも見たのでした。それをカムパネルラが忘れる筈もなかったのに、すぐに返事をしなかったのは、このごろぼくが、朝にも午后にも仕事がつらく、学校に出てももうみんなともはきはき遊ばず、カムパネルラともあんまり物を云はないやうになったので、カムパネルラ

がそれを知って気の毒がってわざと返事をしなかったのだ、さう考へるとたまらないほど、じぶんもカムパネルラもあはれなやうな　気がするのでした。

先生にとってカムパネルラが答えられなかったのは意外でしたが、そこで先生は質問するのをやめて、銀河についての説明を始めます。その説明を聞いているときにジョバンニは、以前カムパネルラのうちで銀河が星の集まりであると書いてある雑誌を見たこと、するとカムパネルラが銀河の説明が書いてある巨きな本を持ってきたこと、そして二人で銀河の写真にずっと見入っていたことを思い出したのでした。「ジョバンニさんさうでせう」と先生に言われたとき、まっ赤になってうなずいたジョバンニでしたが、その眼には涙があふれたのでした。ジョバンニはカムパネルラに気の毒がられたと感じて、そう思われた自分があわれだと思ったのです。他人に気の毒がられることは、気の毒がられた方の当人にとっては不愉快なことなのです。自分がどんなに大変でみじめであったとしても、気の毒がられるよりはほっておいてもらいたいと思うものではないでしょうか。

ですがカムパネルラはジョバンニを気の毒がって、答えなかったのでしょうか。またカムパネルラが答えなかったからといって、そのことでジョバンニは自分があわれであると思うことなのでしょうか。カムパネルラにすれば、気の毒がるというよりも、ジョバンニとの友情を重んじたのだと思います。そのまま先生の質問に答えていれば、ジョバンニは自分のことをもっとみじめ

夏の天の川

に思ったことでしょうし、自分とカムパネルラは境遇があまりに違うと思いこむでしょうから。それに、答えないことで先生によく思われなくても、友情を重んじたカムパネルラにとってはちっともあわれなことではないのだと思います。ジョバンニはすこし思い込みすぎるところがあります。

先生はまた云ひました。

「ですからもしもこの天の川がほんたうに川だと考へるなら、その一つ一つの小さな星はみんなその川のそこの砂や砂利の粒にもあたるわけです。またこれを巨きな乳の流れと考へるならもっと天の川とよく似てゐます。つまりその星はみな、乳のなかにまるで細かにうかんでゐる脂油の球にもあたるのです。そんなら何がその川の水にあたるかと云ひますと、それは真空といふ光をある速さで伝へるもので、太陽や地球もやっぱりそのなかに浮んでゐるのです。つまりは私どもも天の川の水のなかに棲んでゐるわけです。そしてその天の川の水のなかから四方を見ると、ちょうど水が深いほど青く見えるやうに、天の川の底の深く遠いところほど星がたくさん集って見えしたがって白くぼんやり見えるのです。この模型をごらんなさい。」

先生は中にたくさん光る砂のつぶの入った大きな両面の凸レンズを指しました。

このところの先生の説明は、賢治の天の川に対する思いがこめられていると思います。銀河は星の集まりですが、その星は真空のなかに浮んでおり、その真空は光をある速さで伝えるものであり、太陽や地球もその真空のなかに浮んでいるというのです。私達はその事実をあたりまえだとしてやり過ごしていますが、よくよく考えてみれば実はとても神秘的なことなのです。また賢治が表現しているように真空は全くなにもないところではなく、光を伝える性質をもった何かなのです。そして天の川の中心部（ここでは底の深いところと表現）は星がたくさん集まって見えますので、白くぼんやり見えるのです。

さらに銀河の星は、川底の砂や砂の粒と考えるよりは、乳の中に浮んだ脂油の球と考えたほうがより実際に近いというのも的確な表現です。そこで、天の川銀河について現代の知識ではどのようなことが分かっているのでしょうか。簡単に述べておきます。

天の川銀河は直径約十万光年の円盤構造をした渦巻き銀河です。円盤部には約二千億個の星があり、中央部は大きく膨らんでバルジと呼ばれており、その厚みは約一・五万光年です。そして円盤とバルジ全体を取り囲むハロー部があります。ハロー部には古い星の集まりである球状星団が散らばっています。天の川銀河の中心部には、太陽の重さの約四百万倍もあるブラックホールが潜んでいるといわれています。太陽は銀河の中心部から約二万八千光年離れた円盤の中に存在し、中心のまわりを秒速二百二十キロメートルの速さで上下に動きながら回転しており、約二・五億年かけて天の川銀河を一周しています。太陽系は四十六億年前にできたといわれていますの

アンドロメダ大星雲

で、誕生してからまだ十八周しかしていないことになります（数字にはいろいろな説があります）。太陽からもっとも近い恒星は、南天のケンタウルス座α星で、約四・四光年（四十四兆キロメートル）離れています。近いといっても随分離れており、宇宙は実際はかなりスカスカなのです。

またここでは賢治は真空と表現していますが、真空はなにも無い虚無の空間ではないのです。そこには何かが充満しており、その目には見えない何かは、アインシュタインの相対性理論においては存在しないとして捨て去られはしましたが、かつて「エーテル」と表現されていた何かに近いものなのではないでしょうか。全くの虚無な空間では、光もまた重力や他のエネルギーも伝わることはないのですから。おそらく賢治はそのような何かを、真空という言葉の中に込めていたのではないかと思われます。

さらに付け加えるならば、原子の大きさは約十のマイナス十乗メートルぐらいであり、原子核の大きさは約十のマイナス十五乗メートルとのことですので、東京駅に直径一メートルのボールをおいてこれを原子核に見立てると、原子の大きさを決める電子の位置はだいたい甲府、宇都宮、銚子を通る円軌道になるとのことですので、原子自体も実はかなりスカスカなのです。つまり原子の中から宇宙空間に到るまで、何かエーテルの様な真空に満たされた空間がこの世界には拡がっているのです。

そこで先生は光る砂粒がたくさんはいった大きな両面凸レンズを指して説明をします。授業のために星図を用意したりレンズを用意するなど、先生の授業に対する熱意が伝わってきます。

「天の川の形はちょうどこんななのです。このいちいちのつぶつぶがみんな私どもの太陽と同じやうにじぶんで光ってゐる星だと考へます。私どもの太陽がこのほゞ中ごろにあって地球がそのすぐ近くにあるとします。みなさんは夜にこのまん中に立ってこのレンズの中を見まはすとしてごらんなさい。こっちの方はレンズが薄いのでわづかの光る粒即ち星しか見えないのでせう。こっちやこっちの方はガラスが厚いので、光る粒即ち星がたくさん見えその遠いのはぼうっと白く見えるといふこれがつまり今日の銀河の説なのです。そんならこのレンズの大きさがどれ位あるかまたその中のさまざまな星についてはもう時間ですからこの次の理科の時間にお話します。では今日はその銀河のお祭なのですからみなさんは外へでてよくそらをごらんなさい。ではこゝまでです。本やノートをおしまひなさい。」

そして教室中はしばらく机の蓋をあけたりしめたり本を重ねたりする音がいっぱいでしたがまもなくみんなはきちんと立って礼をすると教室を出ました。

私たちは実は天の川銀河の真っただ中にいるのです。もし銀河全体が見渡せる位置に行くことができたとしましたら、巨大なバルジ部分を中心にして悠然と回転する渦巻銀河の中に無数の星が輝く姿を眼にして、感動を禁じえないでしょう。そしてそのなかのごくありふれた恒星である太陽を、二千億個もある星々の中から見つけ出すことは、ほとんど不可能かもしれません。人間が日常持つ小さな時間と空間のスケールで銀河空間を理解しようとするのではなく、一切の先入観を捨てて、自分を宇宙が持っている時間と空間のスケールの中に投げ入れて宇宙と一体となってみることから、宇宙の理解をはじめてみる必要がありそうです。

ここで先生がされた説明も、実際の銀河がもっている十万光年という時空の大きさを思い描いて理解しようとするならば、より深く理解されるのではないでしょうか。そして夜空のなかに横たわる天の川の姿を見上げた時には、その立体的な拡がりや回転の有様や大きさなどを思い、また私達もその中の一員として銀河と繋がり合っていることを意識して、見上げてみるようにしてはいかがでしょうか。そのことは、賢治が「農民芸術概論綱要」で述べたように、「銀河系を自らの中に意識して」毎日の生活を正しく強く生きて行くことにつながると思います。

二、活版所

ジョバンニが学校の門を出るとき、同じ組の七八人は家へ帰らずカムパネルラをまん中にして校庭の隅の桜の木のところに集まってゐました。それはこんやの星祭に青いあかりをこしらえて川へ流す烏瓜を取りに行く相談らしかったのです。

けれどもジョバンニは手を大きく振ってどしどし学校の門を出て来ました。すると町の家々ではこんやの銀河の祭りにいちゐの葉の玉をつるしたりひのきの枝にあかりをつけたりいろいろ仕度をしてゐるのでした。

家へは帰らずジョバンニが町を三つ曲ってある大きな活版処にはいってすぐ入口の計算台に居ただぶだぶの白いシャツを着た人におじぎをしてジョバンニは靴をぬいで上りますと、突き当りのおおきな扉をあけました。中にはまだ昼なのに電燈がついてたくさんの輪転器がばたりばたりとまはり、きれで頭をしばったりラムプシェードをかけたりした人たちが、何か歌ふやうに読んだり数へたりしながらたくさん働いて居りました。

ジョバンニはすぐ入口から三番目の高い卓子に座った人の所へ行っておじぎをしました。その人はしばらく棚をさがしてから、

「これだけ拾って行けるかね。」と云ひながら、一枚の紙切れを渡しました。ジョバ

ンニはその人の卓子の足もとから一つの小さな平たい函をとりだして向ふの電燈のたくさんついた、たてかけてある壁の隅の所へしゃがみ込むと小さなピンセットでまるで粟粒ぐらいの活字を次から次と拾ひはじめました。青い胸あてをした人がジョバンニのうしろを通りながら、

「よう、虫めがね君、お早う。」と云ひますと、近くの四五人の人たちが声もたてずこっちも向かずに冷くわらひました。

ジョバンニは何べんも眼を拭ひながら活字をだんだんひろひました。

六時がうってしばらくたったころ、ジョバンニは拾った活字をいっぱいに入れた平たい箱をもういちど手にもった紙きれと引き合せてから、さっきの卓子の人へ持って来ました。その人は黙ってそれを受け取って微かにうなづきました。

ジョバンニはおじぎをすると扉をあけてさっきの計算台のところに来ました。するとさっきの白服を着た人がやっぱりだまって小さな銀貨を一つジョバンニに渡しました。ジョバンニは俄かに顔いろがよくなって威勢よくおじぎをすると台の下に置いた鞄をもっておもてへ飛びだしました。それから元気よく口笛を吹きながらパン屋へ寄ってパンの塊を一つと角砂糖を一袋買ひますと一目散に走りだしました。


大正十年一月、盛岡高等農林研究生を終了後自宅にて鬱々とした日々を送っていた賢治は無断

で上京し、本郷菊坂町に下宿し本郷六丁目にあった文信社という小さな出版社に校正係として勤めております。この時の経験がここでの文章に活かされていると思われます。ここでも人の心の闇をも見つめている賢治の鋭い視線が、さりげない表現のなかに感じられます。

同級生七八人がカムパネルラを中心に校庭の隅の桜の木のそばに集まって、今日の星祭の夜に、その中に青い灯をともして川へ流す、烏瓜を取りに行く相談をしています。灯篭流しはお盆に死者の魂を送る行事ですが、烏瓜を流すのも同じような死者を送る意味があるのでしょうか。子供たちが祭りに参加する一大イベントなのでしょう。そのような盛り上がりを尻目にして、ジョバンニはその横を大きく手を振ってどしどしと歩きながら通ったのでした。学校という子供たちの世界から大人たちの世界へ、ジョバンニは決然と出発したのです。街の家々には今夜の銀河の祭りの飾り付けがなされ、浮き立つような雰囲気が漂い、祭りの夜が始まろうとしていました。ジョバンニはそのような街にも背を向けて、日銭を貰うために活版所の扉を開けたのでした。そこは輪転機が音をたててまわり、インクのにおいが満ちており、たくさんの人が電燈のもとで働いていました。扉の中の世界は、そこで働くすべての人にとっても、祭り気分に浮き立っている外の世界とは隔絶した世界であったのです。

ジョバンニは文選の仕事をもらい、活字の入った棚がたてかけられた壁の隅のほうに座って、電燈の灯のもとで一心に次から次と活字を拾いはじめました。すると青い胸当てをした人がジョバンニのうしろを通りながら、「よう、虫めがね君、お早う」と言ったのでした。ジョバンニは虫めがねを使って活字をピンセットで拾っていたのでしょう。すると「近くの四五人の人たちが声もたてずにこっちも向かずに冷たくわらひました」。この冷たいわらいとは何なのでしょうか。まだ小学生なのですから本当は遊びたいだろうに、生活のために小銭を稼がなくてはならない子供を、かわいそうと思いつつもさげすむ気持ちがあるのだと思います。人は自分よりも下の立場の人を、無意識にさげすむいきものなのです。そのような賢治の視線が感じられる表現です。また祭りの日だというのに、生活のために文選の仕事を続けている自分たちを卑下するような思いも、重ねられているのでしょう。いずれにしてもジョバンニはつめたくわらわれます。だがそのわらいに気付くこともなく、疲れた眼を何べんも拭いながらジョバンニはしごとを続けたのでした。

しごとが終わって銀貨一枚をもらったジョバンニは、俄かに顔いろがよくなって、元気に勢いよくとびだし、パン屋でパンの塊を一つと角砂糖を一袋買い、一目散に走りだしたのでした。小学生にして労働の意味と価値を、身をもって感じ取っていたジョバンニは、その対価として得たパンや砂糖の値打ちを、同世代の誰よりもよく分かっていたのだと思います。

銀河の祭り星祭
青いあかり
天の川

三、家

ジョバンニが勢いよく帰って来たのは、ある裏町の小さな家でした。その三つならんだ入口の一番左側には空箱に紫いろのケールやアスパラガスが植えてあって小さな二つの窓には日覆ひが下りたまゝになってゐました。

「お母さん。いま帰ったよ。工合悪くなかったの。」ジョバンニは靴をぬぎながら云ひました。

「あゝ、ジョバンニ、お仕事がひどかったろう。今日は涼しくしてね。わたしはずうっと工合いがいゝよ。」

ジョバンニは玄関を上って行きますとジョバンニのお母さんがすぐ入口の室に白い巾を被って寝んでゐたのでした。ジョバンニは窓をあけました。

「お母さん。今日は角砂糖を買ってきたよ。牛乳に入れてあげやうと思って。」

「あゝ、お前さきにおあがり。あたしはまだほしくないんだから。」

「お母さん。姉さんはいつ帰ったの。」

「あゝ三時ころ帰ったよ。みんなそこらをしてくれてね。」

「お母さんの牛乳は来てゐないんだろうか。」

「来なかったらうかねえ。」

「ぼく行ってとって来やう。」

「あゝあたしはゆっくりでいゝんだからお前さきにおあがり、姉さんがね、トマトでなにかこしらえてそこへ置いて行ったよ。」

「ではぼくたべやう。」

ジョバンニは窓のところからトマトの皿をとってパンといっしょにしばらくむしゃむしゃたべました。


ジョバンニの家は、裏町の小さな三軒長屋のひとつで、西向きで西日が入るためか、小さな二つの窓には日覆いが下りたままになっていました。その入口のすぐ横の部屋には病気のお母さんが寝込んでいたのでした。帰ってすぐジョバンニは窓を開けたのでした。またジョバンニにはお姉さんがいて、通って来てお母さんの面倒を見ていること、お母さんは食事の仕度もできないほど病気がよくないこと、ジョバンニはお母さんの牛乳に入れるために砂糖を買ってきたこと、ところが牛乳がまだ来ていなかったこと、などが分かります。

帰って来たジョバンニにお母さんが「お仕事がひどかったろう」と言っている言葉が気になります。そんなひどい仕事を子供にさせていることに対して、お母さんは何か手を打って、しないですむようにするべきです。現実は厳しく、病気で寝込んでおり、子供に働いてもらわなければ生活していけないのでやむをえずということなのでしょうが、気にかかるところです。またそうであるならば、「お仕事がひどかったろう」と言う前に「お仕事ごくろうさま」と言うべきではないでしょうか。


「ねえお母さん。ぼくお父さんはきっと間もなく帰ってくると思ふよ。」

「あゝあたしもさう思ふ。けれどもおまへはどうしてさう思ふの。」

「だって今朝の新聞に今年は北の方の漁は大へんよかったと書いてあったよ。」

「あゝだけどねえ、お父さんは漁へ出てゐないかもしれない。」

「きっと出てゐるよ。お父さんが監獄へ入るようなそんな悪いことをした筈がないんだ。この前お父さんが持ってきて学校へ寄贈した巨きな蟹の甲らだのとなかいの角だの今だってみんな標本室にあるんだ。六年生なんか授業のとき先生がかはるがはる教室へ持って行くよ。一昨年修学旅行で（以下数字分空白）

「お父さんはこの次はおまへにラッコの上着をもってくるといったねえ。」

「みんながぼくにあふとそれを云ふよ。ひやかすやうに云ふんだ。」

「おまへに悪口を云ふの。」

「うん、けれどもカムパネルラなんか決して云はない。カムパネルラはみんながそんなことを云ふときは気の毒さうにしてゐるよ。」

この章のお母さんとの会話の中には、物語の伏線になる内容がちりばめられています。ここでは、お父さんは北の海に漁に出ているらしいこと、お父さんが何かの事件にまきこまれて監獄に入れられているという噂がたっていること、もうすぐ帰ってくるだろうこと、ジョバンニはお父さんが寄贈した蟹の甲らやトナカイの角を誇りに思っており監獄に入っていることなど信じていないこと、またお父さんがジョバンニにラッコの上着を持って来ると話したことがクラス中に伝わり、監獄に入っているとの噂も加わって、ジョバンニが「ラッコの上着」とからかわれること、ひとりカムパネルラだけがそのいじめに加わらないで気の毒そうにしていること、などが分かります。集団で誰かをいじめるのは、人間のこころの中に潜んでいて誰にでもありうる心理によって引き起こされるのでしょうし、いじめは今に限らず昔からあったわけです。それは人間が集団生活をする中で獲得してきた残虐性のひとつといってもよいかと思われますが、そこら辺の人間が持っている心の闇を、賢治はよく分かっていたのだと思います。そのような闇を直視しながらも、カムパネルラが取ったようないじめに加わらない相手を思いやる態度こそ、心してわたしたちは取るべきであると、賢治は言っているのだと思います。

「あの人はうちのお父さんとはちゃうどおまへたちのやうに小さいときからのお友達だったさうだよ。」

「あゝだからお父さんはぼくをつれてカムパネルラのうちへもつれて行ったよ。あの

ころはよかったなあ。ぼくは学校から帰る途中たびたびカムパネルラのうちに寄った。カムパネルラのうちにはアルコールラムプで走る汽車があったんだ。レールを七つ組み合せると円くなってそれに電柱や信号標もついてゐて信号標のあかりは汽車が通るときだけ青くなるやうになってゐたんだ。いつかアルコールがなくなったとき石油をつかったら、缶がすっかり煤けたよ。」

「さうかねえ。」

「いまも毎朝新聞をまはしに行くよ。けれどもいつでも家中まだしぃんとしてゐるからな。」

「早いからねえ。」

「ザウルといふ犬がゐるよ。しっぽがまるで箒のやうだ。ぼくが行くと鼻を鳴らしてついてくるよ。ずうっと町の角までついてくる。もっとついてくることもあるよ。今夜はみんなで烏瓜のあかりを川へながしに行くんだって。きっと犬もついて行くよ。」

「さうだ。今夜は銀河のお祭りだねえ。」

「うん。ぼく牛乳をとりながら見てくるよ。」

「あゝ行っておいで。川へははいらないでね。」

「あゝぼくは岸から見るだけなんだ。一時間で行ってくるよ。」

「もっと遊んでおいで。カムパネルラさんと一緒なら心配はないから。」

「あゝきっと一緒だよ。お母さん、窓をしめて置こうか。」
「あゝ、どうか。もう涼しいからね。」
　ジョバンニは立って窓をしめお皿やパンの袋を片附けると勢いよく靴をはいて
「では一時間半で帰ってくるよ。」と云ひながら暗い戸口をでました。

　カムパネルラとジョバンニはお父さんどうしも小さい頃からの親友であったこと、そしてジョバンニはカムパネルラの家でアルコールランプで走る汽車で遊んだことが語られます。二人の結びつきは、両親の代から続く運命的なものであり、小さいころからよく一緒に遊んでいたのです。アルコールランプで走る汽車は、蒸気機関車だったのでしょうか。カンパネルラの家にはジョバンニのところにはない、高価で貴重なおもちゃがあったのです。これは二人が銀河鉄道で旅をすることになる、伏線になっているとも思います。
　またジョバンニは朝新聞配達もしており、活版所で働くだけではなかったのです。そしてカムパネルラの家は、いつでもしいんと静かであり、このことはカムパネルラのお母さんがすでに亡くなっていることを暗示しています。またザウルという犬がジョバンニにとてもなついており、町はずれまでもついて来ること、そして烏瓜のあかりを川へ流すのにも犬がついていくだろうとの連想から、ジョバンニが祭りを見に行くことに、お母さんとジョバンニの会話がつながって行きます。

ジョバンニは牛乳を取りに行きがてら祭りを見に行くことにします。お母さんはジョバンニに川へは入らないようにと強調します。そしてカムパネルラと一緒ならば心配はいらないと言います。ここも、カムパネルラが川で溺れてしまうことがそれとなく暗示されていますし、川での水の事故が今までにもあったことが示唆されています。

そしてジョバンニは西日が落ちて涼しくなってきたので窓をしめ、食事の後片附けをすませて、勢いよく暗くなった玄関を飛び出したのでした。

この章には物語の背景が説明されています。お父さんのこと、お母さんのこと、どうして「ラッコの上着」とからかわれることになったのか、またふたりが幼いころ汽車あそびをしていたこと、ジョバンニは新聞配達もしていること、カムパネルラのお母さんが亡くなっていること、また水の事故が川で起こることなどが、凝縮して表現されています。賢治が物語の展開をいかに緻密に考えていたかが分かります。

四、ケンタウルス祭の夜

ジョバンニは、口笛を吹いてゐるやうなさびしい口付きで、檜のまっ黒にならんだ町の坂を下りて来たのでした。

坂の下に大きな一つの街燈が、青白く立派に光って立ってゐました。ジョバンニが、どんどん電燈の方へ下りて行きますと、いままでばけもののやうに、長くぼんやり、うしろへ引いてゐたジョバンニの影ぼうしは、だんだん濃く黒くはっきりなって、足をあげたり手を振ったり、ジョバンニの横の方へまはって来るのでした。

(ぼくは立派な機関車だ。ここは勾配だから速いぞ。ぼくはいまその電燈を通り越す。そうら、こんどはぼくの影法師はコムパスだ。あんなにくるっとまわって、前の方へ来た。)

とジョバンニが思ひながら、大股にその街燈の下を通り過ぎたとき、いきなりひるまのザネリが、新しいえりの尖ったシャツを着て電燈の向ふ側の暗い小路から出て来て、ひらっとジョバンニとすれちがいました。

「ザネリ、烏瓜ながしに行くの。」ジョバンニがまだそう云ってしまはないうちに、

「ジョバンニ、お父さんから、らっこの上着が来るよ。」その子が投げつけるやうにうしろから叫びました。

ジョバンニは、ぱっと胸がつめたくなり、そこら中きぃんと鳴るやうに思ひました。
「何だい。ザネリ。」とジョバンニは高く叫び返しましたがもうザネリは向こふのひばの植った家の中へはいってゐました。
「ザネリはどうしてぼくがなんにもしないのにあんなことを云ふのだらう。走るときはまるで鼠のやうなくせに。ぼくがなんにもしないのにあんなことを云ふのはザネリがばかなからだ。」

ジョバンニは「口笛を吹いてゐるやうなさびしい口付き」で、檜のまっ黒にならんだ町の坂を下りて来ます。本当は楽しい祭りの夜のはずなのに、ジョバンニのこころが浮き立つことはありません。友だちはみんな烏瓜を流しに行こうとしているのに、仲間にはいれないことや、またお母さんお父さんのこと、毎日の仕事のことなどが、こころを重くしているのでした。

そして坂の下のところには大きな一つの街燈が立っており、「いままでばけもののやうに、長くぼんやり、うしろへ引いていた」ジョバンニの影ぼうしが、「だんだん濃く黒くはっきりなって、足をあげたり手を振ったり、ジョバンニの横の方へまわって来る」ようになります。ここのところは、映画の一シーンを見ているようです。そしてジョバンニは思います。（ぼくは立派な機関車だ。ここは勾配だから速いぞ。ぼくはいまその電燈を通り越す。そうら、こんどはぼくの影法師はコムパスだ。あんなにくるっとまわって、前の方へ来た。)。そしてここでも、鉄道のモチーフが出てきます。またジョバンニは日常のひとこまひとこまで、物語をつくることができたのです。ちょうど賢治がそうであったように。

そのように思いながら街燈の下を通り過ぎた時、ひるま教室でジョバンニのことを笑ったザネリが、ジョバンニの身なりとは違った祭りのためにあつらえた新品のシャツを着て、向こうの小路から出て来て、ひらっとすれちがいます。そしてジョバンニが「ザネリ、烏瓜ながしに行くの」と言う間もなく、「ジョバンニ、お父さんから、らっこの上着がくるよ」というからかいの言葉を投げつけたのでした。するとジョバンニのこころは急に冷たくなり、あたりがきぃんと音をたてたように思ったのでした。何か急にストレスが加わったときに、耳の奥がきぃんとするように感じた経験がありませんでしょうか。ストレスに対して五感、特に聴覚は鋭敏に反応しますが、ここではそのことが切り取られています。賢治の鋭い表現だと思います。「何だい。ザネリ」と叫んだときには、ザネリの姿は家のなかに消えていました。「ザネリはどうしてぼくがなんにもしないのにあんなことを云ふのだらう。走るときはまるで鼠のやうなくせに。ぼくがなんにもしないのにあんなことを云ふのはザネリがばかだからだ」とジョバンニは心の中で思います。

ここのところはいじめといえばいじめではありますが、直後に「何だい。ザネリ」と叫んだり、「走るときはまるで鼠のやうなくせに」と思ったり、「ザネリはばかだ」と思ったり、ジョバンニはいじめられてもそのままへこんでしまわない強さを持っています。それは活版所で働いたり、新聞配達をしたりして自分の力で生きているところから来る、ジョバンニの持っている強さなのだと思います。

ジョバンニは、せわしくいろいろのことを考へながら、さまざまの灯や木の枝で、すっかりきれいに飾られた街を通って行きました。時計屋の店には明るくネオン燈がついて、一秒ごとに石でこさえたふくらふの赤い眼が、くるっくるっとうごいたり、いろいろな宝石が海のやうな色をした厚い硝子の盤に載って星のやうにゆっくり循ったり、また向ふ側から、銅の人馬がゆっくりこっちへまはって来たりするのでした。そのまん中に円い黒い星座早見が青いアスパラガスの葉で飾ってありました。

ジョバンニはわれを忘れて、その星座の図に見入りました。

それはひる学校で見たあの図よりはずっと小さかったのですがその日と時間に合せて盤をまはすと、そのとき出てゐるそらがそのまゝ楕円形のなかにめぐってあらわれるやうになって居りやはりそのまん中には上から下へかけて銀河がぼうとけむったやうな帯になってその下の方ではかすかに爆発して湯気でもあげているやうに見えるのでした。またそのうしろには三本の脚のついた小さな望遠鏡が黄いろに光って立ってゐましたしいちばんうしろの壁には空ぢゅうの星座をふしぎな獣や蛇や魚や瓶の形に書いた大きな図がかかってゐました。ほんたうにこんなやうな蠍だの勇士だのそらにぎっしり居るだろうか、あゝぼくはその中をどこまでも歩いて見たいと思ってたりしてしばらくぼんやり立って居ました。

ジョバンニのこころの中には、いろいろな思いが行ったり来たりしていたのでした。自分が一人ぼっちだと思うとともに、本当の友だちが欲しいとも、強く思ったのではないでしょうか。街はさまざまな灯や枝で、すっかりきれいに飾り付けがなされていました。時計屋の店先にはネオン燈がつけられ、そのショウウインドウの中には、石でこしらえたふくろうの赤い眼が一秒ごとにくるっくるっとうごく時計や、いろいろな宝石が海のような色をした厚いガラス板の上におかれ、それが星空がまわるようにゆっくり回転しているものや、銅の人馬がゆっくり向こう側からこちらへとまわってくるなどの幾種類かの置き物が置かれていました。そのまん中に黒い星座早見が、アスパラガスの青い葉で飾られてありました。

ジョバンニはいままでの色々な考えや思いも忘れて、その星座の図に見入ります。その楕円形の星座の図のまん中に、やはり上から下に銀河がぼーとけむったような白い帯になってありました。そしてその下の方が「かすかに爆発して湯気でもあげているように」見えたのでした。銀河の下の方はちょうど銀河中心方向で、星や星雲星団の密度が一番濃いところですので、実際に天の川を見ていただければ、この表現のすばらしいさを納得していただけると思います。そしてウインドウの奥には、三本脚の黄色い小さな望遠鏡が光っていましたし、一番うしろの壁一面に

「空ぢゅうの星座をふしぎな獣や蛇や魚や瓶の形にかいた大きな図」がかかっていました。星座早見と望遠鏡と星座の図は天体観測を志す時にまず必要な三大アイテムです。それが時計屋のウインドウのなかに一堂に会してあったのであり、ジョバンニには銀河や星の世界へのあこがれを実際にかなえたい、との気持ちが強まったのでした。そしてジョバンニは、そのような蠍だの勇士だのがそらにぎっしり居るなかを「あゝぼくはその中をどこまでも歩いて見たい」と思ったのでした。銀河鉄道で天の川を旅することで、ここでの思いは実現することになるのです。

それから俄かにお母さんの牛乳のことを思ひだしてジョバンニはその店をはなれました。そしてきうくつな上着の肩を気にしながらそれでもわざと胸を張って大きく手を振って町を通って行きました。

空気は澄みきって、まるで水のやうに通りや店の中を流れましたし、街燈はみなまっ青なもみや楢の枝で包まれ、電気会社の前の六本のプラタヌスの木などは、中に沢山の豆電燈がついて、ほんたうにそこらは人魚の都のやうに見えるのでした。子どもらは、みな新しい折のついた着物を着て、星めぐりの口笛を吹いたり、「ケンタウルス、露をふらせ。」と叫んで走ったり、青いマグネシアの花火を燃やしたりして、たのしそうに遊んでゐるのでした。けれどもジョバンニは、いつかまた深く首を垂れて、そこらのにぎやかさとはまるでちがったことを考へながら、牛乳屋の方へ急ぐのでした。

ジョバンニは、いつか町はづれのポプラの木が幾本も幾本も、高く星ぞらに浮んでゐるところに来てゐました。その牛乳屋の黒い門を入り、牛の匂のするうすくらい台所の前に立って、ジョバンニは帽子をぬいで「今晩は、」と云ひましたら、家の中はしいんとして誰も居たやうではありませんでした。

「今晩は、ごめんなさい。」ジョバンニはまっすぐに立ってまた叫びました。するとしばらくたってから、年老った女の人が、どこか工合が悪いやうにそろそろ出て来て何か用かと口のなかで云ひました。

「あの、今日、牛乳が僕んとこへ来なかったので、貰ひにあがったんです。」ジョバンニが一生けん命勢いよく云ひました。

「いま誰もゐないでわかりません。あしたにして下さい。」

その人は、赤い眼の下のとこを擦りながら、ジョバンニを見おろして云ひました。

「おっかさんが病気なんですから今晩でないと困るんです。」

「ではもう少したってから来てください。」その人はもう行ってしまひそうでした。

「さうですか。ではありがとう。」ジョバンニは、お辞儀をして台所から出ました。


現実のいろいろなことを忘れて、時計屋のウインドウの中を見入っていたジョバンニでした

が、お母さんの牛乳を取りに行く用事を思い出します。街はすっかり祭りの飾り付けが施され、「空気は澄みきって、まるで水のやうに通りや店の中を流れましたし」、この表現は見えない空気が眼に見えるように感じる、賢治特有のすばらしい表現だと思います。街燈やプラタナスの木にも飾り付けや電飾が施され、「ほんたうにそこらは人魚の都のやうに」見えたのでした。人魚の都とは、この世のものとも思われぬ光輝く幻想的な街が出現していたのでした。そこここで、まあ新しい折のついた着物を着たこどもたちが、星めぐりの口笛を吹いたり、「ケンタウルス、露をふらせ」と叫んで走ったり、青いマグネシアの花火を燃やしたりして、楽しそうに遊んでいました。

新しい上着を買ってもらえないジョバンニは、きゅうくつな上着の肩を気にしながらも、はじめはわざと胸を張って大きく手を振っていましたが、「いつかまた深く首を垂れて」まわりのにぎやかさとはまるでちがったことを考えながら、牛乳屋へ急いだのでした。きゅうくつな上着に文句もいわずに、へこたれることなく強く行動しようとしたのでしたが、眼に映る街の風景と、自分を取り囲む現実の重さとのあまりの落差に、自然と首が垂れてきたのでした。

牛乳屋は、町はずれのポプラの木が幾本も幾本も高く星ぞらに浮かんでいるところにありました。「ポプラの木が幾本も幾本も星ぞらに浮ぶ」とは、情景がありありと眼の中に浮んで来る印象的な表現です。ゴッホの絵が浮んできます。何度も呼びかけてやっと出てきたのは、「どこか工合がわるいやうにそろそろ出て来」た老婆でした。ジョバンニの他にも祭りの雰囲気とは隔絶した世界にいる人がいたのです。ジョバンニは病気のお母さんに今日飲ませたいと訴えますが、よくわからないのでまた来てくださいと言われて引きさがります。


十字になった町のかどを、まがろうとしましたら、向ふの橋へ行く方の雑貨店の前で、黒い影やぼんやり白いシャツが入り乱れて、六七人の生徒らが、口笛を吹いたり笑ったりして、めいめい烏瓜の燈火を持ってやって来るのを見ました。その笑い声も口笛も、みんな聞き覚えのあるものでした。ジョバンニの同級の子供らだったのです。ジョバンニは思はずどきっとして戻らうとしましたが、思い直して、一そう勢いよくそっちへ歩いて行きました。

「川へ行くの。」ジョバンニが云はうとして、少しのどがつまったやうに思ったとき、

「ジョバンニ、らっこの上着が来るよ。」さっきのザネリがまた叫びました。

「ジョバンニ、らっこの上着が来るよ。」すぐみんなが、続いて叫びました。ジョバンニはまっ赤になって、もう歩いてゐるかもわからず、急いで行きすぎやうとしましたら、そのなかにカムパネルラが居たのです。カムパネルラは気の毒さうに、だまって少しわらって、怒らないだらうかといふやうにジョバンニの方を見てゐました。


ジョバンニは、遁げるやうにその眼を避け、そしてカムパネルラのせいの高いかたちが過ぎて行って間もなく、みんなはてんでに口笛を吹きました。町かどを曲がると

き、ふりかへって見ましたら、ザネリがやはりふりかへって見てゐました。そしてカムパネルラもまた、高く口笛を吹いて向ふにぼんやり橋の方へ歩いて行ってしまったのでした。ジョバンニは、なんとも云へずさびしくなって、いきなり走り出しました。すると耳に手をあてゝ、わああと云ひながら片足でぴょんぴょん跳んでゐた小さな子供らは、ジョバンニが面白くてかけるのだと思ってわあいと叫びました。まもなくジョバンニは黒い丘の方へ急ぎました。

橋へ続く途中に雑貨屋があり、その前に同級生六七人が笑ったり口笛を吹いたりしながら、烏瓜の燈火を持ってやってくるのが見えました。一瞬どきっとしたジョバンニは引き返そうとしますが思いとどまって、一層勢いよくそっちの方へ歩いて行きました。ジョバンニは、おそらく病気のお母さんのことを考えながら歩いていたのです。その気分とはあまりにも異質な同級生の一団と会うと、きっと何かが起こることを予感し一瞬躊躇したのでしょう。しかしはじめの校門のところでもそうでしたが、一瞬躊躇したあとに、自分の道をさらに強く進もうとします。それは賢治がジョバンニに、困難があっても強く生きたまえと言っているのだと思います。

ジョバンニは「川へ行くの」と言おうとして、少しのどがつまったような感じがします。人間の精神状態が身体症状にどのように影響を与えるかを、賢治がいかに的確に捉えていたか示していると思います。東洋医学では、のどのつまり感は気鬱（鬱的な気分）の症状ですが、このときのジョバンニの鬱屈した心理状態をあらわしていると思います。そのときザネリが、「ジョバンニ、らっこの上着が来るよ」と叫びますと、みんなも続いて「ジョバンニ、らっこの上着が来るよ」と叫びます。父親が不在なために苦労をしているジョバンニに、父親が今度持って来ると約束したらっこの上着でからかうのは、ジョバンニ自身だけでなくジョバンニの父親をもからかっていることになりますので、余計に理不尽でありジョバンニの感情を逆なでする言葉なのです。それは言葉の暴力といってもよいのですが、誰かが扇動すると集団心理が働いて、みんなで同調しいじめが始まることになってしまうのです。このことは、誰にでもありえる心理なのです。人間はだれもが他人の痛みをおもいやりその痛みを理解するわけではないのです。ここにはそのような人間の本質を見ている賢治の透徹した視線が感じられます。そして皮肉なことに、後にカムパネルラに身代わりに助けられるザネリが、率先してジョバンニをいじめていたのです。

「カムパネルラだけは気の毒さうに、だまって少しわらって、おこらないだろうかといふやうにジョバンニの方を見てゐました」。ここはカムパネルラの弱さなのだと思います。ジョバンニを友だちだと思うならば、ほんとうはまず、友人たちをからかわないように制止するべきですから。そうしないで、だまって少しわらったのは、いじめはしないが集団の大勢には逆らわないという態度ととられてもしかたがないと思います。そしてカムパネルラは、高く口笛を吹いてぼんやり橋の方へ歩いて行ってしまったのでした。ここでのぼんやりは、カムパネルラが自分の取った態度を考えて反省していたためかもしれませんし、この時のこころのわだかまりが、ザネリを助けようとして溺れてしまうカムパネルラの行動の伏線になっているのかも知れません。そして生きているカムパネルラをジョバンニが見たのは、これが最後になったのです。

なんともいえずさびしくなったジョバンニは、いきなり走りはじめたのでした。ジョバンニはカムパネルラからも見捨てられたような気持がして、孤独とさびしさで一杯になったのでした。もしみんなが、「ジョバンニも一緒においで」と言ってくれたなら、どんなに心が幸せになったでしょう。しかし事実は逆だったのです。ジョバンニは走りながら、黒い丘の方へ向かったのでした。

五、天気輪の柱

牧場のうしろはゆるい丘になって、その黒い平らな頂上は、北の大熊星の下に、ぼんやりふだんよりも低く連って見えました。

ジョバンニは、もう露の降りかかった小さな林のこみちを、どんどんのぼって行きました。まっくらな草や、いろいろな形に見えるやぶのしげみの間を、その小さなみちが、一すじ白く星あかりに照らしだされてあったのです。草の中には、ぴかぴか青びかりを出す小さな虫もゐて、ある葉は青くすかし出され、ジョバンニは、さっきみんなの持って行った烏瓜のあかりのやうだとも思ひました。

そのまっ黒な、松や楢の林を越えると、俄かにがらんと空がひらけて、天の川がしらしらと南から北へ亘ってゐるのが見え、また頂の、天気輪の柱も見わけられたのでした。つりがねさうか野ぎくかの花が、そこらいちめんに、夢の中からでも薫りだしたといふやうに咲き、鳥が一疋、丘の上を鳴き続けながら通って行きました。

ジョバンニは、頂の天気輪の柱の下に来て、どかどかするからだを、つめたい草に投げました。

牧場のうしろはなだらかな丘になっており、空に堂々とひろがった大熊座の下では、その黒い平らな丘の頂上はふだんよりも低く連なって感じられたのでした。ちょうど七月下旬の宵のころは、大熊座のしっぽからおしりのところにある北斗七星が、北極星の左下に位置し、賢治の観察がいかに正確かを示しています。丘は北の方角にあったのでした。そして次のすばらしい描写に続いて行きます。眼を閉じると情景がありありと浮かんできます。

もう夜露が降りかかった小さな林の中のこみちをどんどんのぼって行くと、草は闇のなかに黒々と生え、やぶやしげみもいろいろな形に黒く浮き上がって見えていました。その間を、「その小さなみちが、一すじ白く星あかりに照らしだされてあったのです。草の中には、ぴかぴか青びかりを出す小さな虫もゐて、ある葉は青くすかし出され、ジョバンニは、さっきみんなの持って行った烏瓜のあかりのやうだとも思いました」。星あかりに照らしだされた一すじの白いみちは、ジョバンニを天気輪の丘に導くためにそのようにあったのだと思います。それは天の意思と云ってもよいのだと思います。そして足もとには青びかりをだす虫が、烏瓜の燈火のように、葉をすかし出していたのでした。

「そのまっ黒な、松や楢の林を越えると、俄かにがらんと空がひらけて、天の川がしらしらと南から北へ亘ってゐるのが見え」たのでした。おそらく丘の頂上への道は丘を巻いており、林が急にがらんと開けて草原に出たところからは、南のそらが見渡せ、南から北へと、天の川が白く輝きながら亘って行く全貌を見ることができたのでした。また頂上には、天気輪の柱が見分けられたのでした。

「つりがねさうか野ぎくかの花が、そこらいちめんに、夢の中からでも薫りだしたといふやうに咲き、鳥が一疋、丘の上を鳴き続けながら通って行きました」。丘の上の草原も自然のうつくしさに満ちた、夢のような世界だったのです。それはまつりの飾り付けがなされた町の浮き立った光景とは異なった、人のこころをなごやかに豊かにするうつくしい世界だったのです。そしてその丘の頂に天気輪の柱が立っていたのです。

「ジョバンニは、頂の天気輪の柱の下に来て、どかどかするからだを、つめたい草に投げました」。天気輪の柱は、丘の頂の上に、天に向かって続いているというのです。それは実際にそこに何か柱が建っているというのではなく、天すなわち宇宙に満ちている気、気とは宇宙に存在しているエネルギーなのでしょうし、そのような天の気をそこに丸く凝縮したような場として、輪がイメージされてあるのだと思います。そうして柱はこの地上と宇宙を結ぶ絆の象徴なのではないでしょうか。宇宙のエネルギーが凝縮された丸い存在は、太陽もそうでしょうし、そうすると星もそうなのです。すると星の世界と地上を結ぶ絆が、天気輪の柱と云っても過言ではないとも思います。

ジョバンニのほてったからだもつめたい草に冷やされ、天の川の姿と草原のうつくしい光景に触れ、宇宙につながる自分の姿を感じて、こころは落ち着きを取り戻したのでした。

ここのところの描写では、盛岡高農生であった賢治が友人と北上山地探訪を行った際の友人の記述、「北上山地探訪の時は、土曜の午後から出掛け姫神の下のあたりを通つて夜道になつた。

山道は尽きて広い野原に出た。先途に、ボーと明るい一画が見えいい香りがしてくる。花盛りの鈴蘭群生地帯であつた。二人は嬉々として花の上に寝転んで考えた。（以下略）」が思い浮びます。そのような経験が賢治の表現の原点になっているのだと思われます。

町の灯は、暗の中をまるで海の底のお宮のけしきのやうにともり、子供らの歌ふ声や口笛、きれぎれの叫び声もかすかに聞えて来るのでした。風が遠くで鳴り、丘の草もしづかにそよぎ、ジョバンニの汗でぬれたシャツもつめたく冷やされました。ジョバンニは町のはづれから遠く黒くひろがった野原を見わたしました。

そこから汽車の音が聞えてきました。その小さな列車の窓は一列小さく見え、その中にはたくさんの旅人が、苹果《りんご》を剥いたり、わらったり、いろいろな風にしてゐると考へますと、ジョバンニは、もう何とも云へずかなしくなって、また眼をそらに挙げました。

あゝあのそらの帯がみんな星だといふぞ。

ところがいくら見てゐても、そのそらはひる先生が云ったやうな、がらんとした冷たいとこだとは思われませんでした。それどこでなく、見れば見るほど、そこは小さな林や牧場やらある野原のやうに考へられて仕方なかったのです。そしてジョバンニは青い琴の星が、三つにも四つにもなって、ちらちら瞬き、脚が何べんも出たり引っ込んだりして、たうたう蕈《じん》のやうに長く延びるのを見ました。またすぐ眼の下のまちまでがやっぱりぼんやりしたたくさんの星の集りか一つの大きなけむりかのやうに見えるやうに思ひました。

天空には天の川が横たはり、地上は花々の草原が薫りたつように拡がっています。落ち着きを取り戻したジョバンニは、下界の町を見やります。そこは「まるで海の底のお宮のけしきのやうに」闇の底で輝いていたのでした。天上、地上、下界そこには三層のすばらしいパノラマが拡がっていたのでした。「子供らの歌ふ声や口笛、きれぎれの叫び声もかすかに聞えてくるのでした」。風に乗って町の喧騒が伝わって来ます。その中に子供とたちの歌声や口笛も混じって聞えてきます。そしてきれぎれの叫び声も、その叫び声はカムパネルラが溺れたためだったのかもしれないのですが。そしてジョバンニは町はずれから遠くまで黒々と拡がった野原を見わたしました。

その野原の向こうから汽車の音が聞えて来ました。そして暗闇のなかから小さな列車が、小さな窓を一列に連ねて、町に近づいてきました。その列車の中ではたくさんの旅人が、りんごを剥いたり、談笑したり、いろいろな風にして過ごしていると考えますと、ジョバンニはもう何ともいえず悲しくなって、眼をそらに挙げたのでした。ジョバンニは本当はみんなと一緒に、あたりまえにりんごを剥いたり、世間話をして談笑して過ごしたり、また友だちと一緒に祭りを楽しんだりという、そのようなごく普通のことをしたかったのです。ですがそのようなごく普通のことができない自分の境遇を思うと、悲しさがこみ上げてきたのでした。あたりまえのことをあたりまえにできるということが、それができない人にとっては、「神の業にも均しい」ことなのです。このことは、賢治自身が死の床にあった時に述べています。ジョバンニはあたりまえのことができない自分の境遇を思い、孤独感で一杯になり、悲しさがこみ上げて来たのでした。逆にいうならば、あたりまえのことをあたりまえにできることが、実は大変なことなのです。そのことを私達は噛みしめる必要があります。この部分は最終稿で書き加えられており、賢治の病床にあった実感が込められていると思います。

ジョバンニは眼をそらに挙げました。そこには天の川が横たわっていました。そしてジョバンニの孤独で悲しみに沈んだ気持ちを癒したのは天の川だったのです。その星々を見れば見るほど、そこはがらんとした冷たい空間なのではなく、「小さな林や牧場やらある野原のやうに」もっと暖かみのある、心を癒してくれる空間に思えたのでした。

このところのジョバンニが感じた気持ちは、わたしたちを取り巻いている天の川や宇宙への帰属感といってもよいと思います。それはアーヴィン・ラズロがその著『生ける宇宙』（吉田三知世訳、日本教文社）で述べているように、「わたしたちは、一貫性をそなえた世界の、一貫性をそなえた一部である。その点に関しては人間も、一個の素粒子、恒星・銀河とまったく同じだ」なのであり、また「わたしたちはたしかに、包括的で全一的な宇宙の住人であり、そのような宇宙の一部なのだ。宇宙はわたしたちがくつろいで暮すことができる故郷なのである」という主張と同じことを述べているのだと思います。それは物質だけの冷たい宇宙ではないのです。

ジョバンニは「青い琴の星が、三つにも四つにもなって、ちらちら瞬き、脚が何べんも出たり引っ込んだりして、たうたう蕈のやうに長く延びるのを見ました」。蕈《じん》とは「きのこ」のことですので琴の星、つまり琴座のベガのことだと思いますが、ベガがちらちら瞬きながら三四個に分裂したように見え、そこからきのこのように脚が長く延びたというのでしょうか。それとも、ベガが琴座を構成する各々の星に分裂したように見え、その各々から脚が長く延びたというのでしょうか。それとも、ベガの横にある琴座ε星は別名ダブルダブルスターという四重星ですが、そのことをいっているのでしょうか。ちなみにベガは全天で五番目に明るい星です。そのような星々がまるで「きのこ」のような生きものに、ジョバンニには見えたのでした。

「またすぐ眼の下のまちまでがやっぱりぼんやりしたたくさんの星の集りか一つの大きなけむりかのやうに見えるやうに思いました」。この時ジョバンニは、自分が宇宙の中に抱かれている実感を持ったのだと思います。そして下界の町も宇宙の中に同様に抱かれていることを、感じたのだと思います。そして町の灯が銀河のなかに抱かれている有様を、銀河のなかの星の集まりか星雲のように感じたのではないでしょうか。

六、銀河ステーション

そしてジョバンニはすぐうしろの天気輪の柱がいつかぼんやりした三角標の形になって、しばらく蛍のやうに、ぺかぺか消えたりともったりしてゐるのを見ました。それはだんだんはっきりして、たうたうりんとうごかないやうになり、濃い鋼青のそらの野原にたちました。いま新しく灼いたばかりの青い鋼の板のやうな、そらの野原に、まっすぐにすきっと立ったのです。

三角標とは、山の頂上に建てて測量の目印にする、材木を三角垂の形に組んだ塔です。その三角形の塔が「濃い鋼青のそらの野原」に立ったというのです。天気輪の柱と結びついている「そらの野原」に、はじめは蛍の光のように頼りなげにぺかぺか消えたりともったりしていましたが、やがてしっかりとりんとすきっと立ったというのです。賢治は、天のそらの色をところどころで「鋼青」と表現しています。単なる青ではない、力が内にこもっている青なのです。

三角標は、地上と銀河宇宙を結ぶ絆である天気輪の柱と繋がっており、その天気輪の柱を経由して銀河宇宙を訪れる魂に呼応して、そらの野原に立てられるのです。そうすると各々の三角標が、銀河宇宙を訪れたそれぞれの魂を象徴していることになります。後に無数の三角標との表現が出てきますが、そのような無数の絆で地上と宇宙は繋がっていると賢治は言っているのだと思います。ここではジョバンニの魂に呼応した三角標が出現し、そらの野原にまっすぐにすきっと立ったのです。ジョバンニはそうして宇宙に導かれたのです。それは夢の中の出来事だったのかもわかりませんが、ありありとした実体験でもあったのです。そうしてここから、銀河の旅が始まります。

なおここのところの三角標のイメージを賢治は、法華経の「従地涌出品」から得ている気がしてなりません。「従地涌出品」によりますと、多くの菩薩が大地から涌き出して、虚空にいるすぐれた塔の多宝如来と釈迦牟尼仏のところに到り、礼拝し話を聞く場面があります。この大地から涌き出すイメージと多宝塔のイメージが、三角標に繋がっている気がいたしますが想像だけかもしれません。また初期形三ではこの部分のあとに次のような文章が入りますが、本文篇では削除されています。その部分を取り上げてみます。

(いくらなんでも、あんまりひどい。ひかりがあんなチョコレートででも組みあげたやうな三角標になるなんて。)
するとちやうど、それに返事をするやうに、どこか遠くの遠くのもやの中から、セロのやうなごうごうした声がきこえて来ました。
(ひかりといふものは、ひとつのエネルギーだよ。お菓子や三角標も、みんないろいろに組みあげられたエネルギーが、またいろいろに組みあげられてできてゐる。だから規則さへさうならば、ひかりがお菓子になることもあるのだ。たゞおまへは、いままでそんなとこに居なかっただけだ。ここらはまるで約束がちがふからな。）
ジョバンニは、わかったやうな、わからないやうな、おかしな気がして、だまってそこらを見てゐました。

セロのような声が語る部分は本文篇ではすべて削除されています。ですがその部分にこそ賢治の生の声が投影されている気がいたします。この削除部分を見ますと、三角標はひかりのエネルギーがいろいろに組み上げられてできたものなのです。そしてそれは天の規則つまり法則がそのようになっているからなのだというのです。またひかりがお菓子になることもそうだというのです。地上ではひかりのエネルギーは植物の持っている葉緑素に吸収されて糖分やでんぷんとなりそれを原料としてお菓子がつくられます。それと同じようにひかりのエネルギーが天の法則でいろいろ組み上げられて天のお菓子や三角標もつくられるというのです。そうしますと賢治のなかの根本にはひかりのエネルギーがあるのですし、またひかりというエネルギーそのものもその中から生まれて来るすべての母体となるような、もっと根源的なエネルギーを指しているようにも思われます。本文にもどります。

するとどこかで、ふしぎな声が、銀河ステーション、銀河ステーションと云ふ声がしたと思ふといきなり眼の前が、ぱっと明るくなって、まるで億万の蛍烏賊の火を一ぺんに化石させて、そら中に沈めたといふ工合、またダイアモンド会社で、ねだんがやすくならないために、わざと獲れないふりをして、かくして置いた金剛石を、誰かがいきなりひっくりかへして、ばら撒いたといふ風に、眼の前がさあっと明るくなって、ジョバンニは、思はず何べんも眼を擦ってしまひました。

気がついてみると、さっきから、ごとごとごとごと、ジョバンニの乗ってゐる小さな列車が走りつづけてゐたのでした。ほんたうにジョバンニは、夜の軽便鉄道の、小さな黄いろの電燈のならんだ車室に、窓から外を見ながら座ってゐたのです。車室の中は、青い天蚕絨を張った腰掛けが、まるでがら明きで、向ふの鼠いろのワニスを塗った壁には、真鍮の大きなぼたんが二つ光ってゐるのでした。

ジョバンニは、夢現のような状態の中で、「銀河ステーション、銀河ステーション」という不思議な声を聞いたのでした。その声とともにジョバンニの瞳の中には、「億万の蛍烏賊を一ぺんに化石させて、そら中に沈めた」とか、「かくして置いた金剛石を、誰かがいきなりひっくりかへして、ばら撒いた」と表現されるような、きらきらと輝く無数の強烈な光が、入ってきたのでした。銀河ステーションという声は、単なる駅の構内アナウンスではなく、むしろ銀河鉄道に到る異次元空間の入口でながれているアナウンス、と考えたほうがよいかと思います。そこはそもそも不思議な空間ですので、賢治も「ふしぎな声」と表現しているのだと思います。またその入口には、その向う側にある銀河の光が、強烈に射し込んでいたのではないでしょうか。その強烈な光にジョバンニは何べんも眼を擦ったのでした。そしてその入口を通ってジョバンニは、いつの間にか銀河鉄道の乗客となっていたのでした。

その列車の中は、賢治がいつも乗っていたであろうローカル列車、岩手軽便鉄道の車内と同じように、「小さな黄色い電燈」がならび、「青い天蚕絨を張った腰掛け」があり、「鼠いろのワニスを塗った壁」があったのでした。そしてその壁には「真鍮の大きなぼたんが二つ光って」いたのです。二つの光る大きなぼたんは、眼を連想させ、誰かが見ているような不気味さがあります。

すぐ前の席に、ぬれたようにまっ黒な上着を着た、せいの高い子供が、窓から頭を出して外を見てゐるのに気が付きました。そしてそのこどもの肩のあたりが、どうも見たことのあるやうな気がして、そう思ふと、もうどうしても誰だかわかりたくて、たまらなくなりました。いきなりこっちも窓から顔を出さうとしたとき、俄かにその子供が頭を引っ込めて、こっちを見ました。

それはカムパネルラだったのです。

ジョバンニが、カムパネルラ、きみは前からこゝに居たのといはうと思ったとき、カムパネルラが

「みんなはねずゐぶん走ったけれども遅れてしまったよ。ザネリもね、ずゐぶん走ったけれども追ひつかなかった。」と云ひました。

ジョバンニは、（さうだ、ぼくたちはいま、いっしょにさそって出掛けたのだ。）とおもひながら、

「どこかで待ってゐやうか。」と云ひました。するとカムパネルラは
「ザネリはもう帰ったよ。お父さんが迎ひにきたんだ。」

カムパネルラは、なぜかそう云ひながら、少し顔いろが青ざめて、どこか苦しいといふふうでした。するとジョバンニも、なんだかどこかに、何か忘れたものがあるといふやうな、おかしな気持ちがしてだまってしまひました。


するとジョバンニのすぐ前の席に、「ぬれたやうにまっ黒な上着を着た」カムパネルラが座っていたのです。後で出て来ますが、カムパネルラはザネリを助けようとして、川で溺れて死んでしまったのです。すると銀河鉄道という空間の中では、生者であるジョバンニと死者であるカムパネルラが一緒に存在しているのです。このことはその場所が、現実の因果関係を離れた別次元の空間であり、三次元で生きている私たちがそんな空間はありえないということはできないのです。それは二人の魂の在り場所といってもよいのかもしれませんし、生者も死者も含めた魂の在り場所がこの宇宙の中にはあるのかもしれません。または霊界と表現できるかも分かりません。

またカムパネルラは死者であり、したがって幽霊でありますが、生きている私達は自分自身を何といえばよいのでしょうか。幽霊と関係する賢治の詩が、詩集『春と修羅』の序の、冒頭のところにあります。書き出してみます。

わたくしといふ現象は
仮定された有機交流電燈の
ひとつの青い照明です
(あらゆる透明な幽霊の複合体)
風景やみんなといっしょに
せはしくせはしく明滅しながら
いかにもたしかにともりつづける
因果交流電燈の
ひとつの青い照明です
(ひかりはたもち、その電燈は失はれ)

自分という現象は「あらゆる透明な幽霊の」複合体なのだと言っています。「ひかりはたもち、その電燈は失はれ」る、つまり電燈は交流の明滅により瞬間瞬間に失われ続けていますが、離れて見ているとずっと光っているように見えています。そして自分という現象も、そのような交流の明滅と同じであるというのです。わたしたちの身体は瞬間瞬間に移り変わっており、一か所に静止してはいません。つまり瞬間瞬間で見るならば、わたしたちも実在と幽霊を繰り返しており、その幽霊の複合体として、一個の生命現象が確かに営まれているのです。つまり生者も「あらゆる透明な幽霊の複合体」なのですから、幽霊を死者に限定して特別視することもない、と賢治はいいたかったのだと思います。ともあれ異次元空間の中で銀河鉄道は走り続けます。

ジョバンニがカムパネルラに「きみは前からこゝに居たの」と言おうと思ったとき、カムパネルラがはなし始めます。「みんなはね、ずゐぶん走ったけれども遅れてしまったよ。ザネリもね、ずゐぶん走ったけれども追いつかなかった」と言ったのでした。ここでは一つはカムパネルラが溺れた時に、皆で必死になってカムパネルラを捜したけれども見付けることができず、別れ別れになってしまったことを言っていると思います。またもう一つ別の言い方をするならば、地上の生活からの引力が強くてそこに留まっている人は、その人の思いも引力にひかれて地上に留まったままで、その引力を離れて宇宙に到り、そして銀河鉄道の列車に乗ることは難しいのであり、宇宙と通じ合う魂をもっている人だけが乗ることができる、と言っているのではないでしょうか。

つまりカムパネルラのような、地上に未練を残して死んでしまい、そのことの救いが必要な人か、ジョバンニのように地上での苦しい生活からの救いが必要で、宇宙に満ちている何かを求めている人が、銀河鉄道に乗ることができるのです。そこでジョバンニは、（さうだ、ぼくたちはいま、いっしょにさそって出掛けたのだ）と思ったのです。二人は天の意思で選ばれて銀河鉄道に乗ることができたのですが、ジョバンニは一緒にさそって旅に出掛けた気がしたのでした。それはジョバンニの願望だったのかもしれません。そうして、ジョバンニがどこかでみんなを待っていようかとカムパネルラに言ったとき、カムパネルラは、ザネリはお父さんが迎えにきてもう帰ってしまったと言ったのでした。生者と死者を分ける溝は深く、まただれもが銀河鉄道に乗れるわけではないですので、待っていても仕方ないのですから。

地上に残してきた様々な思いで、カムパネルラの顔は少し青ざめ、苦悩の表情がよぎったのでした。ジョバンニも、地上に何か忘れたものがあるようなおかしな気持ちがしたのでしたが、それが何かははっきりしなかったのでした。二人とも地上の出来事を、ちょうど記憶喪失の人が何かを思い出した時のような感じで、思い出したのでした。しかし生者のジョバンニと死者のカムパネルラでは、カムパネルラの方が苦しみが強かったのでした。ともあれ銀河鉄道の列車の中は、地上とは切り離された異次元の世界なのでした。

ところがカムパネルラは、窓から外をのぞきながら、もうすっかり元気が直って、勢いよく云ひました。

「あゝしまった。ぼく、水筒を忘れてきた。スケッチ帳も忘れてきた。けれど構はない。もうぢき白鳥の停車場だから。ぼく、白鳥を見るなら、ほんたうにすきだ。川の

遠くを飛んでゐたって、ぼくはきっと見える。」そして、カムパネルラは、円い板のやうになった地図を、しきりにぐるぐるまはして見てゐました。まったくその中に、白くあらはされた天の川の左の岸に沿って一条の鉄道線路が、南へ南へとたどって行くのでした。そしてその地図の立派なことは、夜のやうにまっ黒な盤の上に、一一の停車場や三角標、泉水や森が、青や橙や緑や、うつくしい光でちりばめられてありました。ジョバンニはなんだかその地図をどこかで見たやうにおもひました。

「この地図はどこで買ったの。黒曜石でできてるねえ。」

ジョバンニが云ひました。

「銀河ステーションで、もらったんだ。君もらはなかったの。」

「あゝ、ぼく銀河ステーションを通ったらうか。いまぼくたちの居るとこ、ここだらう。」

ジョバンニは、白鳥と書いてある停車場のしるしの、すぐ北を指しました。


窓の外を見やっていたカムパネルラはすっかり元気を取り戻し、ジョバンニとの久しぶりの会話がはずんで行きます。カムパネルラはうきうきして、自分が白鳥をどんなに好きか話します。そして銀河ステーションでもらった黒曜石でできた地図を見たのでした。そこには天の川の左の岸に沿って、一条の鉄道線路が南へ南へと延びているのでした。一一の停車場や泉水や森が、そこに青や橙や緑の美しい光で表されていました。ジョバンニはその地図をどこかで見たように思ったのでした。そうです、それは時計屋のショウウインドウの中にあった星座早見盤にそっくりだったのです。

　カムパネルラがもらった地図は、死者であるカムパネルラが銀河ステーションでもらったものでしたが、ジョバンニはカムパネルラとは違う道を通って来たので持っていなかったのでした。ジョバンニは「銀河ステーション、銀河ステーション」という不思議な声は聞いたのですが、駅は通ってはいなかったのです。ですので改札口で切符の検札も受けてはいませんでした。そうしますと銀河鉄道の正規の利用者は主にカムパネルラのような死者であり、死者が天上や彼岸に到るために乗車する場合が多いのだと思われます。その場合初めて乗る乗客が多いのは当然であり、おそらくその人たちには黒曜石で出来た地図が配られたのでしょう。

「さうだ。おや、あの河原は月夜だろうか。」そっちを見ますと、青白く光る銀河の岸に、銀いろの空のすゝきが、もうまるでいちめん、風にさらさらさらさら、ゆれてうごいて、波を立ててゐるのでした。

「月夜でないよ。銀河だから光るんだよ。」ジョバンニは云ひながら、まるではね上りたいくらゐ愉快になって、足をこつこつ鳴らし、窓から顔を出して、高く高く星めぐりの口笛を吹きながら一生けん命延びあがって、その天の川の水を、見きはめやうと

しましたが、はじめはどうしてもそれが、はっきりしませんでした。けれどもだんだん気をつけて見ると、そのきれいな水は、ガラスよりも水素よりもすきとほって、ときどき眼の加減か、ちらちら紫いろのこまかな波をたてたり、虹のやうにぎらっと光ったりしながら、声もなくどんどん流れて行き、野原にはあっちにもこっちにも、燐光の三角標が、うつくしく立ってゐたのです。遠いものは小さく、近いものは大きく、遠いものは橙や黄いろではっきりし、近いものは青白く少しかすんで、或ひは三角形、或ひは四辺形、あるひは電や鎖の形、さまざまにならんで、野原いっぱい光ってゐるのでした。ジョバンニは、まるでどきどきして、頭をやけに振りました。するとほんたうに、そのきれいな野原中の青や橙や、いろいろかゞやく三角標も、てんでに息をつくやうに、ちらちらゆれたり顫へたりしました。

青白く光る銀河の岸には、銀色の空のすすきがいちめんに風に吹かれて、波のようにさらさらとゆれうごいているのでした。銀河の光を受けてその銀色の空のすすきがひかっており、河原が月の光に照らされているようでした。その景色を見ていると、ジョバンニのこころは跳ね上がりたいくらいに愉快になって、足をこつこつ鳴らし窓から顔を出して高く高く星めぐりの口笛を吹いたのでした。ジョバンニの気持ちはやっと明るくなり、友だちみんなが吹いていたあの星めぐりの口笛を、吹くことができたのでした。そして天の川の水がどんなものか見極めようとしましたが、はじめはどうしてもはっきりしませんでした。その後に、賢治の表現が続きます。「そのきれいな水は、ガラスよりも水素よりもすきとほって、ときどき眼の加減か、ちらちら紫いろのこまかな波をたてたり、虹のやうにぎらっと光ったりしながら、声もなくどんどん流れて行き」という印象的な表現は、何を表しているのでしょうか。冒頭の「午後の授業」のところで、先生が銀河を説明しています。一部を示しますと「そんなら何がその川の水にあたるかと云ひますと、それは真空といふ光をある速さで伝へるもので、太陽や地球もやっぱりそのなかに浮んでゐるのです。つまり私どもも天の川の水のなかに棲んでゐるわけです」。ここでは天の川の水といっているものは、真空であると表現されています。しかし宇宙空間には全くの真空というものはなく、光や重力やニュートリノやその他もろもろのものを伝える何かがあって、その何かの持つエネルギーから物質がつくられたわけですし、そして星も生まれたりしているわけです。それは賢治の表現のように、水素やガラスよりももっともっと透明な何かであり、そしてそれはあたかも川の水のように宇宙をまた天の川銀河を満たしているのです。そしてそこでは時々超新星爆発も起こり惑星状星雲も光っているのですし、そのような何かのエネルギーに満たされた空間の中に、太陽や地球は浮んでいるというわけなのです。そしてそのようなエネルギーとしての何かを水と表現するならば、その水は実は「声もなくどんどん流れて」いる何かなのです。その水の中に宇宙船のように浮んだ地球があり、そしてその地球の上に、人間の生もあれば死もあり、したがって人間の生死も流れていかざるを得ない、そういうことがこの印象的な表現の中に込められている気がします。そうしますと、ここでの賢治の視線は、真空の先にある、この宇宙に満ちているエネルギーである何かに向けられているのだと思います。

そしてそこには、燐光が光るように、いろいろなかたちの三角標がたくさん、ちらちらゆれたり震えたりしていたのです。この章の冒頭でてきたように、三角標は「天気輪の柱」と密接に結びついており、天気輪の柱は宇宙と地上を結ぶ絆のようなものでありますから、そのような柱がこの地上には実はたくさん立っていて、地上と宇宙は密接に結びついているといっているのだと思います。そのシンボルである三角標は、柱の在り様が様々であるのに対応して、いろいろのかたちや色をして銀河の野原のなかに立っていたというのです。ところで、「遠いものは橙や黄いろではっきりし、近いものは青白く少しかすんで」とありますがこの表現は、「宇宙膨張にともない、遠くの星ほど赤方偏移で赤くなる」ことを意識した表現ではないかと思います。ハッブルが赤方偏移から宇宙の膨張を提唱したのが一九二九年ですし、賢治が亡くなったのが一九三三年ですので、賢治が遠くの銀河ほど赤方偏移するという説を知っていた可能性はあると思います。

「ぼくはもう、すっかり天の野原に来た。」ジョバンニは云ひました。「それにこの汽車石炭をたいてゐないねえ。」ジョバンニが左手をつき出して窓から前の方を見ながら云ひました。

「アルコールか電気だらう。」カムパネルラが云ひました。

　ごとごとごとごと、その小さなきれいな汽車は、そらのすゝきの風にひるがへる中を、天の川の水や、三角点の青じろい微光の中を、どこまでもどこまでもと、走って行くのでした。

「あゝ、りんだうの花が咲いてゐる。もうすっかり秋だねえ。」カムパネルラが、窓の外を指さして云ひました。

　線路のへりになったみぢかい芝草の中に、月長石ででも刻まれたやうな、すばらしい紫のりんだうの花が咲いてゐました。

「ぼく、飛び下りて、あいつをとって、また飛び乗ってみせやうか。」ジョバンニは胸を躍らせて云ひました。

「もうだめだ。あんなにうしろへ行ってしまったから。」

　カムパネルラが、さう云つてしまふかしまはないうち、次のりんだうの花が、いっぱいに光って過ぎて行きました。

　と思ったら、もう次から次から、たくさんのきいろな底をもったりんだうの花のコップが、涌くやうに、雨のやうに、眼の前を通り、三角標の列は、けむるやうに燃えるやうに、いよいよ光って立ったのです。


列車は天の野原の中を走り続けます。二人の会話は、汽車の動力源の話になります。ジョバンニが「この汽車石炭をたいてゐないねえ」と窓から顔を出して左手を前に突き出して言いますと、カムパネルラが「アルコールか電気だろう」と答えます。この最終稿ではここで終わっていますが、初期形三稿ではこの後に次の表現が挿入されています。


そのとき、あのなつかしいセロの、しずかな声がしました。

「ここの汽車は、スティームや電気でうごいてゐない。ただうごくやうにきまってゐるからうごいてゐるのだ。」

「あの声、ぼくなんべんもどこかできいた。」

「ぼくだって、林の中や川で、何べんも聞いた。」


最終稿では削除されていますが、賢治はここでは、削除部を全面的に取り下げたのではないと思います。汽車の動力源は、石炭でもなくアルコールでもなく電気でもないのです。「うごくやうにきまってゐるからうごいているのだ」とは、銀河鉄道を走る列車を動かしているのは、宇宙の意思であり、また宇宙に満ちているエネルギーといってもよい何かなのです。たとえば汽車の動力源の話とは一見無関係に思えるかもしれませんが、わたしたちの生命を動かしているものは何なのかを考えてみますと、食事をしてその食物から栄養素を吸収し、からだの細胞のなかで生化学で習ったような反応がおこり、その反応系でエネルギーを取り出し、そのエネルギーを利用

して生きているといる頭のなかで理解していますが、それだけでは答えとしては不十分だと思われます。わたしたちがこの宇宙の中に生まれて生存しているという事実はやはり、「ただ生まれてくるようにきまってゐるから、この世に生れてきたのだ」と言い換えてもよいのではないでしょうか。それは宇宙の持っている意思とエネルギーのあらわれとしてこの場所に存在しているということなのですし、そのことが削除稿での「きまってゐる」ということの意味なのではないかと思います。そしてその宇宙の意思とエネルギーが、わたしたちの生命を動かしているのです。

ちょっと横道にそれましたが、汽車の動力の話から、賢治は宇宙の意思の話を述べたかったのだと思いますが、話が哲学的になるのを避けて削除したのだと思われます。

「ごとごとごとごと、その小さなきれいな汽車は、そらのすゝきの風にひるがへる中を、天の川の水や、三角点の青じろい微光の中を、どこまでもどこまでもと、走って行くのでした」。その小さなきれいな汽車との表現は、賢治の視線が宙のたかみから汽車を見ており、その視線は愛情に満ちていることを感じさせます。またその汽車に乗っている二人にも、その視線は注がれています。ジョバンニのこころは浮き立ち、そして汽車は天の川の水や三角点の青じろい微光の中をどこまでもどこまでも走り、窓の外には、たくさんの美しい紫色のりんどうの花が涌くように、雨のように、次から次に現れては遠ざかり、三角標の列はけむるように燃えるようにひかり立ち、次から次に現われては遠ざかりしたのでした。そしてすばらしい情景描写とともに「銀河ステーション」の章が終わります。

七、北十字とプリオシン海岸

「おっかさんは、ぼくをゆるして下さるだらうか。」

いきなり、カムパネルラが、思ひ切ったといふやうに、少しどもりながら、急きこんで云ひました。

ジョバンニは、

（あゝ、さうだ、ぼくのおっかさんは、あの遠い一つのちりのやうに見える橙いろの三角標のあたりにゐらっしゃって、いまぼくのことを考へてゐるんだった。）と思ひながら、ぼんやりしてだまってゐました。

「ぼくはおっかさんが、ほんたうに幸になるなら、どんなことでもする。けれども、いったいどんなことが、おっかさんのいちばんの幸なんだらう。」カムパネルラは、なんだか、泣きだしたいのを、一生けん命こらえてゐるやうでした。

「きみのおっかさんは、なんにもひどいことないぢゃないの。」ジョバンニはびっくりして叫びました。

「ぼくわからない。けれども、誰だって、ほんたうにいいことをしたら、いちばん幸なんだねえ。だから、おっかさんは、ぼくをゆるして下さると思ふ。」カムパネルラは、なにかほんたうに決心してゐるやうに見えました。

北十字はもちろん白鳥座ですが、まず十字架がイメージされます。クリスマスの頃、白鳥座の北十字は、西の夜空に直立して立ち、ますます十字架のイメージと重なります。そして十字架は、死者に対しての鎮魂と祈りに繋がってゆきます。その白鳥座に汽車はさしかかります。話はまずカムパネルラのいきなりの自問から始まります。

「おっかさんは、ぼくをゆるして下さるだろうか」。

第三章「家」のところでは、カムパネルラの家がしいんとしており、おかあさんが亡くなっていることがそれとなく暗示されていました。物語の先でそのことはよりはっきり示されています。そうしますと、ここは天国にいるおかあさんに、死者であるカムパネルラが問いかけていることになります。それは級友であるザネリを助けるために水の中に飛び込んで溺れてしまった自分の行為を、おかあさんは許してくださるだろうかと、問いかけているわけです。自分を犠牲にしても他者を助けることは、崇高な行為でありますが、そのことのために命を失うとしたら、自分のかけがえのない命を粗末に扱ったことになり、理由の如何にかかわらず、最大の親不孝をしてしまったことになるのです。死を伴った崇高な行為と最大の親不孝が、実は表裏になっているのです。そしてこの問い自体、答えはないといってもよいのでしょう。賢治自身もおそらく病床にあって、この問いを自分に発していたのではないでしょうか。

そこでジョバンニも、自分のおかあさんのことを思い出して、「ぼくのおっかさんは、あの遠い一つのちりのやうに見える橙いろの三角標のあたりにゐらっしゃって、いまぼくのことを考へてゐるんだった」と思ったのでした。その三角標はジョバンニが地上から来た時に出現した三角標なのでしょうか。母親とはいつも子供のことを思っているものなのです。するとカムパネルラから次のような問いかけがなされます。

「ぼくはおっかさんが、ほんたうに幸になるなら、どんなことでもする。けれどもいったいどんなことが、おっかさんのいちばんの幸なんだろう」。

何がカムパネルラのおかあさんにとっての幸福なのかが、問われています。すでに亡くなっているカムパネルラのおかあさんにとってもカムパネルラが生きていることこそが、本当は一番の親孝行なのでしょうから、死んでしまうことは、一番の親不幸だということも言えます。そうすると、カムパネルラがもし生きて帰ることができるならば、それがおかあさんにとっての一番の幸せなのでしょうが、それはかなわないことなのです。カムパネルラはそのことに思い至り、泣き出したいのを一生懸命にこらえたのでした。

ところで、おかあさんを他の人と読み変えるならば、もっと普遍的な問いになります。他の人の幸いのためを考えて行動する。そのような無私の行動は古来、釈迦やイエス・キリストの生涯にも貫かれており、わたしたちを深く感動させます。そしてどんなに釈迦やキリストの思想を頭で理解していても、他の人の幸いを願う利他の心と行動が伴っていなければ、そのような思想は砂上の楼閣でしかないとも言えると思います。ジョバンニやカムパネルラは、利他の心を持っており、また行動も伴っています。ところがそのような人が、この世の中で報われて幸せになるかというと、必ずしもそうではないのです。それは賢治自身の生涯にも重なってくる現実であると思います。そして、「けれどもいったいどんなことが、おっかさんのいちばんの幸なんだろう」につながってきます。カムパネルラの無私の行為の裏には、おかあさんの悲しみがあるのです。現実とはそういうように、いろいろな様相を含んでおり、なにが幸いかの答えも一様ではないのです。ですがここではカムパネルラは、次のような言葉を決然と自分に言い聞かせます。

「ぼくわからない。けれども、誰だって、ほんたうにいいことをしたら、いちばん幸なんだねえ。だから、おっかさんは、ぼくをゆるして下さると思ふ」。

ほんとうの幸福は、よい行いをすることのなかにある。このことは賢治が言いたかったことの中心であり、それは自分の人生に対する決意表明でもあったのです。もちろん現実の様々な様相と困難も分かった上での決意表明なのです。

俄かに、車のなかが、ぱっと白く明るくなりました。見ると、もうじつに、金剛石や草の露やあらゆる立派さをあつめたやうな、きらびやかな銀河の河床の上を水は声もなくかたちもなく流れ、その流れのまん中に、ぼうっと青白く後光の射した一つの島が見えるのでした。その島の平らないただきに、立派な眼もさめるやうな、白い十字架がたって、それはもう凍った北極の雲で鋳たといったらいゝか、すきっとした金

色の円光をいただいて、しづかに永久に立ってゐるのでした。「ハレルヤ、ハレルヤ。」前からもうしろからも声が起りました。ふりかえって見ると、車室の中の旅人たちは、みなまっすぐにきもののひだを垂れ、黒いバイブルを胸にあてたり、水晶の珠数をかけたり、どの人もつつましく指を組み合せて、そっちに祈ってゐるのでした。思はず二人もまっすぐに立ちあがりました。カムパネルラの頬は、まるで熟した苹果《りんご》のあかしのやうにうつくしくかゞやいて見えました。

　そして島と十字架とは、だんだんうしろの方へうつって行きました。


眼を閉じればありありと情景が浮かんできます。無数の銀河の星々がまばゆいばかりに輝いている銀河の河床の上に、声もなくかたちもなく水が流れているのです。そのながれのまん中に島が見え、そこには眼もさめるような立派な白い十字架が立っており、すきっとした金色の円光をいただいて、後光を放ちながら立っていたのでした。何という視覚的な情景でしょうか。その十字架は「凍った北極の雲」を鋳型にして鋳造したようであり、しずかに永久に立っていたのでした。凍った北極の雲を鋳型にした十字架という表現は、十字架が北極の凍りついた空から生まれたような、孤高な荘厳さを象徴的に示しており、賢治独特の表現です。

　乗客たちは、その十字架を見て立ちあがり、黒いバイブルや数珠を持ち、手を前に組み合わせて祈りをささげます。「ハレルヤ、ハレルヤ」の声が前からも後ろからも起こります。思わず二人も立ちあがって祈ったのでした。そのときカムパネルラの頬は、まるで熟したりんごが明るく光っているように、うつくしくかがやいて見えたのでした。

ここのところでカムパネルラは、白い十字架におかあさんへの許しを祈り、またそれがかなえられたと感じたのではないでしょうか。また十字架への祈りは、死者の魂への鎮魂も表しており、カムパネルラの魂も祈りによって鎮魂されたのではないでしょうか。キリスト教や仏教にかかわらず、祈ることが魂にとっての救いであり、この宇宙の本質的な何かと繋がることであると、賢治は確信していたに違いありません。そして島と十字架は次第に後ろへと遠ざかったのでした。汽車は一か所に留まってはいないのです。ちょうど私達の生命の時間が一か所に留まれないのと同じく、景色は次の瞬間には移り変わって行くのですから。

向ふ岸も、青じろくぼうっと光ってけむり、時々、やっぱりすすきが風にひるがへるらしく、さっとその銀いろがけむって、息でもかけたやうに見え、また、たくさんのりんだうの花が、草をかくれたり出たりするのは、やさしい狐火のやうに思はれました。

それもほんのちょっとの間、川と汽車の間は、すすきの列でさへぎられ、白鳥の島は、二度ばかり、うしろの方に見えましたが、ぢきもうずうっと遠く小さく、絵のやうになってしまひました。ジョバンニのうしろには、いつから乗ってゐたのか、せい

の高い、黒いかつぎをしたカトリック風の尼さんが、まん円な緑の瞳を、じっとまっすぐに落して、まだ何かことばか声かが、そっちから伝はって来るのを、虔んで聞いてゐるといふやうに見えました。旅人たちはしづかに席に戻り、二人も胸いっぱいのかなしみに似た新らしい気持を、何気なくちがった語で、そっと談し合ったのです。

銀河の向こう岸にも、銀河の光を受けて、すすきが青じろくぼうっと銀色に光っており、風を受けてひるがえるにつれて、その銀色が息でもかけたようにけむり立ったのでした。また線路ぎわの草むらには、りんどうの花が、やさしい狐火のようにひかりながら、見え隠れしているのでした。すばらしい情景描写が続きます。原文を何度も味読すると情景が生き生きと瞼の中に浮かんできます。

そして島も十字架もしだいに後ろへと遠ざかり、すすきの列でさえぎられて二度ばかりうしろの方に見えましたが、じきにずっと小さく絵のようになってしまい、とうとう見えなくなってしまったのでした。

すると、いつの間にかカトリック風の尼さんが乗っていたのです。そのカトリック風な尼さんは、十字架から伝わってくる何かを、こころの中で聞いていたのですが、その何かとはおそらくは神の声、あるいはこの宇宙に満ちている不思議な魂の声といってよい、何かなのです。そしてジョバンニとカムパネルラも「胸いっぱいのかなしみに似た新しい気持ち」を抱いたのでした。

この宇宙の時間の流れのなかでは、わたしたちの生命現象は、ほんの一瞬のきらめきのようなものです。先に死を迎えるといっても、少しの順番の違いといってもよく、宇宙の時間の中ではそんなに大きな違いではないのです。ですので、いま幸いに生きていることに感謝して、瞬間瞬間の人生を生きて行く他はないともいえるのです。そしてまた過去に眼を向けるならば、膨大な人間および生物の生と死のドラマがあって、今の私達があるわけですので、近しい人との死による別離は、生きている以上必然的なことなのです。そこでそのことに心を向け、また賢治の気持ちに寄り添ってみるならば、「胸いっぱいのかなしみに似た新しい気持ち」とは、妹トシを喪った賢治の悲痛な心情それ自体が、胸いっぱいの悲しみではありますが、どこか宇宙の中で浄化されて新しい悲しみになった、それは生死の根源と向かい合った悲しみになった、ということではないでしょうか。

「もうぢき白鳥の停車場だねえ。」

「あゝ、十一時かっきりには着くんだよ。」

早くも、シグナルの緑の橙と、ぼんやり白い柱とが、ちらっと窓のそとを過ぎ、それから硫黄のほのほのやうなくらいぼんやりした転てつ機の前のあかりが窓の下を通り、汽車はだんだんゆるやかになって、間もなくプラットホームの一列の電燈が、うつくしく規則正しくあらわれ、それがだんだん大きくなってひろがって、二人は丁度

はくちょう座全景

白鳥停車場の、大きな時計の前に来てとまりました。

さわやかな秋の時計の盤面には、青く灼かれたはがねの二本の針が、くっきり十一時を指しました。みんなは、一ぺんに下りて車室の中はがらんとなってしまいました。

〔二十分停車〕と時計の下に書いてありました。

「ぼくたちも降りて見やうか。」ジョバンニが云ひました。


眼の前にありありと、情景が浮かんできます。「シグナルの緑の橙」とは、緑色の信号機のなかに橙色のシグナルが光っていたのでしょう。「硫黄のほのほのやうな」とか、「さわやかな秋の時計の盤面」とか「青く灼かれたはがねの二本の針」などは、詩集『春と修羅』にもそのまま出て来そうな、賢治特有な、詩的なといってもよい表現ではないでしょうか。そうして徐々に速度を落として、汽車は白鳥の停車場に滑り込みます。


「降りやう。」二人は一度にはねあがってドアを飛び出して改札口へかけて行きました。ところが改札口には、明るい紫がかった電燈が、一つ点いてゐるばかり、誰も居ませんでした。そこら中を見ても、駅長や赤帽らしい人の、影もなかったのです。

二人は、停車場の前の、水晶細工のやうに見える銀杏の木に囲まれた小さな広場に出ました。そこから幅の広いみちが、まっすぐに銀河の青光の中へ通ってゐました。
さきに降りた人たちは、もうどこへ行ったか一人も見えませんでした。二人がその白い道を、肩をならべて行きますと、二人の影は、ちゃうど四方に窓のある室の中の、二本の柱の影のやうに、また二つの車輪の幅のやうに幾本も幾本も四方へ出るのでした。そして間もなく、あの汽車から見えたきれいな河原に来ました。

駅に着いた二人ですが、そこには一緒に汽車に乗っていて降りたはずの乗客もいなければ、駅員も他の誰もいませんでした。人々はどこへ行ってしまったのでしょうか。ちょうど汽車から見える景色が、次々に移り変わって行くように、人々も移り変わっていってしまったようです。

私たちの人生を振り返ってみても、学生時代に語り合った友達とも、卒業とともにそれぞれちりぢりになってしまい、また突然の訃報に接することもあります。それはあたかも、学生生活という汽車に乗っていて、汽車から降り、しばらくすると誰もいなくなっているのと、似てはいないでしょうか。学生時代に限らなくても、私たちが日頃接している家族や同僚とも、やがては別れなくてはならないのが、真実なわけなのですから、気がつくと誰もいなくなっていることは、わたしたちの日常なのです。とくに医者をしていると、死はかなり日常的なことであります。先月は歩いて診察に来た人が、今月は死にとりつかれてしまうことも、しばしば経験するところです。そのことを暗示しているのが、「さきに降りた人たちは、もうどこへ行ったか一人も見えませんでした」ということではないでしょうか。あるいは、「亡くなった人たちは、もうどこへ行ったか一人も見えませんでした」といっても言い過ぎではないと思います。そうです、汽車の乗客は大半がすでに亡くなった人たちなのですから。そしてここで場面が転回します。

二人は銀河の河原へと続く幅の広い白い道を、肩をならべて歩いて行きます。それは光が四方八方から射し込んでいるからです。二人の影は、四方へ幾本も幾本も延びて行きます。それは光が四方八方から射し込んでいるからです。光があらゆるところに満ちており、まっすぐな白い道が続く情景は、仏教的な白道のイメージが投影されているように思います。貪欲の河と怒りの河のまん中に白い道が通っており、その道が浄土へと続いているとの表現が、浄土宗ではなされます。また銀河には光が満ち溢れているのです。やがて二人は車窓から見えていた河原に着きます。ここからは、河原の描写がなされます。

カムパネルラは、そのきれいな砂を一つまみ、掌にひろげ、指できしきしさせながら、夢のやうに云ってゐるのでした。

「この砂はみんな水晶だ。中で小さな火が燃えている。」

「さうだ。」どこでぼくは、そんなこと習ったろうと思ひながら、ジョバンニもぼんやり答へてゐました。

河原の礫は、みんなすきとほって、たしかに水晶や黄玉や、またくしゃくしゃの皺曲をあらはしたのや、また稜から霧のやうな青白い光を出す鋼玉やらでした。ジョバ

ンニは、走ってその渚に行って、水に手をひたしました。けれどもあやしいその銀河の水は、水素よりももっとすきとほってゐたのです。それでもたしかに流れてゐたことは、二人の手首の、水にひたったところが、少し水銀いろに浮いたやうに見え、その手首にぶつかってできた波は、うつくしい燐光をあげて、ちらちらと燃えるやうに見えたのでもわかりました。

現実とも思われないような光景が、眼の前に拡がります。河原の砂は水晶でできており、中には小さな火が燃えており、ジョバンニは教室で先生から、銀河の砂の一粒一粒がその中で火が燃えている星であることを教わったことを、かすかに思い出しはしましたが、はっきりとは思い出せなかったのでした。砂よりももっと大きな礫も、水晶や黄玉や、くしゃくしゃの形をしたり稜から霧のような青白い光を出したりする鋼玉、などで出来ていました。それは恒星がその寿命のなかで、赤や黄色や青白い光を出すように、赤や黄色や青白く、光っていたのでした。

そしてその水は、宇宙の中の星間空間がそうであるように、水素よりももっと透き通っていたのです。その星間空間は、何もない真空なのではなく何かが流れており、その何かは波で、つまり波動と云ってもよく、そのような何かで満たされているのです。その有様は、賢治の表現を借りるならば、「その手首にぶつかってできた波は、うつくしい燐光をあげて、ちらちらと燃えて」いるような、波である何かなのです。

川上の方を見ると、すすきのいっぱいに生えている崖の下に、白い岩が、まるで運動場のやうに平らに川に沿って出てゐるのでした。そこに小さな五六人の人かげが、何か掘り出すか埋めるかしてゐるらしく、立つたり屈んだり、時々なにかの道具が、ピカッと光ったりしました。

「行ってみやう。」二人は、まるで一度に叫んで、そっちの方へ走りました。その白い岩になった処の入口に、［プリオシン海岸］といふ、瀬戸物のつるつるした標札が立って、向ふの渚には、ところどころ、細い鉄の欄干も植えられ、木製のきれいなベンチも置いてありました。

「おや、変なものがあるよ。」カムパネルラが、不思議そうに立ちどまって、岩から黒い細長いさきの尖ったくるみの実のやうなものをひろひました。

「くるみの実だよ。そら、沢山ある。流れてきたんじゃない。岩の中に入ってるんだ。」

「大きいね、このくるみ、倍あるね。こいつはすこしもいたんでない。」

「早くあすこへ行って見やう。きっと何か掘ってるから。」

二人は、ぎざぎざの黒いくるみの実を持ちながら、またさっきの方へ近よって行きました。左手の渚には、波がやさしい稲妻のやうに燃えて寄せ、右手の崖には、いち

――めん銀や貝殻でこさえたやうなすすきの穂がゆれたのです。――

賢治は、大正十四年十一月、東北大学地質古生物学教室の早坂一郎助教授を案内し、北上川の小船渡でバタグルミの化石を採集しています。その場所は、北上川と支流猿ヶ石川の合流点から南の北上川西岸一帯で、そこはイギリスのドーバー海峡に面した海岸地帯、そこには白亜の泥岩層が露出していますが、その海岸地帯に似ていることから、賢治が「イギリス海岸」と命名したのでしたが、プリオシン海岸はそのイギリス海岸のことだと思われています。そのイギリス海岸の地層が、約百二十万年前の新世代第三紀鮮新世といわれており、鮮新世のことを Pliocene というところから、［プリオシン海岸］と表現されたのだと思われます。イギリス海岸からは、現在でもバタグルミが採取されていますが、それを初めて発見したのは、賢治だったのです。

二人はプリオシン海岸に到ります。そこはイギリス海岸がそうであるように、すすきのいっぱい生えている崖の下に、白い岩がまるで運動場のように平らに川に沿って出ており、そこでは、五、六人が何かを掘ったり埋めたりしていました。そこは化石の宝庫で、そこでは何かの発掘が行われていたのでした。その発掘現場の入口付近の岩の中に、二人はくるみの化石をたくさん見つけます。そのぎざぎざの黒いくるみを持って、二人は発掘現場に到着します。左手の渚には、波が「やさしい稲妻のように燃えて」寄せてきており、右手の崖には「銀や貝殻でこさえたやうな」すすきの穂がゆれながら輝いていたのでした。

だんだん近づいて見ると、一人のせいの高い、ひどい近眼鏡をかけ、長靴をはいた学者らしい人が、手帳に何かせわしそうに書きつけながら、鶴嘴《つるはし》をふりあげたり、スコープをつかつたりしている、三人の助手らしい人たちに夢中でいろいろ指図をしてゐました。

「そこのその突起を壊さないやうに。スコープを使ひたまへ、スコープを。おっと、も少し遠くから掘って。いけない、いけない。なぜそんな乱暴をするんだ。」

見ると、その白い柔らかな岩の中から、大きな大きな青じろい獣の骨が、横に倒れて潰れたという風になつて、半分以上掘り出されてゐました。そして気をつけて見ると、そこらには、蹄の二つある足跡のついた岩が、四角に十ばかり、きれいに切り取られて番号がつけられてありました。


くるみの実の化石や、大きな獣の骨の化石がそこらじゅうから出て来ると云うことは、その地が大昔は豊かな森に覆われており、たくさんの動物たちが生息していたことを、物語っています。それが火山の噴火か何かの天変地異がおこり、植物や動物たちが、灰や砂の中に閉じ込められて、化石になったわけです。化石の博物館に行くと、親と子と思われる動物や、魚の群れが、そのまま瞬時に閉じ込められて化石になっているのを見ることができます。銀河の河原には、大昔は豊かな森が拡がっており、動物たちがたくさん生息していたことを、化石は教えてくれています。そして幾重にも時間が積み重なって、現在というものがあるのです。それは銀河だけでなく、私達が暮らしているこの地球のどこでも、同じことが言えるわけです。さらに言うならば、化石にならない植物や動物達の生存と滅亡は無数にあり、そのようなものの上に現在があるわけで、化石はそのことの象徴なのだと思います。そしてそれは、この銀河鉄道の夜と云う物語のテーマである、生と死に、繋がっているのだと思います。そのことは、大学士と二人との間に交わされる会話に、暗示されていると思います。

ところで、賢治には「イギリス海岸」という短編があります。そのなかに、花巻農学校の教師であった賢治が、どのようにくるみの化石を発見したか、またどのような訳でその地をイギリス海岸と名づけるようになったか、またいかにしてたくさんの動物の足あとの化石を発見したか、の顛末が書かれています。その中に次のような文章がありますので、少し長くなりますが引用してみます。

(前略)さうして見ますと、第三紀の終わり頃、それは或は今から五六十万年或は百万年を数えるかも知れません、その頃今の北上の平原にあたる処は、細長い入海か鹹湖で、その水は割合浅く、何万年の永い間には処々水面から顔を出したり又引っ込んだり、火山灰や粘土が上に積もったりまたそれが削られたりしてゐたのです。その粘土は西と東の山地から、川が運んで流し込んだのでした。その火山灰は西の二列から三列の石英粗面岩の火山が、やっとしづまった処ではありましたが、やっぱり時々噴火をやったり爆発をしたりしてゐましたので、そこから降って来たのでした。

その頃世界には人はまだ居なかったのです。殊に日本はごくごくこの間、三四千年前までは、全く人が居なかったと云ひますから、もちろん誰もそれを見てはゐなかったでせう。その誰も見てゐない昔の空がやっぱり繰り返し繰り返し曇ったり又晴れたり、海の一とこがだんだん浅くなってたうたう水の上に顔を出し、そこに草や木が茂り、ことにも胡桃の木が葉をひらひらさせ、ひのきやいちゐがまっ黒にしげり、しげったかと思ふと忽ち西の方の火山が赤黒い舌を吐き、軽石の火山礫は空もまっくらになるほど降って来て、木は押し潰され、埋められ、まもなく又水が被さって粘土がその上につもり、全くまっくらな処に埋められたのでせう。考へても変な気がします。ところがどうも仕方がないことは、私たちのイギリス海岸では、川の水からよほどはなれた処に、半分石炭に変った大きな木の根株が、その根を泥岩の中に張り、そのみきと枝を軽石の火山礫層に圧し潰されて、ぞろっとならんでゐました。尤もそれは間もなく日光にあたってぼろぼろに裂け、度々の出水に次から次と削られては行きましたが、新しいものも又出て来ました。そしてその根株のまはりから、ある時私たちは四十近くの半分炭化したくるみの実を拾ひました。それは長さが二寸位、幅が一寸ぐらゐ、非常に細長く尖った形でしたので、はじめは私どもは上の重い地層に押し潰されたのだらうとも思ひましたが、縦に埋まってゐるのもありましたし、やっぱりはじめからそんな形だとしか思はれませんでした。(以下略)

イギリス海岸の河岸に立った賢治には、太古にその地が、くるみやひのきやいちいがまっ黒に茂り、四足偶蹄類が歩き回っていた大地であり、その上にその頃盛んに噴火していた奥羽山脈からの火山灰や火山礫が降り積もり化石となっていった有様が、ありありと瞼に浮んでいたのでした。その時の思いが、この「北十字とプリオシン海岸」の章で再び表現されたのでした。

「君たちは参観かね。」その大学士らしい人が、眼鏡をきらっとさせて、こっちを見て話しかけました。「くるみが沢山あったろう。それはまあ、ざっと百二十万年ぐらゐ前のくるみだよ。ごく新しい方さ。ここは百二十万年前、第三紀のあとのころは海岸でね、この下からは貝がらも出る。いま川の流れてゐるとこに、そっくり塩水が寄せたり引いたりもしてゐたのだ。このけものかね、これはボスといつてね、おいおい、そこつるはしはよしたまへ。ていねいに鑿でやってくれたまへ。ボスといつてね、いまの牛の先祖で、昔はたくさん居たさ。」

「標本にするんですか。」

「いや、証明するに要るんだ。ぼくらからみると、ここは厚い立派な地層で、百二十万年ぐらゐ前にできたといふ証拠もいろいろあがるけれども、ぼくらとちがったやつからみてもやっぱりこんな地層に見えるかどうか、あるいは風か水やがらんとした空かに見えやしないかといふことなのだ。わかったかい。けれども、おいおい。そこもスコープではいけない。そのすぐ下に肋骨が埋もれてる筈ぢゃないか。」大学士はあわてゝ走って行きました。

イギリス海岸では賢治は、くるみの化石の他に、第三紀偶蹄類の足跡の化石も採取していいます。実際は骨の化石は見付かったわけではありませんでしたが、ここでは賢治は、ジョバンニとカムパネルラに、牛の先祖ボスの骨の化石の発掘に立ち合わせています。

化石の発掘というと、単に珍しいものを手に入れて標本を増やすためにやっているのだろうと思ってしまいますが、そうではないのだと大学士は言っています。それは「証明するため」でありました、「ぼくらとちがったやつからみてもやっぱりこんな地層に見えるかどうか、あるいは風か水やがらんとした空かに見えやしないかといふことなのだ」ということを、はっきりさせるためにやっているのだと言うのです。

それは、その標本や地層を見ても、なんでもないありきたりの、風や水やがらんとした空のような、現在のそこにある景色としか見ない人たちが大半であります。ですがそのような人たちに対して、そこには昔このような生き物たちが棲んでいたのであり、その生き物たちの生と死のドラマがあったのだ、ということをありありと感じてもらうこと、そのことのために発掘をやっているのだと、大学士は言っているのだと思います。それは現在の私たちの生きている世界でも繰り広げられている、生き物たちの生と死のドラマにも繫がっているのです。そのことは、大学士と同じく賢治の言いたかったところでもあると思います。


「もう時間だよ。行こう。」カムパネルラが地図と腕時計とをくらべながら云ひました。

「ああ、ではわたくしどもは失礼いたします。」ジョバンニは、ていねいに大学士におぢぎしました。

「そうですか。いや、さよなら。」大学士は、また忙しそうに、あちこち歩きまはって監督をはじめました。

二人は、その白い岩の上を、一生けん命汽車におくれないやうに走りました。そしてほんたうに、風のやうに走れたのです。息も切れず膝もあつくなりませんでした。

こんなにしてかけるなら、もう世界中だってかけれると、ジョバンニは思ひました。

そして二人は、前のあの河原を通り、改札口の電燈がだんだん大きくなって、間もなく二人は、もとの車室の席に座って、いま行つて来た方を窓から見てゐました。

二人は銀河宇宙のなかの道を、神通力を得たかのように、走ることができたのです。二人は私たちが生活している三次元空間ではなく、異次元の空間にいたのですから、時空を飛び越えるように、走ることができたのです。そうして二人は、再び車室の中に戻ってきます。

八、鳥を捕る人

「ここへかけてもようございますか。」

がさがさした、けれども親切さうな、大人の声が、二人のうしろで聞えました。

それは、茶いろの少しぼろぼろの外套を着て、白い巾でつつんだ荷物を、二つに分けて肩に掛けた、赤髭のせなかのかがんだ人でした。

「えゝ、いゝんです。」ジョバンニは、少し肩をすぼめて挨拶しました。その人は、ひげの中でかすかに微笑ひながら、荷物をゆっくり網棚にのせました。ジョバンニは、なにか大へんさびしいやうなかなしいやうな気がして、だまって正面の時計を見てゐましたら、ずうっと前の方で、硝子の笛のやうなものが鳴りました。汽車はもう、しづかにうごいてゐたのです。カムパネルラは、車室の天井を、あちこち見てゐました。その一つのあかりに黒い甲虫がとまってその影が大きく天井にうつっていたのです。赤ひげの人は、なにかなつかしさうにわらひながら、ジョバンニやカムパネルラのやうすを見てゐました。汽車はもうだんだん早くなって、すすきと川と、かはるがはる窓の外から光りました。

白鳥の駅で乗りこんできたのは、ジョバンニやカムパネルラと違って、銀河宇宙のなかで生計を営んでいる人たちでした。そのような住民と、地上からそれぞれの因果を背負って列車の乗客になった人たちが、車室という限られた空間の中で一緒になっているのでした。銀河宇宙の住人は、地上からの乗客が各々それぞれの因果を背負っていることを、よく分かっているのでした。そのことは、「赤ひげの人は、なにかなつかしさうにわらひながら、ジョバンニやカムパネルラのやうすを見てゐました」に示されていますし、実は赤ひげの人も昔地上からやって来て、銀河宇宙に住みついたのではないかと、想像されます。

ですが仕事をし生計を営んでいる人と、行きずりの旅人であるジョバンニやカムパネルラとでは、同じ風景を見同じ車室にいても、感じ方が違ってくるのは当然ですし、仕事そのものも地上とは大いに異なっているのですから、生活観も大きく異なってきます。

地上からやって来たジョバンニとカムパネルラが、地上からの発想を引きずっているのですが、ここで登場する、鳥捕りも燈台守も、地上とは全く異なる異次元の空間を、それを当たり前のものとして生活をしているのです。異次元宇宙の中の現実は、地上とは全く異なった現実なのだということを、つまり私たちの眼に見えている地上の現実が全てではないということを考えながら、この章は読み進める必要があるのです。

風貌の芳しくない人物が、乗りこんできます。がさつだが親切というのは、よく田舎の人にありがちな人物です。おそらく賢治が乗っていたであろう岩手軽便鉄道の車室で、時々見かけるような人物なのだと思われます。その人物は、茶いろの、少しぼろぼろの外套を着ていました。少しとは書かれていますが、ぼろぼろのほうに力点が置かれています。しろい巾でつつんだ荷物を、前後に分けて肩にかついでいますが、実はその中には、捕った鳥の死骸が入れられているのです。普通、そんな荷物を持って横に座られたら、気持ちのよいものではないでしょう。ところがそんなことには一向におかまいなく、その赤髭の人物は、「ここへかけてもようございますか」と聞いてきたのでした。悪意はないが、あけすけに無遠慮に話をする人は、いつでもいるものですが、ジョバンニやカムパネルラのような少し内向的な子供は、そのような大人を相手にするのはとりわけ苦手なのです。そんな雰囲気が、赤髭の背中のかがんだ人物には漂っていたのでしょう、ですからジョバンニは肩をすぼめて挨拶をしました。しかしその人は、そんなことを気にすることもなく、微笑んで二人の横に腰をおろしたのでした。

夜汽車の旅は、人をさびしいような、物悲しいような気分にさせます。ましてふたりは、地上にのこしてきた因果を背負っているのですから、なおのことさびしさと物悲しさがつのったのでした。ガラスの笛のような汽笛がさびしげに鳴り、汽車は静かに走りだしています。車室のあかりについた甲虫の影が天井に映って、さびしく物悲しい雰囲気をさらに強めています。しかしそんなことにはおかまいなく、赤髭の人物は二人を見ながら、なつかしそうに微笑んでいるのでした。子どもに対する優しさを持った人物なのでしょう。

―― 赤ひげの人が、少しおづおづしながら、二人に訊きました。 ――

「あなた方は、どちらへいらっしやるんですか。」

「どこまでも行くんです。」ジョバンニは、少しきまり悪そうに答へました。

「それはいいね。この汽車は、じっさい、どこまででも行きますぜ。」

「あなたはどこへ行くんです。」カムパネルラが、いきなり、喧嘩のやうにたづねましたので、ジョバンニは、思わずわらひました。すると、向ふの席に居た、尖った帽子をかぶり、大きな鍵を腰に下げた人も、ちらっとこっちを見てわらひましたので、カムパネルラも、つひ顔を赤くして笑ひだしてしまひました。ところがその人は別に怒つたでもなく、頬をぴくぴくしながら返事しました。

「わっしはすぐそこで降ります。わっしは、鳥をつかまえる商売でね。」

「何鳥ですか。」

「鶴や雁です。さぎも白鳥もです。」

「鶴はたくさんゐますか。」

「居ますとも、さっきから鳴いてまさあ。聞かなかったのですか。」

「いゝえ。」

「いまでも聞えるぢゃありませんか。そら、耳をすまして聞いてごらんなさい。」

二人は眼を挙げ、耳をすましました。ごとごと鳴る汽車のひびきと、すすきの風との間から、ころんころんと水の湧くやうな音が聞えて来るのでした。

まず赤ひげの鳥捕りは二人に、「あなたがたは、どちらへいらっしゃるんですか」と質問をします。ジョバンニは「どこまでも行くんです」と、少しきまりわるそうに答えたのでした。当たり前の会話のようにも見えますが、ジョバンニの「どこまでも行くんです」には、「目的地のない旅だけど僕たちはそれでいいんです。もっともあなたには分からないでしょうが」というようなニュアンスが感じられます。実際旅というものは、目的を持ってしなければならないものでは必ずしもないのです。昔から旅をすることそのものが目的の旅は、たくさんありました。二人の旅も、旅することそのものが目的なのです。ですから、「どちらへ行くのです」と目的地を問うことは、質問そのものが、旅というものを狭めてとらえてしまっているのです。

話をわたしたちに引きもどして考えてみますと、わたしたちは地球という乗り物の乗客だともいえますが、「その地球に乗ってどちらへいらっしゃるんですか」と聞かれたときに、答えることができるでしょうか。地球が太陽の周りを回っているのも、したがってその上で暮らしているわたしたちが、太陽の周りを回っているのも、どちらかに行くという目的があってのことではないのですから、そのような質問は、深いところでは意味をなさないといっても過言ではないと思います。

すると鳥捕りは、「それはいいね。この汽車は、じっさい、どこまでも行きますぜ」と応じます。目的地のない旅をすることは、それこそが本当の旅であるといってもよく、鳥捕りにとってもうらやましいことなのです。しかし、仕事を持っていると、そんな旅はできません。

するとカムパネルラがいきなり、「あなたはどこへ行くんです」と尋ねます。カムパネルラは、ジョバンニを気まずくさせた鳥捕りの無遠慮な質問に対して、すこし腹を立てていたのでしょう。自分のためにむきになったカムパネルラの様子がほほえましく、ジョバンニは思わず笑ってしまいます。そしてこの笑いがその場の雰囲気をなごませます。そして燈台守もカムパネルラさえも笑ってしまいます。

しかし鳥捕りは、カムパネルラの喧嘩ごしの言葉を怒るでもなく、笑うでもなく、質問に答え始めます。頬をぴくぴくさせて、まず自分の商売の話を始めます。頬をぴくぴくさせたのは、話がこみ上げて来たからなのでしょう。なんとその商売は、鳥を捕まえることなのでした。そして二人と鳥捕りとの間で、鳥を捕ることについての会話が交わされます。

やがて耳を澄ますと、ごうごうと鳴る汽車のひびきと、すすきの風の間から、ころんころんと水の涌くやうな鶴の声が、聞えてくるのでした。鶴は本当にたくさんいるのでした。


「鶴、どうしてとるんですか。」

「鶴ですか、それとも鷺ですか。」

「鷺です。」ジョバンニは、どっちでもいいと思ひながら答へました。

鳥捕りは、ジョバンニが、鶴をどうして捕るのかと聞いたのに対して、鶴ですかそれとも鷺ですかと聞き返します。おそらく頭の中が、自分の想念で一杯になり、人の話をちゃんと聞いていないのだと思います。前に頬をぴくぴくさせたのも、自分の考えで一杯になっていたからなのでしょう。そこでジョバンニも、どっちでも好いような気持ちになり、鷺ですと答えたのでした。ここらへんの微妙なやりとりには、賢治のユーモアと人間洞察が感じられます。


「そいつはな、雑作ない。さぎといふものは、みんな天の川の砂が凝って、ぼうっとできるものですからね、そして始終川へ帰りますからね、川原で待ってゐて、鷺がみんな、脚をかういふ風にして降りてくるとこを、そいつが地べたへつかないうちに、ぴたっと押へちまふんです。するともう鷺は、かたまって安心して死んぢまひます。あとはまう、わかり切ってまさあ、押し葉にするだけです。」

「鷺を押し葉にするんですか。標本ですか。」

「標本ぢゃありません。みんなたべるぢゃありませんか。」

「おかしいねえ。」カムパネルラが首をかしげました。

「おかしいも不審もありませんや。そら。」その男は立つて、網棚から包をおろして、手ばやくくるくると解きました。「さあ、ごらんなさい。いまとって来たばかりです。」

「ほんたうに鷺だねえ。」二人は思はず叫びました。まっ白な、あのさっきの北の十字架のやうに光る鷺のからだが、十ばかり、少しひらべったくなって、黒い脚をちぢめて、浮彫りのやうにならんでゐたのです。

「眼をつぶっているね。」カムパネルラは、指でそっと、鷺の三日月がたの白い瞑った眼にさわりました。頭の上の槍のやうな白い毛もちゃんとついていました。

「ね、そうでせう。」鳥捕りは風呂敷を重ねて、またくるくると包んで紐でくくりました。誰がいったいここらで鷺なんぞ食べるだらうとジョバンニは思ひながら訊きました。

「鷺はおいしいんですか。」

「えゝ、毎日注文があります。しかし雁の方が、もっと売れます。雁の方がずっと柄がいいし、第一手数がありませんからな。そら。」鳥捕りは、また別の方の包を解きました。すると黄と青じろとまだらになって、なにかのあかりのやうにひかる雁が、ちゃうどさっきの鷺のやうに、くちばしを揃えて、少し扁べったくなってならんでゐました。


鷺は天の川の砂が凝集して、ぼーっと生まれ、それが天に昇ってまた川原へ降りて来て、また砂に帰って行く。このことが、繰り返されているというのです。この地上でも生命は、遺伝情報を基にしてですが、物資というエネルギーが集まって生まれて来て、そして死んで物質というエネルギーにもどって行くことを繰り返しています。そういう生命の循環のなかに、私たちも生きています。

そこで鳥捕りは、鷺が砂に帰る前に捕まえて押さえこみます、そうすると鷺は安心して死んで行くのだというのです。つまり捕まえて殺すのではなく、鷺のほうがむしろそうされることで安心して自分から死んで行くのだ、と言っています。鳥捕りは、そのような鷺の命の循環を手助けしているだけであり、殺生をしているのではないと言うのです。そして、捕った鷺を押し葉にして商売することは、鷺の命をただ単に砂にかえすのではなく、それを人々のために役立てていることになるのだ、とも言っているのです。だから鷺も安心して鳥捕りの腕のなかで死んで行く、ということなのでしょう。

それにしても、鳥捕りはお金を儲けるために商売をしているのでしょうか。自分が労働をして捕ったものを、売ってお金を儲けることは、それは鷺の命が回りまわってお金に変わり、そのお金を使って自分の生活を支え、また蓄財をして行くということを意味しています。そしてその労働は、よりよくお金が儲かるように、効率的であることが必要とされます。手数がかからず、利益幅が大きく、注文がたくさんとれるものほど、商売のためにはよいということになります。ですが、銀河宇宙のなかにそのような経済活動があり、貨幣があるとは、考えにくいと思います。でもそもそもそのような効率と利益のために働いている宇宙の人など、何の魅力もありはしません。

鳥捕りがぼろぼろの外套を着ていたことを思い出してください。鳥捕りもおそらく、金儲けのために働いていたのではないと思います。

鳥捕りは、包の中から鷺と雁を出して二人に見せます。そうして鷺よりも雁のほうがもっと売れるし、食べでもあるし手間もかからないと言います。鳥捕りはその与えられた役目を、商売することも含めて、誠実に果たしていたのです。

「こっちはすぐ食べられます。どうです、少しおあがりなさい。」鳥捕りは、黄色な雁の足を、軽くひっぱりました。するとそれは、チョコレートででもできてゐるやうに、すっときれいにはなれました。

「どうです。すこしたべてごらんなさい。」鳥捕りは、それを二つにちぎってわたしました。ジョバンニは、ちよっと食べてみて、(なんだ、やっぱりこいつはお菓子だ。チョコレートよりも、もっとおいしいけれども、こんな雁が飛んでゐるもんか。この男は、どこかそこらの野原の菓子屋だ。けれどもぼくは、このひとをばかにしながら、この人のお菓子をたべているのは、大へん気の毒だ。)と思いながら、やっぱりぼくぼくそれをたべてゐました。

「も少しおあがりなさい。」鳥捕りがまた包を出しました。ジョバンニは、もっとたべたかつたのですけれども、

「えゝ、ありがとう。」と云って遠慮しましたら、鳥捕りは、こんどは向ふの席の、鍵をもった人に出しました。

「いや、商売ものを貰っちゃすみませんな。」その人は、帽子をとりました。

「いいえ、どういたしまして、どうです。今年の渡り鳥の景気は。」

「いや、すてきなもんですよ。一昨日の第二限ころなんか、なぜ燈台の灯を、規則以外に闇くさせるのかって、あっちからもこっちからも、電話で故障が来ましたが、なあに、こっちがやるんぢゃなくて、渡り鳥どもが、まっ黒にかたまって、あかしの前を通るのですから仕方ありませんや。わたしぁ、べらぼうめ、そんな苦情は、おれのとこへ持って来たって仕方がねえや、ばさばさのマントを着て脚と口との途方もなく細い大将へやれって、斯う云ってやりましたがね、はっは。」

すすきがなくなったために、向こうの野原から、ぱっとあかりが射して来ました。

「鷺の方はなぜ手数なんですか。」カムパネルラは、さっきから、訊かうと思ってゐたのです。

「それはね、鷺を食べるには、」鳥捕りは、こっちに向き直りました。「天の川の水あかりに、十日もつるして置くかね、さうでなけぁ、砂に三四日うづめなけぁいけないんだ。そうすると、水銀がみんな蒸発して、喰べられるやうになるよ。」

「こいつは鳥ぢゃない。ただのお菓子でせう。」やっぱりおなじことを考えてゐたとみ

えて、カムパネルラが、思い切ったといふやうに尋ねました、鳥捕りは、何か大へんあわてた風で、

「さうさう、ここで降りなけぁ。」と云ひながら、立って荷物をとったと思ふと、もう見えなくなってゐました。

雁は昔から大衆の間で食用になっていました。鶴や白鳥は貴族や領主の間では昔から食べられていましたが、大衆の間では余り食べられてはいませんでした。それは貴族や領主にとっては手に入りにくい貴重な鳥を食べることがステータスの意味があったためでありますが、その姿かたちが美しく尊重されたためでもありました。鷺は鶴や白鳥よりは身近な鳥で田畑や河原でいつも見られますし、鷺森神社や鷺宮神社のように神社の名前にも残っています。また鷺踊りは各地で行われており、その姿形も美しく神に仕える鳥のイメージもあり、更に田畑の害虫を食べてくれる益鳥でもありましたから、地域によっては食用にしているようですが、あまり一般的ではありませんでした。

そこで前のところで「鷺はおいしいんですか。」とジョバンニが尋ねたときに、ここ銀河宇宙で誰が鷺なんか食べるのだろうかと、鳥捕りの話しを疑っていたのです。また鷺にくらべて雁のほうが手数がかからないと聞いたときに、その理由も不思議に思ったのでした。そこで、あまり食べられることのない鶴や白鳥や鷺をなんで銀河宇宙で食用にするのか、話しを疑って当然です

が、宇宙に暮す鳥捕りが、そのようなことに縛られるはずもないのです。

　鳥捕りから雁の足をもらったジョバンニがそれを食べてみると、なんとお菓子だったのです。しかしそれがお菓子であることを、ジョバンニはすでに感づいており、「やっぱりこいつはお菓子だ、チョコレートよりももっとおいしいけれども、こんな雁が飛んでいるもんか」のやっぱりに、そのことが示されています。そしてこんなお菓子の雁が飛んでいるはずがないですし、この鳥捕りの話は信用できないと思ったのでした。「もんか」にそのことが表現されています。そしてこの男は、どこかそこらの野原の菓子屋だと思うとともに、こころの中にその男を蔑むような、馬鹿にするような気持ちが起こってきたのでした。「このひとをばかにしながら、この人のお菓子をたべているのは、大へん気の毒だ」身なりや職業でその人を蔑んだり馬鹿にしたりするのは、人間のさがのようなものです。賢治は、そのような人間の心の中の現実から目を逸らして、理想だけを声高に語ることをしません。たとえジョバンニといえども例外ではないのです。ですがジョバンニはすぐ自分の態度を反省して、気の毒で申しわけないと思ったのでした。そのように思えたジョバンニのこころを、私たちも見習いたいものです。

　ジョバンニが遠慮したので、鳥捕りはお菓子の足を燈台守の方へ差し出します。二人は、汽車に乗り合わせた乗客がよくするように、景気の話をはじめます。景気といっても渡り鳥の景気ですが、べらんめえ口調の燈台守は、鶴とおもわれる渡り鳥の数が多く、燈台の灯が遮られてたくさんの苦情があったことを、生き生きと話します。今の時代でもローカル線の車内では、世間話に花が咲いているものです。賢治の筆がさえわたり、人物がありありと目に浮かんできます。

　そして話は、鷺の水銀毒をぬいて食べられるようにする方法の説明になります。その説明が終わったとき、カムパネルラが思い切ったというふうに、「こいつは鳥じゃない。ただのお菓子でせう」と尋ねると、鳥捕りはなにか大変あわてた様子で、ここで降りなけぁ、と言っていなくなってしまったのでした。水銀の毒性は賢治はもちろん知っていたのでしょうが、水俣病を経験した現在から振り返ってみても、賢治の先見の明が感じられます。また鳥捕りの消えた後ろ姿から、物語なんだから鳥がお菓子であってもいいじゃないか、という賢治の声が聞えてくる気がします。


「どこへ行ったんだらう。」二人は顔を見合わせましたら、燈台守は、にやにや笑って、少し伸びあがるやうにしながら、二人の横の窓の外をのぞきました。二人もそっちを見ましたら、たったいまの鳥捕りが、黄いろと青じろの、うつくしい燐光を出す、いちめんのかはらははこぐさの上に立って、まじめな顔をして両手をひろげて、じつとそらを見てゐたのです。

「あすこへ行ってる。ずいぶん奇体だねえ。きっとまた鳥をつかまへるとこだねえ。汽車が走って行かないうちに、早く鳥がおりるといゝな。」と云った途端、がらんとした桔梗いろの空から、さっき見たやうな鷺が、まるで雪の降るやうに、ぎゃあぎゃあ叫びながら、いつぱいに舞ひおりて来ました。するとあの鳥捕りは、すっかり注文通りだといふやうにほくほくして、両足をかっきり六十度に開いて立って、鷺のちぢめて降りてくる黒い脚を両手で片っ端から押へて、布の袋の中に入れるのでした。すると鷺は蛍のやうに、袋の中でしばらく、青くぺかぺか光ったり消えたりしてゐましたが、おしまひたうたう、みんなぼんやり白くなって、眼をつぶるのでした。ところが、つかまへられる鳥よりは、つかまへられないで無事に天の川の砂の上に降りるものの方が多かったのです。それは見てゐると、足が砂へつくや否や、まるで雪の融けるやうに、縮まって扁べったくなって、間もなく溶鉱炉から出た銅の汁のやうに、砂や砂利の上にひろがり、しばらくは鳥の形が、砂についてゐるのでしたが、それも二三度明るくなったり暗くなったりしてゐるうちに、もうすっかりまはりと同じいろになってしまふのでした。

鳥捕りは二十疋ばかり、袋に入れてしまふと、急に両手をあげて、兵隊が鉄砲弾にあたって、死ぬときのやうな形をしました。と思ったら、もうそこに鳥捕りの形はなくなって、却って、

「あゝせいせいした。どうもからだに恰度合うほど稼いでいるくらゐ、いいことはありませんな。」といふききおぼえのある声が、ジョバンニの隣にしました。見ると鳥捕りは、もうそこでとつて来た鷺を、きちんとそろへて、一つづつ重ね直してゐるの

――でした。

ここは、鳥捕りが天の川の河原で演じる一幕の舞台劇を見ていると言っても、過言ではありません。その劇の筋を書き出してみます。

いつの間にか汽車から飛び降り、黄色や青白く、うつくしく燐光をはなつ、いちめんのかわらははこぐさの上に、両手を拡げて立った鳥捕りは、鷺に何かのサインを送ったのでしょうか、するとその合図に答えるかのように、がらんとした、真っ青な、桔梗色の空から、まるで雪が降るときのように乱舞し、ぎゃあぎゃあと叫び声をあげながら、多数の鷺が舞い降りて来たのでした。鳥捕りは思いどおりに事が運んでいることに、顔をほころばせて、両足を丁度六十度に開いて立ち、地上に向かって身体を縮めて降りて来る鷺の、黒い足を摑んで、袋の中に入れたのでした。鷺はそうされると、鳥捕りが以前話をしたように、安心してしばらく蛍のように青くぺかぺかと点滅していましたが、やがて白くなって死んでしまうのでした。しかし捕まえられる鳥よりは、捕まえられない鳥がずっと多く、それらは足が砂につくや否や、雪が解けるように縮まって平らになり、溶鉱炉からでた銅の汁のように拡がって、しばらくは鳥の形が砂についていましたが、二三度明滅してから、砂や砂利と区別がつけられなくなったのでした。鳥捕りは二十疋ばかり袋に入れてしまうと、急に両手をあげて、兵隊が鉄砲弾にあたって死ぬときのような形をしたと思う間もなく、そこには鳥捕りの姿がなくなっていたのでした。

――

ここの一連の表現は、一文一文が絵画のようで、その色彩と情景が、ありありと眼の中に浮んできます。「黄いろと青じろの、うつくしい燐光を出す、いちめんのかわらははこぐさ」や、「がらんとした桔梗いろのそら」、「まるで雪の降るやうに、ぎゃあぎゃあ叫びながら」、「蛍のやうに、袋のなかでしばらく、青くぺかぺか光ったり消えたり」、「まるで雪の融けるやうに、縮まって扁べったくなって、間もなく溶鉱炉から出た汁のやうに」、「急に両手をあげて、兵隊が鉄砲弾にあたって、死ぬときのやうな形」などの鮮烈な表現が、次々に出てきます。

最後の表現は、ロバート・キャパがスペイン内乱時に撮った、兵士が倒れる瞬間の写真が眼に浮びます。兵隊が鉄砲弾にあたって死ぬときのような形とは、賢治の生きた時代が、一方では日本が常に戦争をしていたことを、映し出しています。

ところで、この物語の中に鳥捕りが登場するのは、唐突な感じがしてしまいます。ですが、現実の生活感覚から遠く離れてしまいがちな、銀河鉄道の旅そのものの中に、仕事をしている生活感のある人物を登場させることが、物語のバランス上どうしても必要だったのだと思われます。そしてその仕事の場面はとびきり美しく描かれており、賢治の生活者に対する熱い思いが伝わってきます。そして鳥捕りに「ああせいせいした。どうもからだに恰度合うほど稼いでいるくらい、いいことありませんな」と語らせています。仕事をして程よく稼ぐこととは、仕事に追われてあくせくしたり、過度に稼ぎすぎたりせずに、やりがいのある身の丈にあった程の仕事をすること、でありますが、そのことが精神衛生上とても大切だと、言っているのだと思います、理想

ですが。


「どうしてあすこから、いっぺんにこゝへ来たんですか。」ジョバンニが、なんだかあたりまへのやうな、あたりまへでないやうな、をかしな気がして問ひました。

「どうしてって、来ようとしたから来たんです。ぜんたいあなた方は、どちらからおいでですか。」

ジョバンニは、すぐ返事しようと思ひましたけれども、さあ、ぜんたいどこから来たのか、もうどうしても考へつきませんでした。カムパネルラも、顔をまっ赤にして何か思ひ出さうとしてゐるのでした。

「ああ、遠くからですね。」鳥捕りは、わかったといふやうに雑作なくうなずきました。


鳥捕りはいつのまにか、車室の中へ舞い戻っていたのでした。ジョバンニは、鳥捕りが車室から河原へ、河原から車室へ移動できたことが、内心では当たり前のことのように思えたのですが、普通の考えでは当たり前ではないので、「どうしてあすこから、いっぺんにこゝへ来たんですか」と問うたのでした。それに対して鳥捕りは、「どうしてって、来ようとしたから来たんです。ぜんたいあなた方は、どちらからおいでですか」と、答えとそして反問を投げ返します。

「来ようとしたから来た」とは、何という答えでしょうか。

　この「来ようとしたから来た」という答は、鳥捕り自身がその来ようとする瞬間においては、自分自身が絶対的に自由であり、自分の思うように行動できる、ということを主張しているのだと思います。それは鳥捕りだけでなく誰でもが、何かをしようとするその瞬間においては、絶対的に自由であるといっても、同じであると思います。私たちは色々なことに、がんじがらめになっているのが現実です。時間や空間の制約もあり、我々の人生はたかだか八十年か長くても百年です。また日常のなかで何か行動をすれば、その結果に縛られもします。男や女の違いもあります。ですが、この瞬間瞬間は私たちの人生で、一回しかないものであり、その意味で本当にかけがえのない一瞬なのですから、過去も未来も裁断し、がんじがらめの鎖から解き放たれるのも、この一瞬しかないはずなのです。そしてそこにこそ、鳥捕りが「来ようとしたから来た」と言い放つ根拠があると思うのですが、いかがでしょうか。この章では、この言葉を鳥捕りに言わせることが、賢治にとっての主眼だったのではなかったかと思えてなりません。

　そして鳥捕りの「ぜんたいあなた方は、どちらからおいでですか」との反問に対して、ジョバンニはどうしても考えがつかず、カムパネルラも顔をまっ赤にして思い出そうとしても思い出せなかったのは、なぜでしょうか。それはおそらく、かれらの現在が、過去と裁断されていたためだと、思います。その裁断のおかげで、二人はより自由に行動することが出来たのです。それはただ単に、遠くから来たので過去のことは忘れてしまった、ではないのだと思います。

九、ジョバンニの切符

「もうこゝらは白鳥区のおしまひです。ごらんなさい。あれが名高いアルビレオの観測所です。」

窓の外の、まるで花火でいっぱいのやうな、あまの川のまん中に、黒い大きな建物が四棟ばかり立って、その一つの平屋根の上に、眼もさめるやうな、青宝玉と黄玉の大きな二つのすきとほった球が、輪になってしづかにくるくるとまはってゐました。黄いろのがだんだん向ふへまはって行って、青い小さいのがこっちへ進んで来、間もなく二つのはじは、重なり合って、きれいな緑いろの両面凸レンズのかたちをつくり、それもだんだん、まん中がふくらみ出して、たうとう青いのは、すっかりトパースの正面に来ましたので、緑の中心と黄いろな明るい環とができました。それがまただんだん横へ外れて、前のレンズの形を逆に繰り返し、たうとうすっとはなれて、サファイアは向ふへめぐり、黄いろのはこっちへ進み、また丁度さっきのやうな風になりました。銀河の、かたちもなく音もない水にかこまれて、ほんたうにその黒い測候所が、睡ってゐるやうに、しづかによこたはったのです。

「あれは、水の速さをはかる器械です。水も……。」鳥捕りが云ひかけたとき、

「切符を拝見いたします。」三人の席の横に、赤い帽子をかぶったせいの高い車掌が、

いつかまっすぐに立ってゐて云ひました。鳥捕りはだまってかくしから、小さな紙きれを出しました。車掌はちょっと見て、すぐ眼をそらして、（あなた方のは？）というやうに、指をうごかしながら、手をジョバンニたちの方へ出しました。

ちょうど、北の天の川のまん中に、翼を拡げた白鳥がその頭を伸ばしていますが、その頭の部分にあるのが、アルビレオです。白鳥座のβ星で、黄色い三・一等星と青い五・一等星の二つの星からなる連星です。天の宝石にも例えられる、全天でも最も美しい二重星で、望遠鏡で黄色と青色に輝く二星を見ますとその美しさがいつまでも心に残ります。最近の天文衛星の観測によりますと、二星は六千億キロメートル離れており、約十万年の周期で公転しているとのことです。このことは、ごく最近になって分かったことなのです。賢治は二星を望遠鏡で観測し、大きな黄色い星と小さな青い星が瞬いているのを見て、連星の公転を着想したのでしょうが、そのことが証明されたのは最近のことなのです。ここでも、賢治の洞察力に驚かされます。その十万年周期で回っている大きな黄色い星と小さな青い星が、この物語では大きな黄色いトパーズと小さな青いサファイアになり、銀河の水の流れを映しだして回っていたのです。そのアルビレオ測候所は、「花火でいっぱいのやうな」天の川のまん中に、「かたちもなく、音もない水にかこまれて」ほんとうに、「睡っているやうに、しづかに」よこたわっていたのです。

花火でいっぱいのような、との表現は、実際の天の川のなかで、連星アルビレオを見たことが

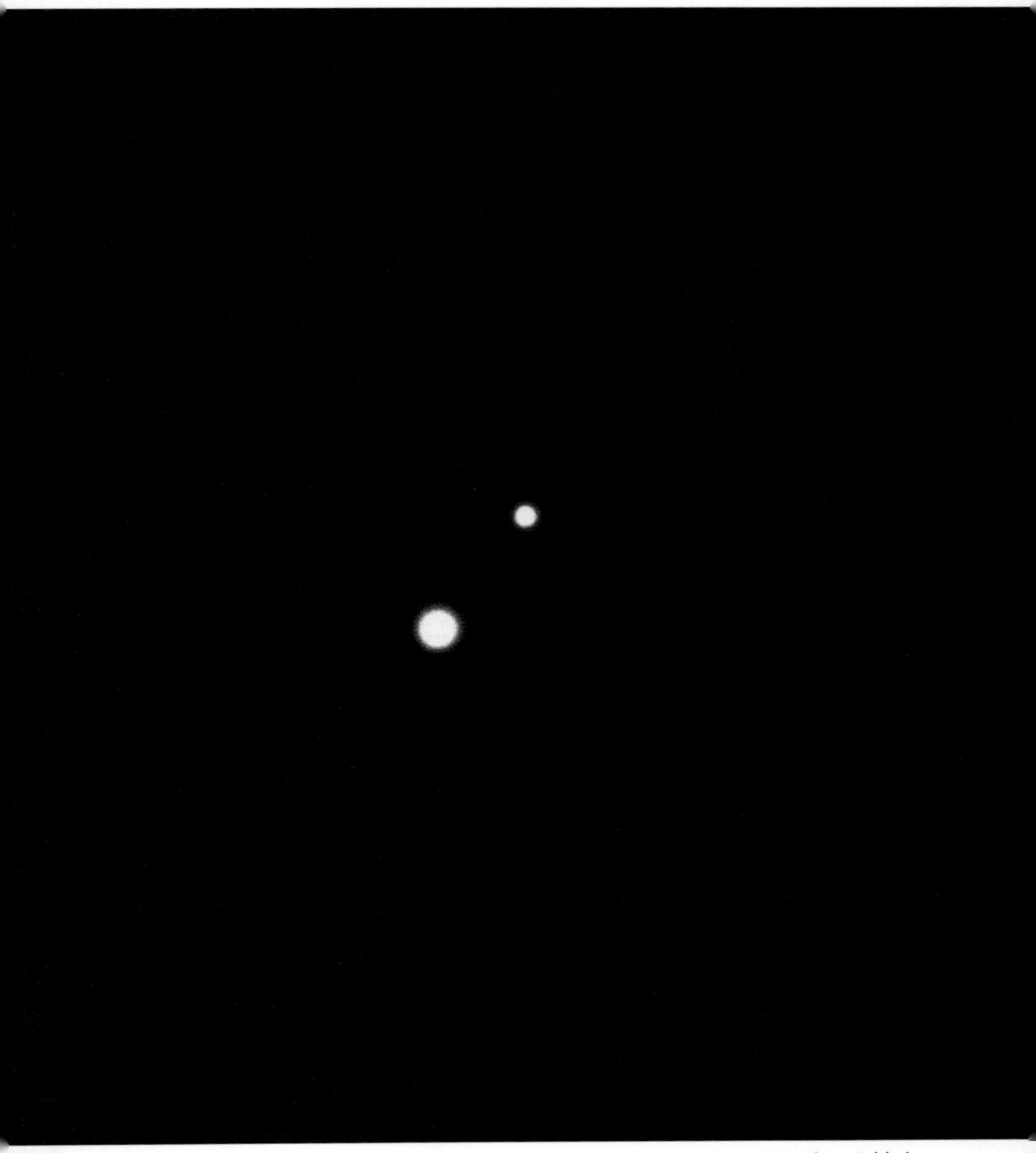

アルビレオ拡大

なければ、思いつかない表現だと思います。そのようなにぎやかな天の川のなかに、孤高を誇るかのようにアルビレオはたたずんでいると、賢治には思えたのでした。ところでこの天の川をながれている水とは何なのでしょうか。プリオシン海岸のところでも、水の描写がでてきましたが、この宇宙は真空なのではなく、何かが流れており、それは星のようなはっきりと眼にみえるものではないが、一種のエネルギーをもったものであり、波動のようなものなのです。現代の宇宙論が解き明かしつつある宇宙の姿は、そのなかに人間のまだ捉えることのできない何らかのエネルギーが充満していることを、示しはじめています。賢治はおそらく、そのようなエネルギーを宇宙の中に感じて、それを水と表現したのではないでしょうか。物語のなかで鳥捕りが、「水も……。」と言いかけたのは、そのような宇宙にみちる、エネルギーのような何かを、説明しようとしたのではないでしょうか。しかし車掌さんの検札に遮られて聞くことはできなかったのでした。そして車掌さんの検札を契機として、話はジョバンニの切符のはなしになります。

「さあ、」ジョバンニは困って、もぢもぢしてゐましたら、カムパネルラは、わけもないといふ風で、小さな鼠いろの切符を出しました。ジョバンニは、すっかりあわててしまって、もしか上着のポケットにでも、入ってゐたかもとおもひながら、手を入れて見ましたら、何か大きな畳んだ紙きれにあたりました。こんなもの入ってゐたかとおもひながら、手を入れて見ましたら、それは四つに折ったはがきぐらゐの大きさの

緑いろの紙でした。車掌が手を出してゐるもんですから何でも構はない、やっちまへと思って渡しましたら、車掌はまっすぐに立ち直って叮寧にそれを開いて見てゐました。そして読みながら上着のぼたんやなんかしきりに直したりしてゐましたし燈台看守も下からそれを熱心にのぞいてゐましたから、ジョバンニはたしかにあれは証明書か何かだったと考へて、少し胸が熱くなるような気がしました。

「これは三次空間の方からお持ちになったのですか。」車掌がたづねました。

「何だかわかりません。」もう大丈夫だと安心しながらジョバンニはそっちを見あげてくつくつ笑ひました。

「よろしうございます。南十字《サウザンクロス》へ着きますのは、次の第三時ころになります。」車掌は紙をジョバンニに渡して向ふへ行きました。

　カムパネルラは、その紙きれが何だったか待ち兼ねたといふやうに急いでのぞきこみました。ジョバンニも全く早く見たかつたのです。ところがそれはいちめん黒い唐草のやうな模様の中に、おかしな十ばかりの字を印刷したもので、だまって見ていると、何だかその中へ吸い込まれてしまふやうな気がするのでした。すると鳥捕りが横からちらっとそれを見てあわてたやうに云ひました。

「おや、こいつは大したもんですぜ。こいつはもう、ほんたうの天上へさへ行ける切符だ。天上どこぢゃない、どこでも勝手にあるける通行券です。こいつをお持ちになれぁ、なるほど、こんな不完全な幻想第四次の銀河鉄道なんか、どこまででも行ける筈でさあ、あなた方大したもんですね。」

「何だかわかりません。」ジョバンニが赤くなって答へながらそれを又畳んでかくしに入れました。そしてきまりが悪いのでカムパネルラと二人、また窓のそとをながめてゐましたが、その鳥捕りの時々大したもんだといふやうにちらちらこっちを見てゐるのがぼんやりわかりました。


汽車の旅に車掌さんの検札はつきものです。やはり銀河鉄道にも検札があるのでした。カムパネルラは小さな鼠いろの切符をすぐに出しました。ジョバンニは切符をもらった記憶はなかったのですが、「もしか上着のポケットにでも、入ってゐたかもとおもひ」手を入れてみたのでした。するとそこには、いつの間にか紙切れが入っていたのでした。このことは検札が来たときに、ジョバンニが上着のポケットに入っていたかもと思うこと、を誰かが予見し、その上でそこに切符を入れておいた、と云うことになります。そうすると、ジョバンニのポケットに切符を入れた誰かは、ジョバンニの行動をすべてお見通しだったのです。そしてその誰かとは、この宇宙を形造っている様々なものに対してその意思を及ぼすことのできる誰かであり、あるいは神と表現してもよいのかもしれないのです。

ジョバンニの切符は他の誰のよりもりっぱで、四つ折りはがき大のなかに、模様とともに不思議な十個の文字が描かれていました。おそらくそこには、先ほどの神の意思が書かれていたのでしょうか、車掌は居ずまいを正してそれを見たのでした。そして「これは三次空間の方からお持ちになったのですか」と尋ねたのでした。その十個の文字は、見ていると吸い込まれそうになる不思議な力を持っており、わたしたちが生活しているこの三次空間から銀河鉄道のある四次空間、そしてさらに天上までも行ける切符だったのです。三次空間と四次空間の行き来は、誰でもが可能なのではなく人間の力を越えた何かによって選ばれた者だけが可能なのであり、その選ばれた証しつまり証明書が、ジョバンニの持っている切符だったのでしょう。そしてそのような証明書が入れられていたことに、ジョバンニは胸の熱くなる感じがしたのでした。ジョバンニは自分が選ばれて、カムパネルラとこうして旅ができることに、この宇宙を形づくっている神の深い意思のようなものを感じたのでした。また別の表現をするならば、ジョバンニの魂の光が、この宇宙を形作っている何者かに伝わり、その何者かの力によって銀河鉄道の乗客となって、カムパネルラと過ごすことができているのです。

ところで、ジョバンニのほかの乗客の切符は、おそらく小さな鼠いろであり、幻想四次空間でしか通用しないものなのでした。そうすると、カムパネルラが三次空間に帰ることができないのは、切符の種類からもはっきりしていることなのです。二人とも友達なのですから、いつまでも一緒に旅行したいと願っていても、運命はそれを許してはくれないのです。

ここで鳥捕りや燈台看守は、切符に対して過剰な興味を示します。裏から覗き見たり、横から覗きこんだりします。他人のものを覗き見てはいけないなどという慎み深さは、これっぽっちもありません。それは切符が存在証明と同じ意味を持っているからでもありますが、世間の人々が持つ他人のプライバシーへの過剰な興味を、その行動に象徴させたのだと思います。そして他人を羨ましくおもったり、妬ましく思ったりする人間の性も、鳥捕りの行動に象徴させたのではないでしょうか。そのような人間のこころが持つ負の側面も、賢治はよく見ていたのでした。

「もうぢき鷲の停車場だよ。」カムパネルラが向こう岸の、三つならんだ小さな青じろい三角標と地図とを見較べて云いました。

ジョバンニはなんだかわけもわからずににはかにとなりの鳥捕りが気の毒でたまらなくなりました。鷺をつかまえて、せいせいしたとよろこんだり、白いきれでそれをくるくる包んだり、ひとの切符をびっくりしたように横目で見てあわてゝほめだしたり、そんなことを一一々考えてゐると、もうその見ず知らずの鳥捕りのために、ジョバンニの持ってゐるものでも食べるものでもなんでもやってしまいたい、もうこの人のほんたうの幸せになるなら、自分があの光る天の川の河原に立って、百年つゞけて立って鳥をとってやってもいゝというような気がして、どうしても黙ってゐられなくなりました。ほんたうにあなたのほしいものは一体何ですか、と訊かうとして、それではあんまり出し抜けだから、どうせうかと考へて振り返って見ましたら、そこにはもうあの鳥捕りが居ませんでした。網棚の上には白い荷物も見えなかったのです。また窓の外で足をふんばってそらを見上げて鷺を捕る支度をしてゐるのかと思って、急いでそっちを見ましたが、外はいちめんのうつくしい砂子と白いすゝきの波ばかり、あの鳥捕りの広いせなかも尖った帽子も見えませんでした。

「あの人どこへ行ったろう。」カムパネルラもぼんやりさう云ってゐました。

「どこへ行ったろう。一体どこでまたあふのだろう。僕はどうしても少しあの人に物を言はなかったらう。」

「あゝ、僕もさう思ってゐるよ。」

「僕はあの人が邪魔なやうな気がしたんだ。だから僕は大へんつらい。」ジョバンニはこんな変てこな気もちは、ほんたうにはじめてだし、こんなこと今まで云ったこともないと思ひました。


鷲座は夏の天の川の中で、白鳥座の下に悠然と翼を拡げています。翼の中央に一等星のα星アルタイルが輝き、その横にβ星とγ星が控え、三星で翼の中央から頭部を形造っています。その三星の姿から、「三つならんだ小さな青じろい三角標」との表現がなされたのだと思われます。そのアルタイルの横に控える二星は、光が弱く感じられます。それらが三つの三角標との表現に対応していると思われます。

わし座

その三つ並んだ三角標を見ている時に、ジョバンニは隣りの鳥捕りがわけも分からず気の毒でたまらなくなったのでした。このジョバンニの感情は、自分でもどう説明してよいかわからないたぐいのもので、鳥捕りの行動の一つ一つが、それが鳥捕りが、自分の人生を本当に生きている行動とはいえないのではないか、と心のどこかで感じていたからなのでした。毎日毎日、何の疑問も持たずに同じ仕事を繰り返し、生活をする。そうして他人を、うらやましくおもったり、ねたんだり、さげすんだりする。そういうごくありふれた日常的な人間の有様は、一歩引きさがって見てみるならば、その人の本当のしあわせだといってよいのかと、そういう根源的な問いが、問われているのだと思われます。

そうしてジョバンニは、その見ず知らずの鳥捕りが、本当にしあわせになるならば、持っているものや食べるものでもなんでもやってしまいたいとも思い、また自分が天の川の河原に立って、百年つづけて立って鳥をとってやってもよいという気がして、そのことを鳥捕りに言ってしまいたいと思ったのでした。

他のひとのしあわせのために行動する、そのことのために自分のすべてを擲ってもよい。それが宮澤賢治の生涯をつらぬく姿勢であったといえると思いますが、それは思想というよりは、人間としてのやむにやまれぬ衝動のようなものであったのであり、そのことをここの一連の表現は暗示しているように思われます。

ところでわたしたちは、ひとのしあわせのために行動することとは逆に、自分のためだけに行動しており、たとえば試験に合格すれば幸福で落ちれば不幸であり、収入が多ければ幸福で少なければ不幸であり、恋人が得られれば幸福で失えば不幸であるというふうに、自分に利益があれば幸福であると思っています。そしてそのような幸不幸は無数にあるわけです。ですがそのような幸不幸は常に他の誰かと比べての幸不幸であり、自分のためだけの狭い幸福であり本当の幸福ではないと、賢治は言っているのだと思います。しかしそうはいっても、あなたのいまは本当の幸福なのですか、と人に言うことは、問われた相手にとってはあまりにも唐突であり、不審に思われてもいたしかたないと思います。それに鳥捕りにしてみれば、日々の生活もそれなりに充実し、そんなに欲もなく身の丈にあった生活をして満足しているのだと思いますので、「ほんとうにほしいものは、一体何ですか」と唐突に聞かれても、答えようがなかっただろうと思われます。

本当の幸福とはなにか、その答えを求めることは、実は簡単なことではないのです。仏道修行を通してその答えを求めようと、髪を剃り墨染の衣を着て出家し、真理を求めて坐禅をし修行をするならば、もっと違うのかも分かりません。しかし、出家というような手段をとるのではなく、あくまでもこの日常生活の中において本当の幸福を求める道を探ることが、わたしたちに取り得る道であります。そしてそれは本当の自分というものをこの銀河宇宙の中での存在として見つめ直すところから始める、つまりこの宇宙に今生きていることそのものを問うところから始めること、そしてそのことを通じてすべての人々との関係を見つめ直すこと、それらのことをこの物語の一連の表現は語りかけているように思います。

そしてジョバンニが鳥捕りに聞こうとした時に、振り返ると鳥捕りは忽然と姿を消してしまっていたのです。それは「ほんとうにあなたのほしいものは、一体何ですか」という問いが、一人鳥捕りだけに投げかけられたのではなく、わたしたち皆に投げかけられていたからではないでしょうか。その問に対する答えは鳥捕りが答えるのではなく、各人が答えなければならないのですから。

そしてカムパネルラの「あの人どこへ行ったろう」に続けてジョバンニの「どこへ行ったろう。一体どこでまたあうのだろう。僕はどうしても少しあの人に物を言わなかったろう」に続いて行きます。振り返ってみればわたしたちは、多くの人に出会いまたいつの間にか別れていきます。死によって別れざるを得ないこともあれば、そうでなくてもどこかに行ってしまい、二度とは会わないだろう人もたくさんいます。その人たちに今一度会って、話をしてみたいと思っても、もうそのことはおそらく二度とはかなわないと思います。そのような一期一会の出会いと別れのなかで、ああすれば良かった、どうしてそうしなかったのだろう、ということが実にたくさんあるとおもいませんか。ジョバンニは鳥捕りのことが邪魔な気がして、誠実に対していなかったことで自分を責めています。その自責の念をわたしたちも自分に向けて、ジョバンニと同じく自分の過去の出会いと別れを振り返ってみてはいかがでしょうか。

——「何だか苹果《りんご》の匂がする。僕いま苹果のことを考へたためだろうか。」カムパネルラが——

不思議そうにあたりを見まわしました。
「ほんたうに苹果の匂だよ。それから野茨の匂もする。」ジョバンニもそこらを見ましたがやっぱりそれは窓からでも入って来るらしいのでした。いま秋だから野茨の匂のする筈はないとジョバンニは思ひました。

カムパネルラはおそらく、青緑色のりんごの果実が実り風に吹かれて揺れている、夏の草原の草の匂いを感じていたのでしょう。カムパネルラの気持ちが伝わってジョバンニも、りんごと野茨の匂いを感じたのでした。それはすすきの穂が揺れて、りんどうの花が咲き乱れる銀河の岸辺の風景とは異なった、夏の生命力にあふれた風景をこころが求めていた、ということなのでしょう。また次の登場人物たちの出身地の、アメリカ合衆国の草原の情景が、賢治のこころに浮かんだのでしょうか。この数行の表現をはさんで、話は転回してゆきます。

そしたら俄かにそこに、つやつやした黒い髪の六つばかりの男の子が赤いジャケツのぼたんもかけずひどくびっくりしたやうな顔をしてがたがたふるえてはだしで立ってゐました。隣りには黒い洋服をきちんと着たせいの高い青年が一ぱいに風に吹かれてゐるけやきの木のやうな姿勢で、男の子の手をしっかりひいて立ってゐました。
「あら、こゝどこでせう。まあ、きれいだわ。」青年のうしろにもひとり十二ばかりの眼の茶いろな可愛らしい女の子が黒い外套を着て青年の腕にすがって、不思議そうに窓の外を見てゐるのでした。

「ああ、こゝはランカシャイヤだ。いや、コンネクテカット州だ。いや、ああぼくたちはそらへ来たのだ。わたしたちは天へ行くのです。ごらんなさい、あのしるしは天上のしるしです。もうなんにもこはいことありません。わたくしたちは神さまに召されてゐるのです。」黒服の青年はよろこびにかゞやいて女の子に云ひました。けれどもなぜかまた額に深く皺を刻んで、それに大へんつかれてゐるらしく、無理に笑いながら男の子をジョバンニのとなりに座らせました。

それから女の子にやさしくカムパネルラのとなりの席を指さしました。女の子はすなほにそこへ座って、きちんと両手を組み合せました。

「ぼくおほねえさんのとこへ行くんだよう。」腰掛けたばかりの男の子は顔を変にして燈台看守の向ふうの席に座ったばかりの青年に云いました。青年は何とも云へず悲しそうな顔をして、ぢっとその子の、ちぢれてぬれた頭を見ました。女の子は、いきなり両手を顔にあてゝしくしく泣いてしまひました。

「お父さんやきくよねえさんはまだいろいろお仕事があるのです。けれどももうすぐあとからいらっしゃいます。それよりも、おっかさんはどんなに永く待ってゐらっしゃったでせう。わたしの大事なタダシはいまどんな歌をうたってゐるだろう、雪の降る朝にみんなと手をつないでぐるぐるにはとこのやぶをまはってあそんでゐるだろうかと考へたりほんたうに待って心配してゐらっしゃるんですから、早く行って、おっかさんにお目にかゝりませうね。」
「うん、だけど僕、船に乗らなけぁよかったなあ。」

難破した船からの三人の乗客が、カムパネルラとジョバンニの前に忽然と、姿を現します。海に呑み込まれてすぐに、行き先を告げられる間もなく、何か天に満ちる意志によって天上に引き上げられて、銀河鉄道の乗客になった三人です。六つばかりの男の子と、せいの高い青年と、十二ばかりの女の子です。男の子は海に呑み込まれた時に靴が脱げ、びしょぬれになったと見えて、びっくりしてがたがた震えてはだしで立っていました。青年は強風に倒されそうになるのを踏ん張って立っている、けやきの木のような姿勢で男の子の手を、海に呑まれた時にそうしていたように、しっかり握って立っていました。女の子も海に呑みこまれた時にそうしていたように、青年にしがみ付いて不思議そうに外を見ていました。まだその時の生々しい姿のままで、三人は銀河鉄道の乗客になったのです。

美しい銀河の風景を眼にした女の子が、「まあ、きれいだわ」と素直な感想を口に出します。青年は女の子に、自分達は神に召されて天上に来たのでありもうなにも怖いものはないと、よろこびに輝いた表情で話しかけます。しかしすぐに二人を助けることができず、遭難してしまった事を思い出して、額に深く皺を刻んで無理に作り笑いをしたのでした。女の子は事情をよく理解して、何も言わずに青年に従ったのですが、男の子の素直な邪気のない、「ぼくおほねえさんのとこへ行くんだよう」との発言が、三人の感情に点火をします。青年は何も言えず悲しそうな顔をして、ぬれているその子の頭を見ていましたが、女の子はしくしくと泣きだしてしまいました。そして男の子を説得します。

お父さんや年上のきくよねえさん（日本名がでてきます）は、仕事で遅くなっていて来れないが仕事が終わればすぐ来ること（もちろんそんなことはありません）、また以前に亡くなった二人のお母さんが、男の子（名前はタダシという日本名）が天国に来るのを、天国でどんなに長く待っていたか、そしてそのお母さんはタダシのことをいつも想い、いまどんな歌をうたっているのだろうとか、雪の降る朝に友達と手をつないで、にわとこのやぶをまわって遊んでいるだろうとかと考えて、ずっとずっと長い間心配していらっしゃる、そのお母さんにもうすぐ会えるのですよ、と説得します。しかし、男の子は「うん、だけど僕、船に乗らなけぁよかったなあ」と、その場の誰もが本当は心のなかで一番に思っていることを素直に口に出します。

ここでの青年のように、神の国に召されることで救われると信じることは、別の側面から見るならば苦しい現実に蓋をしてそこから逃れるために頭の中でこしらえた想念でこころの安定を図ろうしているようにも取ることができます。しかし男の子の素直な一言、「ぼくおほねえさんのとこへ行くんだよう」のまえでは、そのような安定はもろくも崩れてしまいます。自分の大変な状況から離れて天国に来たということで救われると考えても、ことはそう簡単ではないのです。ですので男の子のような素直なこころを、神の国に来たので救われるというその想念で覆い隠し、現実にふたをしてしまわないようにすることが、正しく現実を観ることなのではないかと思います。ですが人間は神の国や救いという言葉にどうしても引きつけられてしまうのです。

また女の子は亡くなったお母さんが天国で待っているので、早くお母さんのもとへ行きましょうと、男の子を説得します。その説得を男の子はやはり充分納得はできなかったのでした。大きくなるに従って頭の中で自分を納得させようとしますが、それは同様に正しく現実を見ることからは外れて行くことにもなるのです。

「えゝ、けれど、ごらんなさい、そら、どうです、あの立派な川、ね、あすこはあの夏中、ツヰンクル、ツヰンクル、リトル、スター　をうたってやすむとき、いつも窓からぼんやり白く見えてゐたでせう。あすこですよ。ね、きれいでせう、あんなに光ってゐます。」

泣いていた姉もハンケチで眼をふいて外を見ました。青年は教へるやうにそっと姉弟にまた云ひました。

「わたしたちはもう、なんにもかなしいことないのです。わたくしたちはこんないゝとこを旅して、ぢき神さまのとこへ行きます。そこならもうほんたうに明るくて匂が

よくて立派な人たちでいっぱいです。そしてわたしたちの代わりに、ボートへ乗れた人たちは、きっとみんな助けられて、心配して待ってゐるめいめいのお父さんやお母さんや自分のお家へやら行くのです。さあ、もうぢきですから元気を出しておもしろくうたって行きませう。」青年は男の子のぬれたやうな黒い髪をなで、みんなを慰めながら、自分もだんだん顔いろがかゞやいて来ました。

青年は外の景色のすばらしさを強調します。そうしてもうすぐ神さまのところへ行くのでなにも悲しむことはないと、だからおもしろく歌って行きましょうと言います。そして自分達の代わりにボートに乗れた人達は助けられて、めいめいの家に帰ってお父さんやお母さんを安心させていることでしょうと言います。

他のひとのために身代わりとなって死ぬことになっても、神さまに召されて救われるのでかなしむことはない、むしろ楽しく歌いながら行きましょうというのです。また天上の神さまの世界は、「明るくて匂がよくて立派な人たちでいっぱいです」と、すばらしい世界、楽園であることが強調されます。宗教上救済が保障されていると信じるのは、キリスト教やイスラム教のような一神教の考え方です。すばらしい楽園での救済が待っていると考えるのは、現実の苦難を乗り越える大きな力になるのだと思います。それに対して仏教は、妄想に囚われずに現実を正しく認識したうえで、こころの平安を求めようとしますので、この考え方とは異なります。青年は信心深いキリスト教徒なのだと思います。賢治はキリスト教の本質もよくわかっていてこの章を書いているのですが、法華経の信者であった賢治自身はキリスト教の神の国に救いを求めてはいないのです。その上でわたしたちに、あなたならどうするのですかと問いかけているのだと思います。

「あなた方はどちらからいらっしゃったのですか。どうなすったのですか。」さっきの燈台看守がやっと少しわかったやうに、青年にたづねました。青年はかすかにわらひました。
「いえ、氷にぶっつかって船が沈みましてね。わたしたちはこちらのお父さんが急な用で二ヶ月前一足さきに本国へおかえりになったので、あとから発ったのです。私は大学へはいってゐて、家庭教師にやとはれてゐたのです。ところがちゃうど十二日目、今日か昨日のあたりです。船が氷山にぶっつかって一ぺんに傾きもう沈みかけました。月のあかりはどこかでぼんやりありましたが、霧が非常に深かつたのです。ところがボートは左舷の方半分はもうだめになってゐましたから、とてもみんなは乗り切らないのです。もうそのうちにも船は沈みますし、私は必死となって、どうか小さな人たちを乗せて下さいと叫びました。近くの人たちはすぐみちを開いて、そして子供たちのために祈って呉れました。けれどもそこからボートまでのところにはまだまだ小さな子どもたちや親たちやなんか居て、とても押しのける勇気がなかったのです。それでもわたくしはどうしてもこの方たちをお助けするのが私の義務だと思ひましたから、前にゐる子供らを押しのけようとしました。けれどもまたそんなにまでして助けてあげるよりはこのまゝ神のお前にみんなで行く方がほんたうにこの方たちの幸福だとも思ひました。それからまたその神にそむく罪はわたくしひとりでしょってぜひとも助けてあげやうと思ひました。けれどもどうしても見てゐるとそれができないのでした。子どもらばかりのボートの中へはなしてやってお母さんが狂気のやうにキスを送りお父さんがかなしいのをじっとこらへてまっすぐにたつてゐるなどとてももう腸もちぎれるやうでした。そのうち船はもうずんずん沈みますから、私はもうすっかり覚悟してこの人たち二人を抱いて、浮かべるだけは浮ぼうとかたまって船の沈むのを待ってゐました。誰が投げたかライフヴイが一つ飛んで来ましたけれども滑ってずうっと向ふへ行ってしまひました。私は一生けん命で甲板の格子になったところをはなして、三人それにしっかりとりつきました。どこからとなく〔二字分空白〕番の声があがりました。たちまちみんなはいろいろな国語で一ぺんにそれをうたひました。そのとき俄かに大きな音がして私たちは水に落ちました。もう渦に入ったと思ひながらしっかりこの人たちをだいてそれからぼうっとしたと思ったらもうこゝへ来てゐたのです。この方たちのお母さんは一昨年没くなられました。えゝボートはきっと助かったにちがいありません　何せよほど熟練な水夫たちが漕いで、すばやく船からはなれてゐましたから。」
そこから小さな嘆息やいのりの声が聞えジョバンニもカムパネルラもいままで忘れてゐたいろいろのことをぼんやり思ひ出して眼が熱くなりました。

青年により、船が遭難した時の有様が語られます。この描写をみてまず思い浮ぶのは、タイタニック号の遭難です。タイタニック号の遭難は、一九一二年賢治十六歳の時のことですから、執筆時賢治の脳裏に浮かんでいたことは想像に難くありません。タイタニック号は二千二百名の乗員乗客のうち千五百名の犠牲者を出しており、救命ボートが定員の半分の数しかなく、多数の犠牲者を出した原因になったと書かれています。タイタニック号の時もまず子どもや女性が優先され、ボートに乗ろうとした男性の乗客は乗員に銃で威嚇されたと書かれています。

この物語の青年は、自分が助かろうとは微塵も考えてはいません。ただ二人の子供たちを必死で助けようとしましたが、ボートのところの前にいるもっと小さな子どもたちや親たちを見ていると、その人達を押しのけて行くことができず、ボートに乗せる事を諦めて覚悟を決めたのでした。それからは三人は、甲板の格子をはずしてしがみつき、沈んでゆく船の上でしっかりと抱き合います。その時どこからともなく讃美歌の聲があがり、残されたみんなも歌いだしたのでしたが、まもなく大音響とともに船が沈没して三人は渦にまきこまれ、気が付いたら銀河鉄道の乗客になっていたのです。

また子どもたちの母親が一昨年に亡くなっていること、ボートはすばやく離れていったのでできっと助かっただろうことが述べられます。そしてジョバンニとカムパネルラも、すっかり忘れていたケンタウルス祭の夜の出来事やいろいろな事を思い出したのでした。おそらく二人はそれぞれのお母さんのことをも思い出していたのだと思います。

この青年の行為はまず自分が助かるよりも他のひとを助ける、または他のひとが助かることを優先することが貫かれています。自分の子どもを助けるために他の子どもを押しのけることもよしとしなかったのです。そのために二人の子どもも道づれになって溺れてしまうのですが、だからといって青年の行為を非難はできません。このことはザネリを助けるために川に飛び込んで溺れてしまったカムパネルラの行為ともちろん重なってきます。そしてまた自分を犠牲にして他を助ける行為そのものを、私たちに賢治が問うているのだと、考えるべきだと思います。

仏教の説話のなかに、捨身施虎というのがあります。釈迦が前身のサッタ尊者であったときに、崖の上から飢えた虎の親子を見て、その飢えを満たすために自らの身を投げ与えた、という説話です。実は虎も仏の化身であったのですが、自分の身を犠牲にしても他者を救うことが仏教の修行の一大眼目であります。虎に身を与えるほど極端ではなくとも、仏教の中では、娑婆世界の中に身を置いて自分を顧みず他の人のために何かをなす、つまり菩薩行という修行もあります。またイエス・キリストが十字架に磔になったのも、自分の身を捨てて人々を助けるためだったわけです。しかし日常生活のなかで、自分を顧みずに他の人のために何かをなすことは、釈迦やキリストのような聖者ではないわたしたちには実ははなはだ困難なことであります。自分がその時船の乗客だったならば、まず第一に自分が助かろうとするかもわかりません。自分はそのような自己中心的な人間であることを自覚しておくことも、大切であると思います。誰でも頭の中では、人のために何かをすることが尊いことは分かっていると思います。しかし建前ではそう言っても、本音のところでは自分の利益のためにそう言っている人がはなはだ多いと思います。賢治の人生を見ますならば、賢治は三十歳にして花巻農学校を退職し、羅須地人協会を立ち上げ、農民の中に入って農民の生活と文化を改革しようと志す運動を始めています。安定した教師の職をなげうってそのような活動に身を投じる動機は、菩薩行の実践にあったことは想像に難くありません。またそのような賢治にとっては、自己を犠牲にしても他の人を助けるとの、銀河鉄道の夜という物語の大きな主題の一つは、常に自分の身に引き当てて考えざるを得ない大問題だったのだと思います。

またここのところでは、突然の死、ということについて考えさせられます。カムパネルラにしても、ここに出て来る青年と二人の子どもにしても、死が突然に訪れるまでは、おそらく自分が死ぬなどとは全く考えなかったと思います。死はこころの準備が整ったところに訪れるとは限らないのです。死の前では、子どもも大人も、その死に至る行為も、その行為が良い行為であるか悪い行為であるかも、そのような区別は色が褪せてしまうように感じられます。カムパネルラの行為が立派なものであったとしても、死という事実は、そのような行為とは切り離されて別に厳然として存在している、と思います。そのことを自覚することも大切だと思います。人は死ということについては、実はよく理解できないようになっていると思います。吉田兼好は「死はまえよりしもきたらず、かねてうしろにせまれり」と言っています。それは、気がついた時には実は死はすぐそこに来ている、ということだと思います。カムパネルラにとってはその迫る速度がとても急激で、気がついた時には呑みこまれていたのだと思います。死も生も含んだ時間というものは、瞬間瞬間に移り変わって行きます。数秒前の時間はすでに過ぎ去って帰ってこず、数秒先はまだ来ていません。死もそのような時間のなかで考えるならば、過去の死は過ぎ去ってしまって、その瞬間の死があるのみであり、生もその瞬間の生があるのみでは、とも思えます。あるいは未来にさし迫っている死があると思ったところが、実は現在の死があるのみであると、そうしますとその現在の死に想いを定めて自分に引き受けながら、現在の生を精いっぱい生きる他はないともいえるかと思います。つまり現在の時間の中で、生も死も含めて引き受ける覚悟が必要なのだと思います。

（あゝ、その大きな海はパシフィックといふのではなかったらうか。その氷山の流れる北のはての海で、小さな船に乗って、風や凍りつく潮水や、烈しい寒さとたたかって、たれかゞ一生けんめいはたらいてゐる。ぼくはそのひとにほんたうに気の毒でそしてすまないやうな気がする。ぼくはそのひとのさひはひのためにいったいどうした

らいゝのだらう。）ジョバンニは首を垂れて、すっかりふさぎ込んでしまひました。

「なにがしあわせかわからないです。ほんたうにどんなつらいことでもそれがたゞしいみちを進む中でのできごとなら峠の上りも下りもみんなほんとうの幸福に近づく一あしづつですから。」

燈台守がなぐさめてゐました。

「あゝそうです。たゞいちばんのさいはひに至るためにいろいろのかなしみもみんなおぼしめしです。」青年が祈るやうにそう答へました。


しあわせとはなんだろうか。ましてや本当のしあわせとはなんだろうか。北の氷山の流れる荒れた太洋の真ん中で、波にもまれながら魚を採っている人がいる。甲板には、氷雪がこびり付き、顔や手は凍えきっています。その人のさいわいとはなんだろうか。そしてそのひとのさいわいのために、ジョバンニはそしてわたしたちは、なにができるのだろうか。

わたしたちは個人個人べつべつではあるけれども、それぞれが繋がっています。それぞれの行動は繋がりながら、やがて銀河宇宙にまで拡がってゆきます。わたしたち人類がこの宇宙で存在しているとは、個人個人が繋がりあいながら、宇宙とも分かちがたく結びついているということなのです。そしてその結びつきが銀河にまで拡がって行くことが、この物語の生まれる背景となっているのだと思います。そのように繋がっている人間ではありますが、「わたしたちはすべての人々のさいわいのために、なにができどうしたらいいのだろうか」との問いにジョバンニがふさぎ込んでしまったように、作者賢治自身が考え込みふさぎ込んでしまったのだと思います。それは「自分を顧みず他の人の為に何かをなす」ことは現実のなかではなはだ困難なこと、なのだからだと思いますし、そしてその困難なことをしようとしたのが、賢治の一生でもあったから、なおのこと考え込まずにはいられなかったのだと思います。

そこで燈台守から、「なにがしあわせかわからないのです」と、なぐさめの言葉がまず述べられます。ここのところは、なにがしあわせか頭で考えてもそれは分からないのだ、と言っているのだと思います。そして、わたしたちの行動がただしいみちをすすんでいるのならば、その行動そのものをなして行くことがどんなに困難であっても、その行動の一つ一つがほんとうの幸福に近づく一歩一歩なのだ、と言っているのだと思います。じぶんが正しいと信じている道を、困難があるとしても進んで行くこと、そのような行動の中にこそほんとうの幸福があると、賢治は思っていたに違いありません。

そこで青年から、「たゞいちばんのさいわひに至るためにいろいろのかなしみもみんなおぼしめしです」との言葉が発せられます。この言葉は、キリスト教徒のことばなのだと思います。この世の中のすべては神さまのおぼしめしであるということが、キリスト者としての根本なのだと思います。しかし賢治がそう思っていたかは、疑問であると思います。

そしてあの姉弟はもうつかれてめいめいにぐったり席によりかかって睡ってゐました。さっきのあのはだしだった足にはいつか白い柔らかな靴をはいてゐたのです。
ごとごとごとごと汽車はきらびやかな燐光の川の岸を進みました。向ふの方の窓を見ると、野原はまるで幻燈のやうでした。百も千もの大小さまざまの三角標、その大きなものの上には赤い点点をうった測量旗も見え、野原のはてはそれらがいちめん、たくさんたくさん集まってぼおっと青白い霧のやう、そこからかまたはもっと向ふからかときどきさまざまの形のぼんやりした狼煙のやうなものが、かはるがわるきれいな桔梗いろのそらにうちあげられるのでした。じつにそのすきとほった奇麗な風は、ばらの匂でいっぱいでした。

いつの間にかずぶ濡れだった姉弟のはだしだった足には白い柔らかな靴がはかれ、おそらく衣服も乾いて、冷え切っていた体も暖められていたのでした。そして汽車は、かれらの傷ついたころを癒すかのように、きらきらと燐光がひかり輝いている銀河の川岸を進みました。向こう側の窓を見ると、野原はまるで、幻燈機に照されて浮びあがった絵のようでした。百も千もの大小さまざまの三角標が林立し、その大きなものの上には、赤い点々がうたれた測量旗も見えました。野原のはてのほうを見渡すと、それらの三角標がたくさんたくさん集まって、ぼうっと青白く浮びあがり、あたかも霧がたなびいているように見えました。そしてその霧がたなびいているような中からか、またはもっと遠くからか、ときどきさまざまな形をした、ぼんやりした狼煙のようなものが、かわるがわるきれいな桔梗色のそらにうちあげられるのでした。そしてじつにその場所を流れるすきとおった綺麗な風は、ばらの匂でいっぱいなのでした。

ここで描写されている銀河の川岸の風景には、無数の三角標が野原のはてまで林立しています。銀河ステーションの章のところで、天気輪の柱がいつしか三角標の形になってしだいにはっきりし、りんとうごかないようになり、濃い鋼青いろのそらにたった、との表現がありました。するとと三角標のしたには天気輪の柱が続いており、そこにはジョバンニが通ってきたように、無数の魂が地上と銀河とを行き来しているに違いありません。三角標の原義は、山の頂上に建てる測量の目印だと思いますが、ここでは地上と銀河を繋ぐ絆の象徴として表現されているのだと思います。そのような三角標が無数に林立している様は、人間の生と死が連綿と無数に繰り返されており、そして人々の魂が無数に天上に昇って来ている様子を表現していますし、狼煙はそれに伴って打ち上げられているのだと思います。また三角標は、わたしたちにとっての目印の意味もこめられており、銀河に瞬く無数の星星に対応している気もいたします。

そしてその場所はばらの匂でいっぱいであり、天上のすばらしい世界なのでした。ここには、浄土や天国がすばらしいという、古今東西共通の表現がみられると思います。

——「いかゞですか。かういふ苹果はおはじめてでせう。」向ふの席の燈台看守がいつか黄——

金と紅でうつくしくいろどられた大きな苹果を落とさないやうに両手で膝の上にかゝえてゐました。

「おや、どっから来たのですか。立派ですねえ。こゝらではこんな苹果ができるのですか。」青年はほんたうにびっくりしたらしく燈台看守の両手にかゝえられた一もりの苹果を眼を細くしたり首をまげたりしながらわれを忘れてながめてゐました。

「いや、まあおとり下さい。どうか、まあおとり下さい。」青年は一つとってジョバンニたちの方をちょっと見ました。「さあ、向ふの坊ちゃんがた。いかゞですか。おとり下さい。」ジョバンニは坊ちゃんといわれたのですこししゃくにさわってだまってゐましたがカムパネルラは「ありがたう、」と云ひました。すると青年は自分でとって一つづつ二人に送ってよこしましたのでジョバンニも立ってありがたうと云ひました。

燈台看守はやっと両腕があいたのでこんどは自分で一つづつ睡ってゐる姉弟の膝にそっと置きました。

「どうもありがたう。どこでできるのですか。こんな立派な苹果は。」

青年はつくづく見ながら云ひました。

「この辺ではもちろん農業はいたしますけれども大ていひとりでにいゝものができるやうな約束になって居ります。農業だってそんなに骨が折れはしません。たいていい自分の望む種子さへ播けばひとりでにどんどんできます。米だってパシフィック辺のやうに殻もないし十倍も大きく匂もいゝのです。けれどもあなたがたのいらっしやる方なら、農業はもうありません。苹果だってお菓子だってかすが少しもありませんからみんなそのひとによってちがったわづかのいゝかほりになって毛あなからちらけてしまふのです。」

にはかに男の子がぱっちり眼をあいて云いました。あゝぼくいまお母さんの夢をみてゐたよ。お母さんがね立派な戸棚や本のあるとこに居てね、ぼくの方を見て手をだしてにこにこにこにこわらつたよ。ぼくおっかさん。りんごをひろってきてあげませうか云ったら眼がさめちやった。あゝこゝさっきの汽車のなかだねえ。」
「その苹果がそこにあります。このおぢさんにいたゞいたのですよ。」青年が云ひました。「ありがたうおぢさん。おや、かほるねえさんまだねてるねえ、ぼくおこしてやろう。おねえさん。ごらん、りんごもらったよ。おきてごらん。」姉はわらって眼をさましまぶしさうに両手を眼にあてゝそれから苹果を見ました。男の子はまるでパイを食べるやうにもうそれを喰べてゐました、また折角剥いたそのきれいな皮も、くるくるコルク抜きのやうな形になって床へ落ちるまでの間にはすうっと、灰いろに光って蒸発してしまふのでした。

二人はりんごを大切にポケットにしまひました。

天の川銀河でとれる苹果が、燈台看守から青年や姉弟へ、そしてジョバンニとカムパネルラへ振る舞われます。そのりんごは黄金と紅でうつくしく彩られた、おおきなすばらしいりんごでした。そしてそれらのりんごは、地上（パシフィック辺＝岩手青森あたりを指すか）でできるように、肥料をやり害虫を駆除しさまざまに骨をおって育てなければならないりんごではなく、「自分の望む種子さへ播けばひとりでにどんどんでき」るりんごだと言うのです。また米だって、地上（パシフィック辺）と違って殻もなく、十倍も大きく匂もいい、と言うのです。そしてひとりでにいいものができる約束になっている農業だと、言うのです。そのことは天の川銀河が、ある意味生活の苦労のいらないすばらしい楽園であり、天国の世界だと言っていることと同じだと思います。

しかし、青年と姉弟たちがこれから行くところは、もう農業はなく、地上とも天の川銀河世界とも違っている世界なのであると言っています。この地上では農産物は、私たちの血となり肉となり骨となります。そして尿となり大便となり汗となって体から排泄されます。また食べ物を食べなければ生きてゆくことはできません。そのような生命維持に必須の食べ物ではなく、五感を満足させるためだけにある食べ物としてのりんごであり、それは「かすが少しものこらず」、「そのひとによってちがった、わづかのいいかほりとなって毛あなからちらけてしまう」というのです。体にとっては、排泄されることもなく、血や肉や骨になることもなく、うすい香水のようなかすかなかおりとなって、毛あなから外へ出て拡散してしまうのだとのことなのです。

鳥を捕る人のところで、空から舞い降りた鷺が河原の砂につくとそのうち跡形もなく消えてしまう、との描写がありました。そう、天の川銀河世界の産物は、姿はあるが実体のない産物なのであり、ちょうど幽霊に足がないのと同じようなものかもしれません。そして、青年と姉弟がこれから行く世界は、そのような姿さえもっと抽象的になった、魂だけの世界なのだと、暗示しているように思います。はたして、そのような世界が幸福なのかどうか、この地上に生きている私たちはよくよく考えてみなくてはならないでしょう。

男の子が夢のなかで会ったお母さんが、りんごを拾ってきてあげましょうかと言った時に、男の子は眼が醒めたのですが、「そのりんごがそこにあります」と青年は言います。つまり燈台看守からもらったりんごは、おかあさんが拾ってくださったりんごでもあるのです。燈台看守はいつの間にかりんごを持っていたのですから、そのりんごがお母さんの拾ったりんごだったとしても、ここは疑問をもつべきではないのかもしれません。そして最後のところの「二人」とは、ジョバンニとカムパネルラだと思います。二人は食べずに大切にポケットにしまったのでした。それは銀河鉄道の旅の、大切な思い出の品なのですから。それとも男の子のりんごを剥いた皮が床に落ちる前に、灰いろに光って蒸発してしまうのを見て、ふつうの食べ物ではないことを見て、大切にしようと思ったからでしょうか。

川下の向ふ岸に青く茂った大きな林が見え、その枝には熟してまっ赤に光る円い実がいっぱい、その林のまん中に高い高い三角標が立って、森の中からはオーケストラベルやジロフォンにまぢって何とも云へずきれいな音いろが、とけるやうに浸みるやうに風につれて流れて来るのでした。

青年はぞくっとしてからだをふるふやうにしました。

だまってその譜を聞いてゐると、そこらいちめんに黄いろやうすい緑の明るい野原か敷物かゞひろがり、またまっ白な蝋のやうな露が太陽の面を擦めて行くやうに思はれました。

「まあ、あの鳥。」カムパネルラのとなりのかほると呼ばれた女の子が叫びました。

「からすでない。みんなかささぎだ。」カムパネルラがまた何気なく叱るやうに叫びましたので、ジョバンニはまた思わず笑ひ、女の子はきまり悪さうにしました。まったく河原の青じろいあかりの上に、黒い鳥がたくさんたくさんいっぱいに列になってとまってぢっと川の微光を受けてゐるのでした。

「かささぎですねえ、頭のうしろのところに毛がぴんと延びてますから。」青年はとりなすやうに云いました。

向ふの青い森の中の三角標はすっかり汽車の正面に来ました。そのとき汽車のずうっとうしろの方か、あの聞きなれた（　　）《二字分アキママ》番の讃美歌のふしが聞えてきました。よほどの人数で合唱してゐるらしいのでした。青年はさっと顔いろが青ざめ、たって一ぺんそっちへ行きそうにしましたが思ひかへしてまた座りました。かほる子はハンケチを顔にあててしまひました。ジョバンニまで何だか鼻が変になりました。けれどもいつともなく誰ともなくその歌は歌い出され、だんだんはっきり強くなりました。思はずジョバンニもカムパネルラも一緒にうたひ出したのです。

そして青い橄欖《かんらん》の森が、見えない天の川の向ふにさめざめと光りながらだんだんうしろの方へ行ってしまひそこから流れて来るあやしい楽器の音ももう汽車のひびきや風の音にすり耗されてずうっとかすかになりました。

「あれ孔雀が居るよ。」

「えゝたくさん居たわ。」女の子がこたえました。

ジョバンニは、その小さく小さくなっていまはもう一つ緑のいろの貝ぼたんのやうに見える森の上にさっさっと青じろく時々光ってその孔雀がはねをひろげたりとぢたりする光の反射を見ました。

「さうだ、孔雀の声だってさっき聞えた。」カムパネルラがかほる子に云ひました。

「えゝ、三十疋ぐらゐはたしかに居たわ。ハープのやうに聞えたのはみんな孔雀よ。」女の子が答へました。ジョバンニは俄かに何とも云へずかなしい気がして思はず「カムパネルラ、ここからはねおりて遊んで行かうよ。」とこわい顔をして云はうとしたくらゐでした。

川下の向こう岸に、青々と葉を茂らせた大きな林が見え、その林の木々の枝には、先ほど燈台守から頂いたりんごだろうか、熟して真っ赤に光る円い実がいっぱいついていたのでした。その林のまん中には高い高い三角標が立っていて、その場所がなにか特別の場所であることを示しており、林の向こうに拡がる森の中からは、鐘の音や木琴の音にまじって、オーケストラが奏でるなんともいえずきれいな音色が、風に乗ってとけるように体の中に浸みわたってくるように、流れて聞えて来るのでした。その音を聞いた青年はぞくっとして体をふるわせたのでした。

静かに眼をつぶってその曲を聞いていると、そこらじゅうに、黄色やうすい緑いろの明るい野原がひろがり、敷物を拡げたようでした。またその野原の草々には、真っ白な蝋のような露がいっぱい付き、風に吹かれて太陽の面をかすめて飛んでゆくように思われたのでした。

「まあ、あの鳥」とカムパネルラの隣の席のかほると呼ばれた女の子が叫びました。それに対してカムパネルラが「からすでない。みんなかささぎだ」と何気なく叱るように叫んだのでした。からすは銀河の河原にはふさわしくない鳥ですので、カムパネルラは思いがけなく強く否定したのでした。この否定に対してジョバンニは思わず笑い、女の子はきまり悪そうにしたのでした。それまで温厚で感情をあまり表にだすことがなかったカムパネルラが、珍しく強い言葉を口にしたのは、美しい銀河の情景にあまりふさわしくない、からすとの言葉が、女の子の口から出たからでした。ところでここでのジョバンニの笑いは何なのでしょうか。本来ならば、相手の間違いをすぐ頭ごなしに否定するのではなく、もっとやさしく説明をしてあげるのが、カムパネルラの取るべき態度だったと思うのですが、そうしなかったカムパネルラの行動の余裕のなさを、ちょっと皮肉っぽく見たための笑いなのでしょうか。それともカムパネルラの予想外の感情的な行動をちょっとほほえましく感じたためでしょうか。いずれにしても、笑いというもので、その場は少しなごんだのではないでしょうか。

ところで、黒い色の鳥を登場させたのは、賢治には思うところがあったのだと思います。実際天の川を見ていますと、川のまん中あたりには帯状に連なった暗黒帯が認められます。銀河の中には星だけではなく多量の暗黒物質があり、また正体不明のダークエネルギーで銀河の動きが調節されており、さらにバルジ部分の中心には超巨大ブラックホールがある、そのようなことが最近分かってきています。黒と銀河は切っても切れない関係があるのです。「まったく河原の青じろいあかりの上に、黒い鳥がたくさんたくさんいっぱいに列になってとまってぢっと川の微光を受けているのでした」は、そういう暗黒なものが銀河と切っても切れない関係にあることを示しているのだと思います。

そして、向こう岸の青い森とそのまん中に立つ高い三角標が正面に来た時、汽車のずっとうしろの方から、聞きなれた讃美歌を合唱する声が聞えてきたのでした。その声を聞いて、青年は思わずそちらへ行こうとしますが思い直して席につき、かほる子も涙があふれてハンケチを顔にあて、ジョバンニも涙で鼻がつんとしたのでした。その讃美歌はいつともなく、誰ともなくみんなが歌いだし、しだいに強くはっきりして来、おもわずジョバンニとカムパネルラも歌い出したのでした。歌にはひとの魂を揺さぶる力があります。信仰心のあるなしには関係なく、もっと心の本能的なところに作用するのだと思います。そのような魂を揺さぶる力のある響きは、おそらく宇宙に満ちている気が音楽となり、歌という形をとってこの世界に現れ、それに人間の魂が呼応し感応しているのだと思います。それはすべての人に共通なのだと思います。

汽車は進み、「青い橄欖の森が」橄欖はオリーブの木ですので、青いオリーブの森が、「見えない天の川の向ふにさめざめと光りながらだんだんうしろの方へ行ってしまひ」、ここで、「見えない天の川」とあるのは、「銀河ステーション」の章で出ましたように、天の川を流れている水はガラスよりも水素よりも透き通っており眼に見ることができない、との意味ですが、青いオリーブの森が見えない天の川の向こうに「さめざめと光り」ながら後ろの方に遠ざかって行ったのでした。さめざめと泣くとの表現はありますが、さめざめと光るとは、いかにも賢治らしい印象的な表現です。オーケストラの奏でるあやしくも美しい音色も、汽車のひびきや風の音にかき消されてかすかになり、やがて聞えなくなってしまったのでした。

そして、「あ孔雀が居るよ」ジョバンニは緑いろの貝ぼたんのように小さくなった森の上に、孔雀の羽根の光の反射を見たのでした。「え、たくさん居たわ」と女の子、「さうだ、孔雀の声だってさっき聞えた」とカムパネルラ、「ええ、三十疋ぐらゐはたしかに居たわ。ハープのやうに聞えたのはみんな孔雀よ」と女の子が答えました。その二人の会話を聞いていると、ジョバンニはにわかに何ともいえず悲しくなって思わず、「カムパネルラ、ここからはねおりて遊んで行こうよ」とこわい顔をして言おうとしたくらいでした。

ここでのジョバンニの悲しみは何なのでしょうか。カムパネルラと女の子二人の関係に疎外感を持ったのでしょうか。それとも、すべてのものが過ぎ去って行く汽車の旅そのものが持っている無情感にとらえられた、ということなのでしょうか。それともカムパネルラと過ごす貴重な時間が失われて行くことに対する感情だったのでしょうか。ですが心のなかの言葉は、ジョバンニの中では何かに寸前で止められ、実際に発せられることはなかったのでした。

(カムパネルラ、僕もう行っちまふぞ。僕なんか鯨だって見たことないや。)ジョバンニはまるでたまらないほどいらいらしながらそれでも堅く唇を噛んでこらえて窓の外を見てゐました。その窓の外には海豚のかたちももう見えなくなって川は二つにわかれました。そのまっくらな島のまん中に高い高いやぐらが一つ組まれてその上に一人の寛い服を着て赤い帽子をかぶった男が立ってゐました。そして両手に赤と青の旗をもってそらを見上げて信号してゐるのでした。ジョバンニが見てゐる間その人はしきりに赤い旗をふってゐましたが俄かに赤旗をおろしてうしろにかくすようにし青い旗を高く高くあげてまるでオーケストラの指揮者のやうに烈しく振りました。すると空

中にざあっと雨のやうな音がして何かまっくらなものがいくかたまりもいくかたまりも鉄砲丸のやうに川の向ふの方へ飛んで行くのでした。ジョバンニは思はず窓からからだを半分出してそっちを見あげました。美しい美しい桔梗いろのがらんとした空の下を実に何万といふ小さな鳥どもが幾組も幾組もめいめいせわしく鳴いて通って行くのでした。「鳥が飛んで行くな。」ジョバンニは窓の外で云ひました。「どら、」カムパネルラもそらを見ました。そのときあのやぐらの上のゆるい服の男は俄かに赤い旗をあげて狂気のやうにふりうごかしました。するとぴたっと鳥の群は通らなくなりそれと同時にぴしゃぁんといふ潰れたやうな音が川下の方で起って、それからしばらくしいんとしました。と思つたらあの赤帽の信号手がまた青い旗をふって叫んでゐたのです。「いまこそわたれわたり鳥、いまこそわたれわたり鳥。」その声もはっきり聞えました。それといっしょにまた幾万といふ鳥の群れがそらをまっすぐにかけたのです。二人の顔を出してゐるまん中の窓からあの女の子が顔を出して美しい顔をかゞやかせながらそらを仰ぎました。「まあ、この鳥、たくさんですわねえ。あらまあそらのきれいなこと。」女の子はジョバンニにはなしかけましたけれどもジョバンニは生意気ないやだいと思ひながらだまって口をむすんでそらを見あげていました。女の子は小さくほっと息をしてだまって席へ戻りました。カムパネルラが気の毒さうに窓から顔を引っ込めて地図を見てゐました。

「あの人鳥へ教へてるんでせうか。」女の子がそっとカムパネルラにたづねました。「わたり鳥へ信号しているんです。きっとどこからかのろしがあがるためでせう。」カムパネルラが少しおぼつかなさうに答へました。そして車の中はしぃんとなりました。ジョバンニはもう頭を引っ込めたかったのですけれども明るいとこへ顔を出すのがつらかったのでだまってこらえてそのまゝ立って口笛を吹いてゐました。(どうして僕はこんなにかなしいのだろう。僕はもっとこころもちをきれいに大きくもたなければいけない。あすこの岸のずうっと向こふにまるでけむりのやうな小さな青い火が見える。あれはほんたうにしづかでつめたい。僕はあれをよく見てこゝろもちをしづめるんだ。)ジョバンニは熱って痛いあたまを両手で押へるやうにしてそっちの方を見ました。(あゝほんたうにどこまでもどこまでも僕といっしょに行くひとはないだらうか。カムパネルラだってあんな女の子とおもしろさうに談してゐるし僕はほんたうにつらいなあ。)ジョバンニの眼はまた泪でいっぱいになり天の川もまるで遠くへ行ったやうにぼんやり白く見えるだけでした。

冒頭のところでは、初期形一と初期形二では海豚の出現についての描写がありますが、その部分は初期形三の途中から以降は削除されています。そのために海豚と鯨の話の続き具合がやや唐突な感じがします。ここでもジョバンニは「たまらないほどいらいらしながらそれでも堅く唇を噛んで」いたのですが、そのようなジョバンニのこころの描写に重きを置いたために、削除された感じがいたします。このジョバンニのかなしみといらいらに囚われた記述を読むとき、賢治が盛岡高等農林研究生を終えて自宅で家業を継ぐべく鬱々と過ごしていた時に、友人保坂嘉内に宛てた手紙が思い出されます。その内容は以下のようです（『銀河鉄道の夜』と賢治の人生、の章に既出）。

このごろは毎日ブリブリ憤ってばかりゐます。何もしやくにさわる筈がさっぱりないのですがどうした訳やら人のぼんやりした顔を見ると、「えゝぐづぐづするない。」いかりがかっと燃えて身体は酒精に入った様な気がします。机へ座って誰かの物を言ふのを思ひだしながら急に身体全体で机をなぐりつけさうになります。いかりは赤く見えます。あまり強いときはいかりの光が滋くなって却て水の様に感ぜられます。遂には真青に見えます。確かにいかりは気持ちが悪くありません。関さん（関豊太郎教授：筆者注）があゝおこるのも尤もです。私は殆んど狂人にもなりそうなこの発作を機械的にその本当の名称で呼び出し手を合わせます。人間の世界の修羅の成仏。

ここによりますと、いかりやいらいらは、人間の世界の「修羅」の様相なのです。それは人間ジョバンニが持つこころの有様なのです。そういう修羅の中にジョバンニも陥るのですし、わた

したちのだれもが陥ることがあるのですから、そのようなこころの有様を直視するところからわたしたちの生き方を考えなくてはならないと、賢治は言いたかったのではないでしょうか。女の子の登場を機にしてジョバンニにかなしさといらいらの感情が湧きあがってきます。それは美しい女の子にカムパネルラを奪われる気がしたからなのでしょうか。そのような女性に関してや、その他金銭や名誉や食欲やそのほか諸々の欲望や頭で考えた妄想などによって様々に揺れ動き葛藤するのがわたしたちの現実でありますし、そのことが「世界の修羅の様相」ということなのですから、ジョバンニが陥った修羅はだれにでもあることなのです。

（カムパネルラ、僕もう行っちまふぞ。僕なんか鯨だって見たことないや）この文章は初期形一と初期形二に表現されていてその後削除された内容に関係しています。そこではカムパネルラが女の子に海豚について説明していますが、いるかはさかなではなくくじらと同じようなけだものであるという記述に続いて、女の子がカムパネルラに「あなたくじら見たことあって」と質問し、それに対してカムパネルラが「僕あります。（以下略）」と答えています。そこでジョバンニの「僕なんか鯨だって見たことないや」との叫びは、生活に追われて鯨を遠くまで見に行く余裕などない自分とカムパネルラを較べての屈折した心情なのだと思います。また「僕もういっちまうぞ」との言葉の中には、ジョバンニが地上にもどる時が近づいていることが暗示されていると思われます。

いるかの群れはいつの間にか去ってしまい、天の川は二手に別れ、間にできたまっくらな島のまん中に、高い高いやぐらが組まれ、その上にだぼだぼの服を着て赤い帽子を被った男の信号手が、赤と青の旗を持って空を見上げて立っていたのでした。その男の信号手が赤い旗を降ろして、青い旗をオーケストラの指揮者のように烈しく振ると、空中にざあっと雨が降るような音がして、なにか真っ暗なかたまりが、いくつもいくつも鉄砲弾のように、川の向こうに飛んで行くのでした。ジョバンニは思わず窓からからだを半分出して見上げたのでした。それは、あくまでもあくまでも美しい桔梗色のがらんとぬけたような空のなかを、幾組も幾組もの何万という小さな鳥たちがめいめいせわしく鳴きながら通って行く姿なのでした。カムパネルラも窓から顔を出しました。

そのとき、あのゆるゆるの服を着た信号手が赤い旗をさっとあげて狂気のように振り動かしました。すると鳥の群れはぴたっと通らなくなり、それと同時にぴしゃぁんという潰れたような音が川下のほうで起こり、そしてしばらくはしいんと静かになったのでした。それは狼煙か何かが打ち上げられた音だったのです。と思う間もなく、あの信号手が今度はまた青い旗を振って叫んでいたのです。「いまこそわたれわたり鳥、いまこそわたれわたり鳥」。それと同時に幾万という鳥の群れがまっすぐに空をかけたのでした。

鳥がうつくしい桔梗色の空の中を飛んでゆく姿が、眼を閉じるとありありと浮かんできます。賢治の過ごした花巻の空には、多くの渡り鳥の群れが北から南へ、南から北へ飛行していたに違いありません。毎日まいにちその姿を見ていた賢治は、ある日天の川がさめざめと輝きながら夜空のなかに浮んで、それを背景に飛んで行く渡り鳥の群れを見たのではないでしょうか。それは鳥という生命現象が、銀河を背景にした空のなかに命の営みを吹きこんでいる様に思えたのではないでしょうか。「鳥を捕る人」の章でも渡り鳥が表現されていましたが、渡り鳥は賢治にとってはそのような空の生命現象を象徴する存在だったのではと思われます。それに対しているかは水中の生命現象の象徴なのだと思います。そして鳥は、鳥捕りや信号手の合図に従う存在でもあります。宇宙のなかにあるものは無秩序に存在しているのではなく、相互に関係しあい秩序をもっている、そしてその秩序をコントロールしている指揮者のようななにかがある、というのでしょうか。それとも、花巻の空を飛行する渡り鳥の群れを見上げていた賢治は、オーケストラの指揮者のようにその群れを指揮している自分を空想していたのではないかと思われてなりません。

するとふたりが窓から顔をだしていた間から、あの女の子が顔をだして、美しい顔をかがやかせて大空を仰いだのでした。ふたりの間に割ってはいる、ふたりの間を裂くような位置をはからずも取ってしまったことに対しては、女の子はおそらくなんの意図もなかったと思われますが、ジョバンニにはそうは思えなかったのでした。そこで女の子が「まあ、この鳥、たくさんですわねえ、あらまあそらのきれいなこと」とジョバンニに話しかけた時、生意気な、いやだいと思って口もきかずにだまって空をみあげていたのでした。カムパネルラと一緒にいる時間を奪われたと思って、そのことで頭がいっぱいになっているジョバンニは、女の子の話に耳を傾ける心の余裕を失っていたのでした。別の表現をするならば、ジョバンニは本当の友達を長いあいだ求めて、やっとカムパネルラという本当のともだちが得られたのに、女の子のせいでその友達を失いかけていると思ったのでした。

友情とは相手を思いやるこころなのでしょうが、相手を独占しようとする心情も含んでおり、その独占を誰かに邪魔されたと思うと、こころの中でなにかが過剰反応を起こすのだと思います。そしてその誰かが女性である場合は、なおのこと疎外感が強くなるのだと思います。そのような怒りとか嫉みとか憎しみなどの、よくないといわれている感情も人間の中にはあることは、ジョバンニだって例外ではないのですから、わたしたちにももちろんあるということをありのままに見て行かなくてはならないと思います。

ジョバンニの拒絶するような態度に、その場に気まずい空気が流れます。女の子は小さくほっと息をして黙って席へ戻ります。この息はため息というよりも、言葉を出すにも出せないでそれを呑み込みかわりに息が出てきた、ということでしょうか。カムパネルラも気の毒そうにしながら窓から顔を引っ込めて、黙って地図を見ていたのでした。カムパネルラにとってもジョバンニの態度は女の子に対する過剰な反応と思えたのではないでしょうか。

女の子はそこでカムパネルラに、「あの人鳥へ教へてるんでせうか」と疑問に思ったことをそっと聞いたのでした。カムパネルラは鳥へ信号を送っていただろうことや、のろしを上げるために合図を送って渡り鳥の通行を止めているだろうことを、ちょっと自信がなさそうに話したのでした。そしてあたりはしんと静かになります。

ジョバンニは、頭を引っ込めたくても引っ込めるのができず、というのも明るいところへ顔をもどして皆の顔を見ると、自分のつらいこころのやり場がなくなるような気がしたので、黙ってこらえてそのまま外に頭を出したまま、口笛を吹いていたのでした。そうして自問します。(どうして僕はこんなにかなしいのだろう)。ここでのかなしみは、単に女の子の出現によって友情が傷つけられたと感じたからだけではないと思います。カムパネルラとジョバンニは、死者と生者として別れ別れになる宿命にあるのですから、かけがえのない友を失うことは、女の子の出現によって影響されることではないのです。そういう根源的なところと関係した悲しみであるのだと思います。そういう本当の現実が、物語の終盤に向かってすこしずつ形を現してきているのです。

そしてジョバンニは、小さな青い火がずっと遠くの向こう岸で煙のようにまたたいているのを見て、こころをしずめ、もっと気持ちをきれいに大きく保たなくてはと思います。そしてほてって痛い頭を両手で押さえるようにして、そちらを見たのでした。しかしこころは小さな青い火で鎮まることはなく、むしろつらさがこみあげてきたのでした。(あゝほんたうにどこまでもどこまでも僕といっしょに行くひとはないだろうか。カムパネルラだってあんな女の子とおもしろさうに話してゐるし僕はほんたうにつらいなあ)。そう、本当の友を女の子に取られてしまうつらさというよりも、本当の友と別れなければならない別離のつらさなのです。カムパネルラとだってどこまでもどこまでも一緒に行くことは、できないのですから。そしてジョバンニの眼は泪で一杯になり、天の川もまるで遠くへ行ったようにぼんやり白くみえるだけだったのです。

そのとき汽車はだんだん川からはなれて崖の上を通るやうになりました。向ふ岸もまた黒いいろの崖が川の岸を下流に下るにしたがってだんだん高くなって行くのでした。そしてちらつと大きなたうもろこしの木を見ました。その葉はぐるぐるに縮れ葉の下にはもう美しい緑いろの大きな苞が赤い毛を吐いて真珠のやうな実もちらっと見えたのでした。それはだんだん数を増して来てもういまは列のやうに崖と線路の間にならび、思わずジョバンニが窓から顔を引っ込めて向こう側の窓を見ましたときは美しいそらの野原の地平線のはてまでその大きなたうもろこしの木がほとんどいちめんに植えられてさやさや風にゆらぎその立派なちゞれた葉のさきからはまるでひるの間にいっぱい日光を吸った金剛石のやうに露がいっぱいについて赤や緑やきらきら燃えて光ってゐるのでした。カムパネルラが「あれたうもろこしだねえ」とジョバンニに云ひましたけれども、ジョバンニはどうしても気持ちがなほりませんでしたからたゞぶっきら棒に野原を見たまま「さうだろう。」と答へました。そのとき汽車はだんだんしづかになっていくつかのシグナルとてんてつ器の灯を過ぎ、小さな停車場にとまりました。

その正面の青じろい時計はかっきり第二時を示しその振子は風もなくなり汽車もうご

かずしづかな野原のなかにカチッカチッと正しく時を刻んで行くのでした。そしてそのころなら汽車は新世界交響楽のやうに鳴りました。車の中ではあの黒服の丈高い青年も誰もみんなやさしい夢を見てゐるのでした。(こんなしづかないゝところで僕はどうしてもっと愉快になれないだろう。どうしてこんなにひとりさびしいのだろう。けれどもカムパネルラなんかあんまりひどい。僕といっしょに汽車に乗ってゐながらまるであんな女の子とばかり談してゐるんだもの。僕はほんたうにつらい。)ジョバンニはまた両手で顔を半分かくすやうにして向ふの窓のそとを見つめてゐました。すきとほった硝子のやうな笛が鳴って、汽車はしづかに動き出しカムパネルラもさびしそうに星めぐりの口笛を吹きました。

「えゝ、えゝ、もうこの辺はひどい高原ですから。」うしろのほうで誰かとしよりらしい人のいま眼がさめたという風ではきはき談してゐる声がしました。「たうもろこしだって棒で二尺も孔をあけておいてそこへ播かないと生えないんです。」

「さうですか。川まではよほどありませうかねえ、」「えゝえゝ河までは二千尺から六千尺あります。もうまるでひどい峡谷になってゐるんです。」さうさうこゝはコロラドの高原ぢやなかったらうか、ジョバンニは思はずさう思ひました。向ふではあの一ばんの姉が小さな妹を自分の胸によりかゝらせて睡らせながら、黒い瞳をうっとりと遠くへ投げて何を見るでもなしに考へ込んでゐるのでしたしカムパネルラはまださびしそうにひとり口笛を吹き二番目の女の子はまるで絹で包んだ苹果のやうな顔いろをしてジョバンニの見る方を見てゐるのでした。突然たうもろこしがなくなって巨きな黒い野原がいっぱいにひらけました。新世界交響楽はいよいよはっきり地平線のはてから湧きそのまっ黒な野原のなかを一人のインデアンが白い鳥の羽根を頭につけたくさんの石を腕と胸にかざり小さな弓に矢を番へて一目散に汽車を追って来るのでした。「あら、インデアンですよ。インデアンですよ。おねえさまごらんなさい。」黒服の青年も眼をさましました。ジョバンニもカムパネルラも立ちあがりました。「走って来るわ、あら、走って来るわ。追いかけてゐるんでせう。」「いゝえ、汽車を追ってるんぢゃないんですよ。猟をするか踊るかしてるんですよ。」青年はいまどこに居るか忘れたという風にポケットに手を入れて立ちながら云ひました。

その時、汽車は川岸をはなれて崖の上を通るようになります。向こう岸も黒色の崖が下流に行くにしたがってしだいに高くなってきました。そして、ジョバンニはちらっと大きな一本の「たうもろこしの木」が立っているのを見ました。その葉は地上のとは異なりぐるぐるに縮れ、葉の下には美しい大きな緑色の房が赤い色の毛を吐きだすようにして付き、真珠のような白い実もちらと見えたのでした。

それはだんだん数を増して来て、もう列のように岸と線路の間にならび、ジョバンニは思わず窓から顔を引っ込めて車窓の向こう側の窓を見たのでした。そこには、美しい空と野原がひろがり、地平線のはてまでとうもろこしの木がほとんど一面に植えられて、さやさやと風にゆらぎ、その縮れた葉のさきには露がいっぱいについて日光の光を浴びて、まるで昼の間にいっぱい日光を吸った金剛石のように、赤や緑にきらきら燃えて光っているのでした。カムパネルラが、「あれたうもろこしだねえ」と言ってきましたが、ジョバンニはどうしても先ほどの気持ちをひきずって、こころが解けず、野原を見たままぶっきら棒に「さうだらう」と答えただけでした。

その時汽車は速度を落とし、いくつかの信号と転てつ器の灯りをすぎて、小さな駅に停まりました。駅正面の時計は二時を示し、振り子が風もなくしずかなしづずかな野原のなかにカチッカチッと音をたてて正しく時を刻んでいるのでした。汽車からは新世界交響楽のような曲が鳴り、そこが新世界の駅であることを示していました。昼すぎの時の中で、あの黒服の背の高い青年もその他の乗客もみんな、まどろみながらやさしい夢を見ているのでした。

そしてジョバンニは思います。（こんなしづかないいところで僕はどうしてもっと愉快になれないのだろう。どうしてこんなにひとりさびしいのだろう。けれどもカムパネルラなんかあんまりひどい。僕といっしょに汽車に乗っていながら、まるであんな女の子とばかり談してゐるんだもの。僕はほんたうにつらい）。あたりには、太陽の光を浴びてとうもろこし畑が拡がり、とても静かでこころを落着かせるような風景が拡がっているのに、その風景に癒されることもなく、ジョバンニのこころの中には、さびしさが吹き荒れていたのでした。そして女の子とばかり話しているとカムパネルラを非難するこころもちが、一向に鎮まる気配がないのでした。本当の友を求めたいという気持ちが強ければ強いだけ、孤独感も強いのでした。そしてそのような気持ちを引きずったまま、ジョバンニは両手で顔を半分隠すようにして、向こう側の窓の外を見ていました。

透き通った硝子のような、澄み切った笛の音が鳴って、汽車は静かに動き出し、カムパネルラもさびしそうに星めぐりの口笛を吹きました。星めぐりの口笛は、カムパネルラが溺れたケンタウルス祭の夜にも、子供たちが吹いていました。あの夜の記憶がなんとなく蘇って来ますし、汽笛の音とカムパネルラの吹く口笛の音が銀河鉄道のなかで共鳴して、さびしい気持ちが一層つのります。

すると、後ろの方で乗客同士の話し声が聞えてきます。その声の調子は年をとった感じで、今昼寝から眼が醒めたと云う風なはっきりした話し方でした。これも面白い表現です。賢治の細かい観察眼が光っています。話の内容は、この地は川から遠く二千尺から六千尺離れていますし、また川も深い渓谷になっていますので、水分が不足し、とうもろこしを植える時は、棒で深く穴を掘って植えなくては生えてこない、ということでした。その話しを聞いていたジョバンニは思わず、ここはアメリカ合衆国のコロラド高原ではないかと思ったのでした。この思いは、唐突な感じがしますが、孤独感に苛まれていたジョバンニの心に、明るさをもたらす転機になったのでした。

車室の中は、午後の静かな時が流れて行きます。それぞれが一人一人の思いに沈んでいます。向こう側の座席では一番年上の姉が一番年下の妹を自分の胸に寄りかからせて眠らせながら、黒い瞳をうっとり遠くへ投げるようにして物思いに耽っています。カムパネルラもさびしそうにひとり口笛を吹いています。二番目の女の子は、まるで絹で包んだ苹果のような顔いろをしてジョバンニと同じ方向を見ていました。すると突然とうもろこし畑がなくなって、巨きな黒い野原が眼のまえいっぱいに開けてきたのでした。

そのときドボルザーク新世界交響楽の音がいよいよはっきりと地平線のかなたから涌き上りそのまっ黒な野原の中をインデアンが登場します。それぞれが孤独な物思いに耽っていた乗客たちのその思いを、インデアンの登場が一瞬で切り裂いてしまったようです。男の子も眼をあけて叫びだし、青年も眼をさましジョバンニやカムパネルラも立ちあがったのでした。

まったくインデアンは半分は踊ってゐるやうでした。第一かけるにしても足のふみやうがもっと経済もとれ本気にもなれそうでした。にはかにくっきり白いその羽根は前の方へ倒れるやうになりインデアンはぴたっと立ちどまつてすばやく弓を空にひきました。そこから一羽の鶴がふらふらと落ちて来てまた走りだしたインデアンの大きくひろげた両手に落ちこみました。インデアンはうれしそうに立ってわらいました。そしてその鶴をもってこっちを見てゐる影ももうどんどん小さく遠くなり電しんばしらの碍子がきらっきらっと続いて二つばかり光ってまたたうもろこしの林になってしまひました。こっち側の窓を見ますと汽車はほんたうに高い高い崖の上を走ってゐてその谷の底には川がやっぱり幅ひろく明るく流れてゐたのです。

とうもろこし畑がきれて、黒い大地が本来のその姿を現し、ちょうどその舞台に登場する役者のように、白い羽飾りを頭につけ、石でできたネックレスとブレスレットを胸と腕に飾り、小さな弓を持って汽車を追いかけてきたのでした。馬にまたがってではなく、走ってきたのでした。半分は踊っているようなステップを踏んで、たとえれば、経済的とか本気とかとは違った無駄の多い動きで駆けてきて、白い羽根を前の方に倒すようにして立ちどまり、そして弓を空に向かって引いたのでした。すると空から一羽の鶴が矢に当たったのかふらふらと落ちてきて、走りだしたインデアンの大きくひろげた両手に落ち込んだのでした。そしてインデアンは立ったままうれしそうに笑ったのでした。アメリカインデアンの特徴ある羽根のついた長い頭飾りは、だれでも一度は絵本などで目にしたことがあるでしょう。白い羽根がついた頭飾りを付けた姿が瞼のなかに浮んできます。汽車は走り続け、鶴をもってこちらを見ているインデアンの影もどんどん小さくなり、電信柱の碍子がきらっきらっと続いて二つばかり光って、またとうもろこしの林になってしまったのでした。

ここで突然登場するインデアンは、ジョバンニがこの土地がアメリカ合衆国のコロラド高原ではないかと思った、その思いのイメージがインデアンの登場で現実になったのでした。ジョバンニの心の中に呼応するかのようにして、物語は展開して行きます。いかにもアメリカ大陸を思わせる新世界交響曲をバックミュージックのようにして、物語の中に登場してきたのです。アメリカ大陸で大昔から暮らし、まさに大地に根ざした人々です。頭の中の想念で一杯になったジョバンニを、もっと地に足のついた考えへと向かわせる役目を与えられているのだと思われます。ここを境に場面が展開して行きます。そうしてジョバンニが視線を、自分が座っている方の窓に移すと、汽車は高い高い崖の上を走っていて、谷底には天の川が幅ひろく明るく滔々と流れていたのでした。ここのところは、花巻の北上川の岸辺から見た、ゆったりと流れて行く川の有様が瞼の中に浮んできます。賢治もきっと見ていたであろう北上川の流れは、夏の日差しのなかであくまでも明るくひろくのびやかでした。しかし天の川の流れをジョバンニは岸辺からではなく、高い高い崖の上から見たのでした。きっとさぞかし雄大だったろうと思われます。

「えゝ、もうこの辺から下りです。何せこんどは一ぺんにあの水面までおりて行くんです容易ぢゃありません。この傾斜があるもんですから汽車は決して向ふからこっちへは来ないんです。そらもうだんだん早くなったでせう。」さっきの老人らしい声が云ひました。

どんどんどんどん汽車は降りて行きました。崖のはじに鉄道がかゝるときは川が明る

く下にのぞけたのです。ジョバンニはだんだんこゝろもちが明るくなって来ました。汽車が小さな小屋の前を通ってその前にしょんぼりひとりの子供が立ってこっちを見ているときなどは思はずほうと叫びました。

どんどんどんどん汽車は走って行きました。室中のひとたちは半分うしろの方へ倒れるやうになりながら腰掛にしっかりしがみついてゐました。ジョバンニは思はずカムパネルラとわらひました。もうそして天の川は汽車のすぐ横手をいまたよほど激しく流れて来たらしくときどきちらちら光ってながれてゐるのでした。うすあかい河原なでしこの花があちこち咲いてゐました。汽車はやうやく落ちついたやうにゆっくり走ってゐました。向ふとこっちの岸に星のかたちとつるはしを書いた旗がたってゐました。

「あれ、何の旗だろうね。」ジョバンニがやっとものを云ひました。「さあ、わからないねえ、地図にもないんだもの。鉄の船がおいてあるねえ。」「あゝ。」「橋を架けるとこぢゃないんでせうか。」女の子が云ひました。「あゝ、あれ工兵の旗だねえ。架橋演習をしているんだ。けれど兵隊のかたちが見えないねえ。」

その時向ふ岸ちかくの少し下流の方で見えない天の川の水がぎらっと光って柱のやうに高くはねあがりどぉと烈しい音がしました。「発破だよ、発破だよ。」カムパネルラはこおどりしました。

その柱のやうになった水は見えなくなり、大きな鮭や鱒がきらっきらっと白く腹を光らせて空中に抛り出されて円い輪を描いてまた水に落ちました。ジョバンニはもうはねあがりたいくらい気持ちが軽くなって云いました。「空の工兵大隊だ。どうだ、鱒やなんかゞまるでこんなになってはねあげられたねえ。僕こんな愉快な旅はしたことない。いゝねえ。」「あの鱒なら近くで見たらこれくらゐあるねえ、たくさんさかな居るんだな、この水の中に。」
「小さなお魚もゐるんでせうか。」女の子が談につり込まれて云ひました。「居るんでせう。大きなのが居るんだから小さいのもゐるんでせう。けれど遠くだからいま小さいの見えなかったねえ。」ジョバンニはもうすっかり機嫌が直って面白さうにわらって女の子に答へました。

眼下はるか下を流れる天の川に向かって、まるでジェットコースターのように、汽車は駆け降りて行きます。始めはゆっくりで、次第に速度があがります。傾斜がきつく、汽車は下の川岸から崖の上には決して登っては来ることはできないと、勝手を知ったあの老人の説明が入ります。そうするとこの汽車は、行きはあっても帰りはない、ということになります。帰りたい乗客達はどうするのでしょうか。もっとも銀河宇宙のなかの話なのですから、行き帰りを考える人は乗っていないのでしょう。天の川を眼下に見て、崖際をどんどんどんどん汽車は降って行きます。まるで、宮崎アニメの一シーンを見ているようです。降下する速度に従って、場面がどんどん展開して行きます。それとともにジョバンニの心持もだんだん明るくなって来たのでした。途中小さな小屋の前にこどもがひとり立ってしょんぼりこちらを見ていましたが、そのときジョバンニは思わず、ほう、と叫んだのでした。そのこどもはおそらく友達もなく、孤独でさびしくてしょんぼりしていたのでしょうが、その姿をみてつい先ほどまでの自分の姿を見るような気がしてつい、ほう、という声が出てしまったのでしょう。そのように、自分を客観視することができるまでジョバンニのこころは変化してきていたのでした。

汽車の速度はどんどん上がり、乗客達は半分後ろへ倒れるようになりながら、座席にしがみついていたのでした。皆のその姿を見て、ジョバンニとカムパネルラは、顔を見合わせて思わず笑ったのでした。笑いが出るほどに、ジョバンニは孤独感から回復してきていたのでした。そして汽車は川岸に到着します。横には天の川が、よほどの高低差を激しく下って来たと見えて、銀河の光を反射してときどきちらちら光って流れているのでした。水は以前にも表現されたように、目に見えないほど透明でしたが、光が反射されることにより、存在がよりはっきりと目に迫って来るのでした。河原には、うすあかい河原なでしこの花があちこちに咲いています。そして汽車はようやく落ち着いたという風に、ゆっくり走っていました。ここの描写も、北上川の滔々と流れる風景が蘇ってきます。すぐ横を流れる大河の存在は、その岸辺にたたずむ者に、自分の小ささ感じさせ、また悠久のものに抱かれる安堵感を与えてくれます。

天の川の両岸に、星とつるはしのマークの見知らぬ旗が立っていました。「あれ、何の旗だろうね」とジョバンニがやっと物を言ったのでした。カムパネルラとの二人の会話に、女の子も割って入ります。ジョバンニにはもう女の子に対するわだかまりはなくなったとみえて、三人の間に自然な会話が進みます。女の子が「橋を架けるところぢゃないんでせうか」と意見を言い、工兵隊の旗であることにカムパネルラが気づきます。そして架橋演習をしているところだとの意見に落ち着きます。

兵隊の姿がみえないと思ったその時に、下流の向こう岸近くで、目にはみえない程透明な天の川の水がぎらっと光って、柱のように高くはねあがり、どおーと激しい音がしたのでした。そうして大きな鮭や鱒が、きらっきらっと白く腹を光らせて空中に抛り出されて、円い輪を描いてまた水中に落ちたのでした。「発破だよ。発破だよ」とカムパネルラは小躍りし、ジョバンニもうはねあがりたいくらいに気持ちが軽くなったのでした。

インデアンの登場から、ジェットコースターのような崖の下降、そして天の川の流れに癒され、空の工兵隊による発破まで、息もつかせぬほどの場面の転換が行われ、そのなかでジョバンニも急速に元気を取り戻したのでした。ジョバンニの孤独感を癒したものは、車窓から見た外の、天の川世界の現実の有様なのでした。本当の友を求めていたジョバンニは、カムパネルラと銀河鉄道のなかで出会い、やっと本当の友と巡り会えたと思ったのですが、女の子の登場によりその心は揺れ動き、再び孤独感に囚われたのでした。その囚われを解き放つ力があるのは、現実の銀河の有様なのでした。ここのところでは、人は心の中にのみ囚われることもよくありますが、そのことは必ずしも正しくはない、と賢治が言っているように思います。本当の道は囚われをはなれてありのままに、こころにも外界の現実にもどちらにも偏ることなく観るところから開けて来るのだと思います。するとここでの癒しは、外界の銀河の現実によるところが大きく、まだこころのなかをありにままに観るという点では不十分なのではと思えてきます。そういう意味ではまだ不安定な癒しなのではと思います。

そうして三人の素直な会話がはずみます。「そらの工兵隊だ。鱒やなんかがまるでこんなになってはねあげられたねえ。僕こんな愉快な旅はしたことない。いいねえ」とジョバンニ、すっかり回復しています。「あの鱒なら近くで見たらこれくらいあるねえ、たくさんさかな居るんだな、この水の中に」とカムパネルラが話すと、女の子かその話につられて、「小さなお魚もゐるんでせうか」と質問します。「居るんでせう。大きいのが居るんだから小さいのもゐるんでせう。けれど遠くだからいま小さいの見えなかったねえ」とジョバンニももうすっかり機嫌が直って、面白そうにわらって女の子に答えたのでした。

「あれきっと双子のお星さまのお宮だよ。」弟の子が、いきなり窓の外をさして叫びました。

右手の低い丘の上に小さな水晶ででもこさえたやうな二つのお宮がならんで立って

ゐました。

「双子のお星さまのお宮って何だい。」

「あたし前になんべんもお母さんから聴いたわ。ちゃんと小さな水晶のお宮で二つならんでゐるからきっとそうだわ。」

「はなしてごらん。双子のお星さまが何したっての。」

「ぼくも知ってらい。双子のお星さまが野原へ遊びにでてからすと喧嘩したんだろう。」「そうじゃないわよ。あのね、天の川の岸にね、おっかさんお話なすったわ、……」「それから彗星が、ギーギーフーギーギーフーて云って来たねえ。」「いやだわたあちゃんそうじゃないわよ。それはべつの方だわ。」「するとあすこにいま笛を吹いて居るんだらうか。」「いま海へ行ってらあ。」「いけないわよ。もう海からあがってゐらっしゃつたのよ。」「さうさう。ぼく知ってらあ、ぼくおはなししやう。」


双子のお星さまのお宮といいますと、すぐ双子座のことが思い浮びます。ですが双子座は夏の星座ではありません。冬の大三角形の上に少し遅れて登ってきます。オリオン座やシリウスのような派手さはありませんが春の訪れを予感させる星座で、冬の天の川の岸にかかって姿を現しています。ここでの賢治の文章「右手の低い丘の上に小さな水晶ででもこさえたやうな二つのお宮がならんで立っていました」との表現を頼りに推測しますと、まず夏の夜空の低いところに現われる星座であり、小さな水晶ででもこしらえたようなそれほど派手さはないがきらりと二つ光った星で、次に出て来るさそりの火アンタレスの現れる前に銀河鉄道に乗っていて見られるとしますと、さそり座の二等星と三等星のλ星とμ星のことではないかと思われます（木村直人「星空の話し方」『天文ガイド』558号、平成二十二年八月号）。ちょうどさそりの毒針の位置にあり、天の川の暗黒帯の中にあってよく目立ちます。

男の子が「ぼく知ってらい。双子のお星さまが野原へ遊びにでてからすと喧嘩したんだろう」と言ったのに対して姉は違うと言います。双子座の由来となったギリシャ神話の話ではボルックスとカストルの双子の兄弟が双子の従兄のイーダス、リュンケウスと争いになる話ですので大分違います。ですが男の子が双子座の話をちゃんと知らなかったので、からすと喧嘩の話になってしまったとも考えられます。いずれにしてもその後に笛を吹くとか海からあがるとかの話が続きますが、それらがどういう内容なのかは詳しく書かれていません。ただ彗星の表現との関係では、ハレー彗星の前々回の接近が思い浮かびます。それは一九一〇年のことで、賢治が十四歳の時です。この時には彗星の尾に地球が入り空気がなくなって窒息してしまうとか、青酸ガスで生物が死滅するとかの情報が流されパニックになったとのことです。また彗星の尾の長さが一四〇度にもなったとのことで、さぞかし壮観だったことでしょう。十四歳の賢治に、このハレー彗星の大接近が強い印象を与えたと考えるのは考えすぎでしょうか。

川の向こうが俄かに赤くなりました。楊の木や何かもまっ黒にすかし出され、見えない天の川の川の波もときどきちらちら針のやうに赤く光りました。まったく向ふ岸の野原に大きなまっ赤な火が燃されその黒いけむりは高く桔梗いろのつめたそうな天をも焦がしそうでした。ルビーよりも赤くすきとほりリチウムよりもうつくしく酔ったやうになってその火は燃えてゐるのでした。「あれは何の火だろう。あんな赤く光る火は何を燃せばできるんだろう。」ジョバンニが云いました。「蝎の火だな。」カムパネルラが又地図と首っ引きして答へました。「あら、蝎の火のことならあたし知ってるわ。」

「蝎の火って何だい。」ジョバンニがききました。「蝎がやけて死んだのよ。その火がいまでも燃えてるってあたし何べんもお父さんから聴いたわ。」「蝎って、虫だろう。」「えゝ、蝎は虫よ。だけどいい虫だわ。」「蝎いい虫ぢゃないよ。僕博物館でアルコールにつけてあるの見た。尾にこんなかぎがあってそれで螫されると死ぬって先生が云ったよ。」「そうよ。だけどいゝ虫だわ、お父さん斯う云ったのよ。むかしのバルドラの野原に一匹の蝎がゐて小さな虫やなんか殺してたべて生きてゐたんですって。するとある日いたちに見付かって食べられそうになったんですって。さそりは一生けん命遁げて遁げたけどたうたういたちに押へられさうになったわ、そのときいきなり前に井戸があってその中に落ちてしまったわ、もうどうしてもあがられないでさそりは溺

れはじめたのよ。そのときさそりは斯う云ってお祈りしたといふの、
　あゝ、わたしはいままでいくつものの命をとったかわからない、そしてその私がこんどいたちにとられようとしたときはあんなに一生懸命にげた。それでもたうたうこんなになってしまった。あゝなんにもあてにならない。どうしてわたしはわたしのからだをだまっていたちに呉れてやらなかったらう。そしたらいたちも一日生きのびたらうに。どうか神さま。私の心をごらん下さい。こんなにむなしく命をすてずどうかこの次にはまことのみんなの幸のために私のからだをおつかひ下さい。って云ったといふの。そしたらいつか蝎はじぶんのからだがまっ赤なうつくしい火になって燃えてよるのやみを照らしているのを見たって。いまでも燃えてるってお父さん仰ったわ。ほんたうにあの火それだわ。」

「さうだ。見たまへ。そこらの三角標はちゃうどさそりのかたちにならんでいるよ。」

ジョバンニはまつたくその大きな火の向ふに三つの三角標がちょうどさそりの腕のやうにこっちに五つの三角標がさそりの尾やかぎのやうにならんでゐるのを見ました。

そしてほんたうにそのまっ赤なうつくしいさそりの火は音なくあかるくあかるく燃えたのです。


川の向こうが俄かに赤くなり、ちょうど夕日が木々の向こうを沈んで行く時、木々のシルエッ

トが黒々と透かし出されるように、楊の木や何もかもが真っ黒にすかし出され、その赤い光を反射して、見えない天の川の川面が、ときどきちらちら針の様に赤く光ったのでした。ここは何という印象的な表現でしょうか。北上川の岸辺に立って夕日を見ながらこの冒頭の表現を考えている賢治の表情が眼に浮かぶ感じがします。

そして向こう岸の野原には大きな真っ赤な火が燃され、その黒いけむりは高くのぼって桔梗色のつめたそうな天をも焦がしそうになっているのでした。真っ赤に燃える火は、そのなかで激しい燃焼反応が起こっていることを示しています。ですがその火はルビーよりも赤く透きとおった透明な輝きであり、リチウムが燃えてひかり輝くときよりももっとうつくしく光輝いており、酔ったようになって揺れながら燃えているのでした。そしてけむりはそら高く昇って桔梗色をした天をも焦がしそうだったのです。この桔梗色をした天と云う表現を読みますと、詩集『春と修羅』の「永訣の朝」に出て来る、兜卒の天、という表現が思い浮かんできます。天は単なるそらではなく、宇宙やさらにそれらを包含する何かと結びついた、聖いものをあらわしているのだと思います。妹としが死の床で最後に頼んだみぞれは、「銀河や太陽、気圏などとよばれた世界」からの、「聖い資糧」だったのです。ここで表現されている天はそのような銀河や太陽、気圏も含んだ聖い存在なのです。そしてその中で燃えるまっ赤な火は、後に語られるさそりの請願の激しさを反映しているのです。

ところで実際にさそり座の心臓部に輝く一等星のアンタレスを望遠鏡で見てみますと、大気の揺らぎとともに揺れ動く赤い火のようなその光景は、まさに賢治がここで表現したそのものであると得心することでしょう。火星と並び称されるその赤さは、透明なすがすがしさを持った美しさであり、また南天に低い高度で昇ってきて、大気がゆらめくにつれて、かすかに揺れながらまたたくその姿は、まさにここで賢治が表現しているそのままであります。実際は赤色超巨星であり、重さは太陽の十五倍ですが直径は七百倍であり、やがて超新星大爆発を起こしこなごなに吹き飛んでしまうことでしょう。

そしてさそり座にまつわる物語が語られます。まずジョバンニが「あれは何の火だろう。あんなに赤く光る火は何を燃せばできるんだろう」と当然の疑問を口にします。「あれは何の火だろう」は、カムパネルラが地図と首っぴきで「蝎の火だな」と答えてくれたのでしたが、「あんなに赤く光る火は何を燃せばできるんだろう」との疑問は、女の子がお父さんから聞いた物語を話すなかで答えられます。

それは、たくさんの小さな虫たちを殺して食べて生きていた一匹の蝎の物語です。蝎はある日いたちに追いかけられて、死にたくない一心で一生懸命に逃げたのですが、もう逃げ切れずほとんど捕まりそうになったのです。しかし幸か不幸かその刹那、井戸のなかに落ちてしまったのでした。ところがどうしても井戸から出ることができなくて溺れそうになり、神さまにお祈りをしたのです。わたしはいままで、たくさんのいきものの命をとっていきてきましたが、いたちに追いかけられ命惜しさに逃げまわり、あげくの果てに溺れて死のうとしています。こんなことなら、この命をいたちにくれてあげたならば、いたちももう一日生き延びたでしょうし、その方がまだよかった。この身はこうして何の償いもせずに空しく死んで滅んでゆこうとしています。できますれば、いままでたくさんの命をとってきた償いに「まことのみんなの幸のために」このからだをお使い下さい、と神さまにお願いしたのでした。すると神さまはその願いを聞き届けてくださり、蝎の体は真っ赤に燃えて夜の闇を照らすようになったというのです。

つまりあんなに赤く光る火は、蝎のからだが燃えて光っているというのです。これはギリシャ神話で語られている内容とは異なります。ギリシャ神話はともかく、賢治はここでも、「まことのみんなの幸いのために」自分の身を投げ出して行動する生き方をわたしたち読者に問いかけています。賢治の一生は、まことのみんなの幸いのために行動しようとした一生だったのですが、死の直前まで病気や現実のいろいろなことに翻弄されて思うように行動することはできず、苦闘しそしてそのために命を縮めたといっても過言ではないと思います。おそらくこのさそりの請願に、賢治は命を縮める苦闘をしている自分を重ね合わせていたのではないでしょうか。

またこのさそりの物語を銀河鉄道の乗客である女の子に語らせているのは、友人を助けるために溺れて死んでしまったカムパネルラの行動や、他の乗客にゆずってボートに乗れずに船もろとも沈んでしまった女の子達の行動が、まことのみんなの幸せのために命を投げ出したさそりの願いと行動に繋がっているからだと思います。そのように銀河鉄道の乗客たち皆の思いが、さそりの願いのなかに重ねられており、そしてそこには彼らもさそりのように天に昇って星になる、と

さそり座

いうことも含まれている気も致します。

「まことのみんなの幸のために」という言葉に関しては、賢治の拠り所でもあった法華経や仏教の思想を抜きには語れないと思います。仏教の中には四つの願い、四弘誓願というのがありますが、その中に「衆生無辺誓願度」というのがあります。これは衆生、すなわちこの世の中に生きている全ての人々でありますが、その人々は「無辺」といってよいほど非常に多数生存しているわけであり、それぞれが様々な煩悩の中でもがいて苦しんでおりまた生活上の様々な苦闘をしているわけであります、そのような人々の苦しみを「度」す、つまり救う、救済することを願うこと、これが「衆生無辺誓願度」です。この願いは、法華経の語句中のいたるところに表現されており、そしてその願いを実行しようとする人々を勇気づける言葉も法華経のいたるところで述べられています。その法華経の中の観音教には「弘誓深如海」という表現があります。単に誓いを切羽詰まってたてるのではなく、海のような深さ大きさを持った誓いをたてるということなのです。賢治は法華経の中の観音教や如来寿量品をいつも読誦しており、法華経に対する思いは深かったのですし、また賢治が亡くなるその日に最後に残した遺言は「国訳の妙法蓮華経を一、〇〇〇部つくってください」だったのです。

そうしますと大きな真っ赤に燃える火の向こうにちょうどさそり座の星のならびと同じようにたたずむ八つの三角標は、さそりの身体が天に昇って星になったそのものを表しているのですし、それらのさそりの身体の星々を照らしながら、うつくしく音もなくあかるくあかるく燃えているさそりの火は、さそりの請願の海のような深さを反映した落ち着いてしずかなあかるさであかるくあかるく燃えて、わたしたちに「まことのみんなの幸いのために」行動するということを訴えているのだと思います。


その火がだんだんうしろの方になるにつれてみんなは何とも云へずにぎやかなさまざまの楽の音や草花の匂のやうなもの口笛や人々のざわざわ云ふ声やらを聞きました。それはもうぢきちかくに町や何かゞあってそこにお祭でもあるといふやうな気がするのでした。

「ケンタウルス露をふらせ。」いきなりいままで睡ってゐたジョバンニのとなりの男の子が向ふの窓を見ながら叫んでゐました。

あゝそこにはクリスマストリイのやうにまっ青な唐檜かもみの木がたってその中にはたくさんのたくさんの豆電球がまるで千の蛍でも集まったやうについてゐました。

「あゝ、さうだ、今夜ケンタウルス祭だねえ。」「あゝ、こゝはケンタウルスの村だよ。」カムパネルラがすぐ云ひました。


さそり座を過ぎると、やがてケンタウルス座の一等星リゲルケンタウルスが見えて来るのですが、南の国でないと地平線に隠れて見ることはできません。ケンタウルス座はいて座と同じく、下半身が馬で上半身が人の半人半馬の星座です。そのケンタウルス座の足元に南十字星、サザンクロスが見えてきます。サザンクロスの十字の長軸を四・五倍伸ばしたところに天の南極があり、昔から航海の目印になってきました。

そのケンタウルス座に近づくと、ちょうど祭りが行われている町に近づいた時の、何ともいえず気持ちが浮き立つような雰囲気が感じられたのです。にぎやかにさまざまの楽器を奏でる音が聞えてきますし、窓々に飾られた草花が醸し出す匂香なのでしょうか、あまい香りが漂ってきます。そして口笛を鳴らしたり、人々のざわざわとざわめく声が聞えてくるのでした。するといままでジョバンニの隣りで睡っていた男の子が突然起きて、向こう側の窓を見ながら「ケンタウルス露をふらせ」と叫んだのでした。眠っていても耳や鼻の感覚器官は働いて、外界の環境の変化を感じ取っていたのです。

向こう側の窓の外には、何というすばらしい光景が繰り広げられていたことでしょう。それは、クリスマスツリーのようにすくっと立った唐檜かもみの木が、そのなかにたくさんのたくさんの豆電球が点されて、まるで千の蛍があつまって光っているように見えたのでした。

「あ、、さうだ、今夜ケンタウルス祭だねえ」。そうです、カムパネルラがザネリを助けようとして溺れたのは、ケンタウルス祭の夜でした。すると、銀河鉄道に乗って旅をしたのですが実はまだそんなに時間は経っていなかったのです。ちょうど二人が暮らしていた町と同じように、ここケンタウルスの町でも、ケンタウルス祭が行われていたのです。そうして、投げられたブーメランが大きく旋回してもとに戻ってくるように、銀河鉄道列車はあのカムパネルラが溺れたケンタウルス祭の夜に戻ってきたのです。それは当然二人が現実に向き合わなくてはならない時がすぐそこに迫ってきていることを、予感させずにはおきません。

「ボール投げなら僕決してはづさない。」

男の子が大威張りで云ひました。

「もうぢきサウザンクロスです。おりる支度をして下さい。」青年がみんなに云ひました。

「僕も少し汽車に乗ってるんだよ。」男の子が云ひました。カムパネルラのとなりの女の子はそはそは立って支度をはじめましたけれどもやっぱりジョバンニたちとわかれたくないやうなやうすでした。

「こゝでおりなけぁいけないのです。」青年はきちっと口を結んで男の子を見おろしながら云ひました。「厭だい。僕もう少し汽車へ乗ってから行くんだい。」ジョバンニがこらへ兼ねて云ひました。「僕たちと一緒に乗って行こう。僕たちどこまでだって行ける切符を持ってるんだ。」「だけどあたしたちもうこゝで降りなけぁいけないのよ、こゝ天上へ行くとこなんだから。」女の子がさびしそうに云ひました。

「天上へなんか行かなくたっていゝぢゃないか。ぼくたちこゝで天上よりももっといゝとこをこさえなけぁいけないって僕の先生が云ったよ。」「だっておっ母さんも行ってらっしゃるしそれに神さまが仰っしやるんだわ。」「そんな神さまうその神さまだい。」「あなたの神さまうその神さまよ。」「さうぢゃないよ。」「あなたの神さまってどんな神さまですか。」青年は笑ひながら云ひました。「ぼくほんたうはよく知りません。けれどもそんなんでなしにほんたうのたった一人の神さまです。」「ほんたうの神さまはもちろんたった一人です。」「あゝ、そんなんでなしにたったひとりのほんたうのほんたうの神さまです。」「だからさうぢゃありませんか。わたくしはあなた方がいまにそのほんたうの神さまの前にわたくしたちとお会ひになることを祈ります。」青年はつゝましく両手を組みました。女の子もちゃうどその通りにしました。みんなはほんたうに別れが惜しさうでその顔いろも少し青ざめて見えました。ジョバンニはあぶなく声をあげて泣き出さうとしました。

するといと唐突に何を思ったのか、「ボール投げなら僕決してはづさない」と男の子が大威張りで言い出したのでした。この言葉自体は、ケンタウルス祭の飾り付けを見た時に、男の子がむかし友達と遊んだ時のことを突然思い出した、ということなのだと思います。ですがこの『銀河鉄道の夜』のなかでは男の子が突然発する言葉は、場面転換の役目を担っているように思えます。この男の子は負けず嫌いで素直で、ちょっと自信過剰のところがあるのかもしれません。またそれだけに大人のように頭の中でいろいろと考えすぎたりせずに、素直な言葉を吐くことができるのでしょう。この言葉はそのような男の子の性格を表現するとともに、次の話の中での男の子の態度の説明にもなっているのだと思います。

とうとう汽車は、サザンクロス駅に近づきます。白鳥座から南十字星までの銀河鉄道の旅もそろそろ最後にさしかかりました。南十字星から先にも銀河は繋がっていますが、北半球に暮らす私たちには耳慣れない星座ばかりになって行きます。青年はみんなに、サザンクロス駅で降りることを告げます。男の子が降りるのはいやだ、もう少し乗っていると言って青年を困らせます。女の子は立ちあがってそわそわと支度を始めましたが、やはりジョバンニたちと別れたくない様子でした。青年は「こゝで降りなけぁいけないんです」と男の子を見おろしながらきっぱりと言ったのでした。青年はこの物語ではいつも、その場に溶けこむというよりは、信仰心の篤い大人として行動しています。男の子は「厭だい。僕もうすこし汽車へ乗ってからいくんだい」と再び主張します。厭なことを厭とはっきり主張することは、大人になるとなかなかできなくなってきます。しかし自分の思い感じることを、この男の子のように素直に表現することは、実はとても大切なことなのです。そこでジョバンニはこらえかねてたまらずに、「僕たちと一緒に乗って行かう。僕たちどこまでだって行ける切符持ってるんだ」と言います。ジョバンニの持っている切符が女の子たちに有効なのかどうかはわかりませんが、ジョバンニは切符が他の乗客にも及ぼす不思議な力をきっと感じていたのだと思います。

それに対して女の子は、ここサザンクロス駅で降りなければならないわけを語ります。それは、この駅が天上へと続く道の入口なのだということでした。そこでジョバンニが、「天上へなんか行かなくたっていゝぢゃないか。ぼくたちこゝで天上よりももっといゝとこをこさえなきゃいけないって僕の先生が云ったよ」と言います。このジョバンニの言葉は、女の子達とジョバンニやジョバンニの先生との宗教観の違いから来ていると思います。そこですこし世界の三大宗教といわれている、キリスト教、イスラム教、仏教のことを考えてみます。この天上という言葉についてですが、キリスト教では神の国と同じでしょうし、イスラム教では緑園と表現されます。キリスト教においてもイスラム教においても、まず始めに神があり、すべてはその神の意思によるものであり、まず神を信じることからすべてが始まります。それに対して本来の仏教には法（ダルマ）、つまりこの世の中のすべてを貫く法則のようなものはありますが、その前に神や天国があるわけではないのです。そして修行によりその法（ダルマ）を心身ともに把握することを目指します。ですので、天上を肯定するかそれとも肯定しないかは、キリスト教をとるか仏教をとるかに関係してくるキーポイントでもあるのです。

また「この地上においてぼくたちこゝで天上よりももっといゝとこをこしらえなけぁいけない」と先生がジョバンニに言ったのは、この現実の地上では、今生きている人々が失業して苦しんだり不作で苦しんでいる、そのような人々を救済することが最も大切であり、天上のすばらしさを言うことで現実から目をそむけることがあってはならない、という意味でもあると思います。また仏教においいても菩薩は、人々のなかに入ってすべてを人々の幸せのために捧げる行いをすることが理想ですし、さらに近代では共産主義が宗教を否定し搾取構造を改めることを理想としたのにも繋がってくる考えだと思います。もっとも賢治自身は一時共産主義（社会主義）の話も聞いたことがあったようですが、これでは民衆は救えないとして、法華経の教えを広めることこそが人々を救済する道であると、心を定めています。また教師の職を辞し羅須地人協会を設立したのも、「まことのみんなの幸いのために」との理想を現実に実行するためでありますし、「この地上において天上よりもっといいものをこしらえなきゃいけない」との主張に結び付いて来る所でもあります。天上をとるか地上にあって正しい法の世界を実現する道を探求するのか、道は大きく別れるところなのです。

それに対して女の子が言ったのは、天上には死んでしまったお母さんも行っているし、神さまも行くように仰っているからというのでした。ジョバンニはそのような人々の行動を指図し今の幸せを探求することを妨げる神さまに、どうしても納得できなかったので「そんな神さまうその神さまだい」と言います。それに対して女の子は、キリスト教においては神さまの言うことは絶対ですし、神の国に行くことはむしろ幸せなことなのですから、「あなたの神さまうその神さまよ」と言い返します。実は女の子は死んで銀河鉄道の乗客になっているのですから、ジョバンニの思いとすれ違いになるのは当然ですが、その言葉に対してジョバンニは「さうぢゃないよ」と言ったのでした。そこで今度は青年が「あなたの神さまってどんな神さまですか」と笑ってジョバンニに質問をしたのでした。キリスト教の唯一神を信じている青年は、少し見下ろすような気持ちでジョバンニに質問をしたのではないでしょうか。あなたの神様よりも私の信じている神様の方が正しいのですよというような気分が、ここの笑いには含まれている気がしますし、また賢治がキリスト教信者に対した時に経験したであろう気持ちが投影されていると思います。

それに対してジョバンニは率直に「ぼくほんとうはよく知りません。けれどもそんなのでなしに、ほんとうのたった一人の神さまです」と答えます。青年は「ほんとうの神さまはもちろんたった一人です」と切り返します。それに対してジョバンニは「あゝ、そんなんでなしにたったひとりのほんたうのほんたうの神さまです」と答えます。

この問答は、ジョバンニの言葉を借りて賢治が自分の思っているところを述べているのだと思います。ではキリスト教でいう神様とは違う、ジョバンニのいう、「ほんたうのほんたうの神さま」とは一体何なのでしょうか。それは先に仏教とキリスト教の違いの所で述べたように、法（ダルマ）ということなのだと思います。つまりこの世の中をつらぬく法則または宇宙の真理といってもよい何かなのです。仏教ではそもそも法（ダルマ）の前に天国や神さまがあるのではないので、「ほんたうのほんたうの神さま」といっても、キリスト教の唯一絶対の神さまとは意味が異なっているのです。ここでは話の筋上、神さまと表現せざるを得なかったのです。神さまと表現することはむしろ不適切といってもよいのですが、作品の中では「ほんたうのほんたうの神さま」と、「ほんたう」を二回繰り返してその法（ダルマ）の深さを強調しています。なお、神さまと仏は全く意味がちがいます。仏は法（ダルマ）を本当に心身ともに摑むことのできた人のことです。釈迦も仏ですが、わたしたちも仏になることができるわけです。ですが私たちは我見妄見に囚われてなかなか法（ダルマ）を摑むことができないのです。法華経寿量品に「一心欲見仏、不自惜身命」との表現があります。これは「一心に仏を見たてまつらんと欲して、自ら身命を惜しまず」との意味ですが、そのような態度で法（ダルマ）を求めよと云っています。またむかし薬山弘道大師の問答に「不思量底を思量せよ、不思量底如何が思量せん、非思量」との表現があります。つまり法（ダルマ）というものは、単なる思量では掴むことができないくらい深いものであり、非思量という思量を乗り越えたなにか、それは我見妄見を離れた身命を惜まない非思量ですが、がなければ摑むことができないと言っているのです。法（ダルマ）とはそのようにしてこそ本当に摑むことのできる、宇宙の真理なのです。そしてまことのみんなの幸せのためにわが身をも犠牲にするとの、この物語の主題でもある菩薩行は、実は宇宙の真理を摑もうとする際に必要な不惜身命（自ら身命を惜しまず）と結びついた行為だったのではないでしょうか。宇宙の真理、法を摑むためには、不惜身命の心と行為がどうしても必要だったのです。そのような態度で臨むときに、真理が眼前に姿を現すと言っては、ちょっと言い過ぎでしょうか。

話は本文にもどります。そこで青年は最後に「だからさうぢゃありませんか。わたくしはあなた方がいまにそのほんたうの神さまの前に、わたくしたちとお会ひになることを祈ります」と言ったのでした。ここで青年がだからと強く表現していますが、自分のキリスト教信仰での神こそが本当の神さまですがと、念押ししているのだと思います。そしてジョバンニたちもいつか同じ神さまの前で一緒に会えることを祈ると言ったのでした。ですが青年は、ジョバンニの言った本当の神さまについては結局理解することはなかったのでした。それともキリスト教の神さまと仏教でいうところの法（ダルマ）が一緒に会えると言っているのでしょうか。わたしくはそういうことはないのではないかと思います。

そして青年は信仰者らしく、つつましく両手を組んだのでした。女の子もその通りにしましたが、別れの辛さにその顔は青ざめて見えたのでした。ジョバンニも思わず声をあげて泣き出しそうになったのでした。

「さあもう仕度はいゝんですか。ぢきサウザンクロスですから。」

あゝそのときでした。見えない天の川のずうっと川下の青や橙やもうあらゆる光でちりばめられた十字架がまるで一本の木といふ風に川の中からたってかゞやきその上には青じろい雲がまるい環になって后光のやうにかかってゐるのでした。汽車の中がまるでざわざわしました。みんなあの北の十字のときのやうにまっすぐに立ってお祈りをはじめました。あっちにもこっちにも子供が瓜に飛びついたときのやうなよろこびの声や何とも云ひやうのない深いつゝましいためいきの音ばかりきこえました。そしてだんだん十字架は窓の正面になりあの苹果の肉のやうな青じろい環の雲も、ゆるやかにゆるやかに繞ってゐるのが見えました。「ハレルヤ、ハレルヤ。」明るくたのしくみんなの声はひゞきみんなはそらの遠くからつめたいそらの遠くからすきとほった何とも云へずさわやかなラッパの声をききました。そしてたくさんのシグナルや電燈のなかを汽車はだんだんゆるやかになりたうたう十字架のちょうどま向ひに行ってすっかりとまりました。「さあ、下りるんですよ。」青年は男の子の手をひき姉妹たちは互にえりや肩を直してやってだんだん向ふの出口の方へ歩き出しました。「ぢゃさよなら。」女の子がふりかへって二人に云ひました。「さよなら。」ジョバンニはまるで泣き出したいのをこらえて怒ったやうにぶっきり棒に云ひました。女の子はいかにもつらそうに眼を大きくしても一度こっちをふりかへってそれからあとはもうだまって出て行ってしまひました。汽車の中はもう半分以上も空いてしまひ俄かにがらんとしてさびしくなり風がいっぱいに吹き込みました。

青年が仕度はもうできたかと女の子たちに問いかけたその時、透明に透き通って眼には見えない天の川の川下の彼方に、青や橙やその他きらきらと輝くあらゆる光で荘厳された十字架がまるで川の中から一本の木が立ち上がって輝いているかのように輝き、その上には青白い雲がまるい環になって後光が射しているようにかかっているのでした。そのあまりのすばらしさに車室中に大きなざわめきが拡がりました。乗客はみんなあの北十字のときと同じく真っすぐ立ってお祈りを始めたのでした。車室のあちらでもこちらでもこどもが瓜に飛びついた時にあげるような自然で素直な歓声があがり、また感動のあまりに何とも言いようもなくただただ深いつつましいためいきのもれる音ばかりが聞えてきたのでした。そして汽車は駅に近づき十字架はだんだん大きく近く窓の正面に見えるようになったのです。その十字架の上にはあの林檎の果肉のような青白い銀色の雲が後光がさすように光りながら、ゆるやかにゆるやかにまとわっているのが見えたのでした。

「ハレルヤ、ハレルヤ」とどこからともなく歌声が起こり、その歌声は明るくたのしく車室に響いたのでした。その時そらの遠くの方から、つめたい遠くのそらを静かに伝わって、透き通った何ともいえずさわやかなラッパの音が歌声のように聞えてきたのでした。そして線路わきのたくさんのシグナルや電燈のなかをとおりぬけ汽車の速度はだんだんゆるやかになって、とうとう十字架の真向いに来て駅のホームにすっかり停車したのでした。

「さあ、降りるんですよ」と青年は男の子の手をひき女の子を促しました。向こうの座席に座っていた姉妹は互いに洋服のえりや肩を直しあって向こうの出口の方へ歩き出しました。「ぢゃあさよなら」。女の子が振り返って二人に言いました。「さようなら」ジョバンニは泣き出したいのを必死でこらえたために、まるで怒っているときのようにぶっきら棒に言ったのでした。女の子はいかにもつらそうに眼をおおきく見開いて、ふりかえってもう一度ジョバンニとカムパネルラを凝視してからだまって出ていってしまいました。汽車の中はもう半分以上も空いてしまい俄かにがらんとしてさびしくなりまだ開いている出口から風がいっぱい車室の中に吹きこんできたのでした。

賢治の本文はほとんど詩と同じような感覚で味わったほうがよいと思います。おそらく賢治のなかには詩的なイメージが次から次に湧いてきていたのですし、そしてそれを無駄な説明を省いて、自分の思いを最も正確に伝える表現をとったのだと思います。語彙の配列が前後していたり、言葉の懸り方が飛んでいたり省略されていたりしますが、それはそれで賢治の思っている想念を伝えるためには必要なことでありますし必要十分な表現がされていると思います。ですが現代の読者は読み進める上で違和感も持つのでないかと思います。散文を読むような感覚で読み進めることはこの作品の理解を深めることを困難にすると思います。また行間の言葉を読み取ることがどうしても作品の理解のためには必要になってくると思います。

南の十字架があらゆる光で美しく荘厳されて、この場所が天国への入口であることを示していますす。人々はその十字架のあまりのすばらしさに感動します。ハレルヤハレルヤと讃美歌が歌われ人々は喜びに満たされます。なんとも言いようもないほどすばらしいトランペットの音色が聞えてきます。そして天国がすばらしいところであることを確信し、人々はやすらかに列車を降りて行きます。しかし女の子は別れのつらさに心が張り裂けんばかりでしたし、ジョバンニも泣き出したいのを必死でこらえていたのでした。天国を信じ来世がすばらしいところであることを信じることは人々を幸せにします。このサザンクロス駅ではそのことを確信させる光景が繰り広げられていたのでした。ですがそれは現世のつらさをすべて魔法のように救うことはできないのです。愛別離苦は人間の基本的な苦しみなのですから。

そして見てゐるとみんなはつゝましく列を組んであの十字架の前の天の川のなぎさにひざまづいてゐました。そしてその見えない天の川の水をわたってひとりの神々しい白いきものの人が手をのばしてこっちへ来るのを二人は見ました。けれどもそのときはもう硝子の呼ぶ子は鳴らされ汽車はうごきだしと思ふうちに銀いろの霧が川下の方からすうっと流れて来てもうそっちは何も見えなくなりました。たゞたくさんのくるみの木が葉をさんさんと光らしてその霧の中に立ち黄金の円光をもつた電気栗鼠が可愛い顔をその中からちらちらのぞいてゐるだけでした。

そのときすうっと霧がはれかゝりました。どこかへ行く街道らしく小さな電燈の一列についた通りがありました。それはしばらく線路に沿って進んでゐました。そして二人がそのあかしの前を通って行くときその小さな豆いろの火はちゃうど挨拶でもするやうにぽかっと消え二人が過ぎて行くときまた点くのでした。

ふりかへって見るとさっきの十字架はすっかり小さくなってしまひほんたうにもうそのまゝ胸にも吊されそうになり　さっきの女の子や青年たちがその前の白い渚にまだ

ひざまづいてゐるのかそれともどこか方角もわからないその天上へ行ったのかぼんやりして見分けられませんでした。

汽車を降りた人々は天の川の渚でつつましく列を組んで、十字架にむかってひざまずき祈りをささげています。女の子も別れのつらさを乗り越えて祈りをささげていたのでしょう。すると見えない天の川の水の上を、ひとりの神々しい白い着物の人が手をのばして手招きしながら渡って来るのが見えたのでした。それは神さまの使いの者なのでしょうか。それとも神さまなのでしょうか。ヨーロッパの昔の宗教画を見ているような光景です。神さまに導かれて人々は天上へ神の国へと昇って行くのです。ですがその天上へと昇って行く有様を見ることはなく、汽車が動き出すとともに川下から流れてきた銀色の霧に隠されて、何も見えなくなってしまったのでした。宗教体験の深い所は外から見ているだけでは分からないですので、霧に隠されたままで言葉での描写はなされなかったのでしょうか。車窓外にはたくさんのくるみの木がその葉をさんさんと光らせて霧の中に立っており、黄金の円光をもった電気栗鼠が、その体からは黄金色の光が円く放射されていたのでしょうか、かわいい顔をくるみの木のなかからちらちらのぞかしているだけでした。くるみの木は一本一本がとても存在感があります。長卵円形の葉を密生させて横に上にと伸びている姿は、照葉樹林の王者と云っても過言ではないと思います。そしてその葉がさんさんと光って霧の中で輝いていたのです。くるみの木は自然の持つ生命力の象徴なのでしょう。また電気栗鼠は食べたくるみを体内で燃やしてそのエネルギーを電気に変え、光っていたのでしょうか。生きものが持つ生命力を象徴する黄金の円光なのではないでしょうか。また「北十字とプリオシン海岸」の章でもくるみの実の化石の話しが出てきました。昔からずっとくるみは天の川の岸辺を覆って生えていたのですし、昔からずっとたくさんの生命を育んできていたのです。

そのときすうっと霧が晴れかかりました。晴れかかった霧の間に、どこかへと続く街道らしい通りが伸びていました。小さな電燈がその通りに沿って一列に連なってついており、通りはしばらく線路に沿って進んでいました。そしてふたりがその灯の前を通って行くときに、その小さな光った豆電球のような色の灯火は、ちょうどあいさつでもするかのようにぽかっと消え、二人が過ぎ行くとまた点くのでした。二人の行動にまわりの物事も呼応して変化するのでした。もう世界はふたりだけの世界ではなくなっていたのです。もっと拡げて表現をするならば、ジョバンニとカムパネルラだけでなく私たちだって、その行動は外の世界そして宇宙と常に繋がっており、お互いに呼応し合っているのです。

ここのところは法華経で述べられている宇宙の描写にも関係してくると思われます。道元禅師の書いた『正法眼蔵』法華転法華の巻にはそのエッセンスを述べていると思われる箇所がありますので、ここで一部を取り上げてみたいと思います。

「十方仏土中は法華の唯有なり。これに十方三世一切諸仏阿野耨多羅三藐三菩提衆は、転法華あり、法華転あり、これすなわち本行菩薩道の不退不転なり、諸仏智慧甚深無量なり、難解難入

の安詳三昧なり」。訳しますと、

「法華とはこのわたしたちが住んでいる宇宙そのものを、そのすばらしさを称えて法華と表現したものでありますが、このわたしたちの住んでいるあらゆる方向に拡がっている世界は、まさにすばらしい宇宙そのものなのだと言ってよいのです。そしてそのような宇宙のなかで、あらゆる時代にわたって真実を探求している人々がおり、そのような人々に宇宙がその生き生きとした真実の姿を表しているとともに、そのような人々のはたらきが宇宙を動かし、また変化をさせて行くのです。このことこそが、真理を探究する人々の不退転の努力のあらわれであり、真理を探究する人々の無限に深い智慧のあらわれであり、またそれは、理解し、かつそこに到ることはなかなかに難しい、動揺のない落ち着いた境地なのであります」（著者訳）

このように生き生きとして活動する宇宙がわたしたちを変化させ、またわたしたちが宇宙にはたらきかけることが宇宙を動かし、変化させて行くというのです。そして道元禅師はこの巻の最後に以下のように述べています。

「心迷法華転、心悟転法華、究尽能如是、法華転法華。かくのごとく供養・恭敬・尊重・讃歎する、法華これ法華なるべし」。つまり、

「こころが迷えば法華すなわち宇宙によって正しい道へと動かされ、こころが悟ると宇宙を動かし変化させることになる、このことを究め尽くすことができるようになるならば、宇宙が宇宙自体を動かし、人々が宇宙を動かしているということができるのであります。このように宇宙を

供養し、尊敬し、尊重し、礼讃することが、宇宙は宇宙そのものであるということの意味なのです」

このように宇宙と人間は相互に作用しあっているのであり、そのことを賢治はここで表現しているのではないでしょうか。

振り返って見ると、さきほどの十字架はすっかり小さくなってしまい、ほんとうにもうそのまま胸に吊してしまえそうでしたし、さっきの女の子や青年たちがその前の白い渚にまだひざまずいているのか、それともどこか方角もわからない天上へ行ったのか、ぼんやりして見分けられませんでした。

ジョバンニはあゝ、と深く息しました。「カムパネルラ、また僕たち二人きりになったねえ、どこまでもどこまでも一緒に行かう。僕はもうあのさそりのやうにほんたうにみんなの幸のためならば僕のからだなんか百ぺん灼いてもかまはない。」
「うん。僕だってさうだ。」カムパネルラの眼にはきれいな涙がうかんでゐました。
「けれどもはんたうのさいはひは一体何だらう。」ジョバンニが云いました。「僕わからない。」カムパネルラがぼんやり云ひました。
「僕たちしっかりやらうねえ。」ジョバンニが胸いっぱいの新しい力が湧くやうにふうと息をしながら云ひました。

「あ、あすこ石炭袋だよ。そらの孔だよ。」カムパネルラが少しそっちを避けるやうにしながら天の川のひとところを指さしました。ジョバンニはそっちを見て、まるでぎくっとしてしまひました。天の川の一とこに大きなまっくらな孔がどほんとあいてゐるのです。その底がどれほど深いかその奥に何があるかいくら眼をこすってのぞいてもなんにも見えずたゞ眼がしんしんと痛むのでした。ジョバンニが云ひました。「僕もうあんな大きな暗の中だってこわくない、きっとみんなのほんたうのさいはいをさがしに行く、どこまでもどこまでも僕たち一緒に進んで行かう。」「あゝきっと行くよ。あゝ、あすこの野原はなんてきれいだろう。みんな集ってるねえ。あすこがほんたうの天上なんだ　あっあすこにゐるのぼくのお母さんだよ。」カムパネルラは俄かに窓の遠くに見えるきれいな野原を指して叫びました。

ジョバンニはそっちを見ましたけれどもそこはぼんやり白くけむっているばかりどうしてもカムパネルラが云ったやうには思はれませんでした。何とも云へずさびしい気がして、ぼんやりそっちを見てゐましたら向ふの河岸に二本の電信ばしらが丁度両方から腕を組んだやうに赤い腕木をつらねて立ってゐました。「カムパネルラ、僕たち一緒に行かうねえ。」ジョバンニが斯う云ひながらふりかえって見ましたらそのいままでカムパネルラの座ってゐた席にもうカムパネルラの形は見えず　ジョバンニはまるで鉄砲丸のやうに立ちあがりました。そして誰にも聞えないやうに窓の外へからだを乗り出して力いっぱいはげしく胸をうって叫びそれからもう咽喉いっぱい泣きだしました。もうそこらが一ぺんにまっくらになったやうに思ひました。

ジョバンニは、ああ、と深く息をしたのでした。ジョバンニのこの深い息は、ため息とか吐息とは違ったもっとこころの奥からほとばしり出た深い息なのです。それはついさっきまで一緒に過ごしていた女の子たちや、そのすばらしさに感動していた十字架も、汽車が進行し時間が過ぎ去るとはもう眼前にはない。すべてのものは瞬間瞬間に移り変わって一瞬たりともその場所に留まる事はない、そのような圧倒的な現実があることに対しての深い息だったのではないでしょうか。このことは宇宙の法則といってもよくまたいうところの法（ダルマ）といってもよい内容なのです。そのような瞬間瞬間に移り変わって一瞬たりとも留まることのない時間のなかでわたしたちは生きており、人間の生と死もそのなかで留まることなく進んでいます。そしてこの銀河鉄道も線路の上を留まることはなく走り続け、乗客も変われば外の風景も刻々に変わって行きます。もちろんジョバンニとカムパネルラだって同じ場所に留まってはいないのです。

とうとう、ジョバンニとカムパネルラの最後の場面になります。ジョバンニからカムパネルラに何度も何度も、どこまでも一緒に行こう、との言葉が投げかけられます。ジョバンニは自分達が別れなければならない宿命にあるとは思っていないのです。それに対してもうすぐ別れなければならないことを感じているカムパネルラは、ジョバンニの言葉にあいづちを打ちながらも次第にこころが離れ始め、そしてついに身体も消えてしまったのです。

またジョバンニは「ほんたうにみんなの幸のためならば僕のからだなんか百ぺん灼いてもかまわない」と人々の幸福のために自分の人生を捧げる決意を述べます。「僕だってさうだ」と答えるカムパネルラの瞳には、きれいな涙がうかんでいたのでした。ここでのカムパネルラの涙は、ジョバンニへの共感とそして迫りくる決別に対しての涙なのだと思います。ジョバンニのあまりに純粋な決意の表明に対して純粋に賛同することができるのは、実はザネリを助けるために自分の命を犠牲にしたカムパネルラなのです。身を捨てて友の命を救った自分の行為とジョバンニの決意が、共鳴現象を起こし心の中に浸みこんできたのでしょう。またこんなにも純粋な友ジョバンニに対して賛同はしていても、お互いに手を携えて道を歩んで行くことはできないのですから、そのような過酷なさだめへの思いがこみ上げてきたのでしょうし、さらにこの銀河鉄道に乗って二人で旅をすることができたことへの感謝の念も込められていたのかもしれません。そしてカムパネルラの見せた涙は、何の打算もないまごころのこもったこころの底からのきれいな涙だったのです。

「けれどもほんとうのさいわいは一体なんだろう」とジョバンニは自問します。それに対してカムパネルラが「僕わからない」とぼんやり答えます。ここではジョバンニとカムパネルラの間に微妙なずれが生じて来ています。ジョバンニの自問は積極的な自問、自分がこれから人々のさいわいのために行動をして行こうとする、その行為を見据えた自問なのだと思います。それに対してカムパネルラは、過去の自分の行いを振り返って、「僕わからない」と思いに沈んでぼんやりと答えたのだと思います。ここのところのほんとうのさいわいは何かとの問いに対する答えは、実のところ簡単に出るものではないのですし、ザネリを助けるために自分の命を投げ出したカムパネルラの行為は称賛されるとしても、自分の命を粗末に扱ったとのそしりは免れませんし、ザネリとカムパネルラの命の取り換えは宇宙的には大きな損失でしょう。それに両親や友人の悲しみは取り返しがつきません。ですから個々の行為の善し悪しとその結果で、ほんとうのさいわいとは何かを判断することは本当はかなり困難なのです。カムパネルラの「僕わからない」にはそのような内容が含まれていると思います。この「ほんたうのさいわいとは一体なんだろう」との自問のあとにジョバンニは、「僕たちしっかりやろうねえ」と胸いっぱいの新しい力がその中に湧いてくるように、「ふう」という息をしながら言ったのでした。自問のあとにジョバンニは何か答えらしきものを摑んだのだと思います。そしてジョバンニには新しい力が湧いてきたのです。それは行為のよしあしや結果にこだわるのではなく、「自らの身命を惜しまず」に人人のためにする行為そのものが大切なのだ、と云うことになのではないでしょうか。またそのような人々のためにする行為そのもののなかにこそほんとうのしあわせがある、ということにも気がついたのだと思います。

　するとカムパネルラが、「あ、あすこ石炭袋だよ。そらの孔だよ」と少しそっちを避けるようにしながら空のひとところを指さしたのでした。そこには石炭袋（コールサック）と呼ばれる暗黒星雲が黒々と口を開けていたのでした。石炭袋と呼ばれる暗黒星雲は、南十字星の左下に孔が開いたように見えています。この暗黒星雲のすぐ上には宝石箱と呼ばれる散開星団があり、いずれも南十字星とともにケンタウルス座の足元に包み込まれるように位置しています。暗黒星雲は天の川銀河の中心部に拡がる冷たく濃い星間ガスや塵（ダスト）の集合です。その向こう側の光が遮られてしまい、黒く浮き出して見えます。しかし最近の研究では、暗黒星雲のなかでも新しい星が作られています。決して全くの暗黒ではないのです。

カムパネルラには暗黒星雲を見るのを避ける気持ちがあり、それは暗黒星雲の持つ吸引力に引き込まれ囚われるとそこから出られなくなると感じたからでしょうし、暗黒とは無縁の所である天上に行く妨げになると思ったからではないでしょうか。それに対してジョバンニは底が見えないほど黒々とどほんと開いた大きな孔に驚き、また見つめすぎて眼がしんしんと痛んだのですが避けようとする気持ちは微塵もなかったのでした。そしてカムパネルラに向かって、「僕、もうあんな大きな暗の中だってこわくはない、きっとみんなのほんたうのさいわいをさがしに行く。どこまでもどこまでも僕たち一緒に進んで行こう」と、暗闇の中だって勇気を持ってみんなのほんとうのしあわせをさがしに行こうと、決意を述べたのでした。もちろん暗闇は人生の中での様々な困難を意味しています。それは生活上の困難だけではなく、自分の心の中に起こって来る妄念や我見我執に囚われて真実を見ることができなくなることも意味しており、それもだれもが陥る暗闇なのだと思います。そのような外と内のこの世界に満ちている暗闇の中にあってもみんなのほんとうのさいわいを求める道を進んで行くとの、ジョバンニの決意表明なのです。

　このところは法華経の観世音菩薩普門品において、この世界に充満するあらゆる困難を挙げて、「念彼観音力＝彼の観音の力を念ずれば」そのような困難に打ち克つ事が出来ると述べているところに通じるものがあると思います。賢治のなかでは法華経が大きな比重を占めていたのですから、ここのところのジョバンニの言葉は法華経の思想を体現していると考えるのは考えすぎでしょうか。

　それに対してカムパネルラは、「ああきっと行くよ」と相槌を打ったのでした。ジョバンニの決意に対してのこの相槌は、生身の体を持った人間として手を取り合って進んで行くということではなく、死者としてジョバンニの心の中に生き続けて一緒に進んで行くという意味なのでしょう。そしてこの言葉を最後にカムパネルラはジョバンニと異なる世界に行ってしまうのでした。

　カムパネルラは俄かに窓の遠くに見えるきれいな野原を指さして叫んだのでした。カムパネルラが自分から叫んだのは、この物語で初めてと言ってよいと思います。それほど自分の感情を出すことが少なかったカムパネルラがここで叫んだのは、そこには別れた人々が集いそのなかに亡くなったお母さんも居たからでしたし、そしてその場所がほんとうの天上に見えたからでした。そこはあの女の子たちが降りたサザンクロス駅のように、きらびやかに飾られた十字架がそびえ立ち神の使い人が手招きをするようなそんな舞台装置はなにもない、ただのきれいな野原だったのです。そのような何もない場所が天上であるとは、普通には考えられないと思いますが、カム

南十字星・コールサック

パネルラはそこが天上であると言ったのです。それはカムパネルラが幻覚を見ていたからではないのです。たとえきらびやかな十字架やすばらしい音楽や白衣の神の使いのような舞台装置が整えられていなくとも、あらゆる場所が天上になり得るのだと、カムパネルラがそして賢治自身がこころの中で思っていたからだと思います。それは大聖堂や大寺院で祈るのも野原で祈るのも祈りとしては同じでしょうし、いやむしろイエス・キリストの祈りは野原でこそふさわしく、また釈迦の説法も野原でこそふさわしいと思われるのですから、なにもない野原にこそ実は真実へと開く扉が存在していると、賢治自身が看破していたからなのだと思います。そしてその天上はカムパネルラには見えましたがジョバンニには見えなかったのでした。天上は万人に等しく同時に見える所ではないのです。

カムパネルラが指さした野原に何も見ることができなかったジョバンニは、二人の間に横たわっている溝の大きさ深さに何ともいえずにさびしい気がして、ぼんやり野原を見ていたのでした。すると向こうの河岸に、二本の電信ばしらが赤い腕木を横に連ねて立っており、その姿が腕を組んでこれからも歩いて行く自分とカムパネルラにそっくりだと思ったので、「カムパネルラ、僕たち一緒に行こうねえ」と言いながら振り返って見ましたら、もうカムパネルラの姿は消えて見えず、座席が電燈の光を受けて光っているだけでした。

ジョバンニは、まるで鉄砲弾のように立ち上がり、そして誰にも聞えないように窓の外にからだを乗り出して、力いっぱいはげしく胸を打って叫び、それからもう咽喉いっぱいに泣き出したのでした。そこらじゅうが一ぺんにまっくらになったように思ったのでした。このジョバンニの叫びは、たとえば最愛の人が死んでしまった時の悲しみ叫びに似ていると思います。それは分析を拒絶した絶対的な悲しみなのです。賢治は詩集『春と修羅』第一集で妹トシの死に際して、「永訣の朝」、「松の針」、「無聲慟哭」の三部作を残しています。その中では賢治の姿勢はあくまで「慟哭」はしていても泣き叫ぶ表現はとられていません。しかし本当のところは「有聲慟哭」だったのですし、詩中の表現は抑制されていたのだと思います。ジョバンニの慟哭は、妹トシを喪ったときの賢治の悲しみと慟哭が、ジョバンニの姿を借りてありのままに表現されているのではと思えてなりません。

ジョバンニは眼をひらきました。もとの丘の草の中につかれてねむってゐたのでした。胸は何だかおかしく熱り頰にはつめたい涙がながれてゐました。

ジョバンニはばねのやうにはね起きました。町はすっかりさっきの通りに下でたくさんの灯を綴ってはゐましたがその光はなんだかさっきよりは熟したというふうでした。そしてたったいま夢であるいた天の川もやっぱりさっきの通りに白くぼんやりかゝりまっ黒な南の地平線の上では殊にけむったやうになってその右には蠍座の赤い星がうつくしくきらめき、そらぜんたいの位置はそんなに変ってもゐないやうでした。

ジョバンニは一さんに丘を走って下りました。まだ夕ごはんをたべないで待ってゐるお母さんのことが胸いっぱいに思ひだされたのです。どんどん黒い松の中を通ってそれからほの白い牧場の柵をまはってさっきの入口から暗い牛舎の前へまた来ました。そこには誰かゞいま帰ったらしくさっきなかった一つの車が何かの樽を二つ乗っけて置いてありました。

「今晩は、」ジョバンニは叫びました。

「何のご用ですか。」

「はい。」白い太いずぼんをはいた人がすぐ出て来て立ちました。

「今日牛乳がぼくのとこへ来なかったのですが」

「あ済みませんでした。」その人はすぐ奥で行って一本の牛乳瓶をもって来てジョバンニに渡しながらまた云ひました。

「ほんとうに、済みませんでした。今日はひるすぎうっかりしてこうしの柵をあけて置いたもんですから大将早速親牛のところへ行って半分ばかり呑んでしまひましてね……」その人はわらひました。

「さうですか。ではいたゞいて行きます。」「えゝ、どうも済みませんでした。」

「いゝえ。」ジョバンニはまだ熱い乳の瓶を両方のてのひらで包むやうにもって牧場の柵を出ました。

そしてしばらく木のある町を通って大通りへ出てまたしばらく行きますとみちは十文字になってその右手の方通りはづれにさっきカムパネルラたちのあかりを流しに行った川へかゝった大きな橋のやぐらが夜のそらにぼんやり立ってゐました。

ジョバンニは眠りから醒めたようでした。そうすると銀河鉄道に乗ってカムパネルラと旅をしたのは、夢の中の出来事だったのでしょうか。ジョバンニの身体と心の中には銀河鉄道で出会い別れたたくさんの人たちがまだありありと生き続けていたのですので、すべてを夢の中の出来事として記憶の中に閉じ込めてしまうことはできないことなのです。鳥捕りや燈台守や大学士や男の子や女の子や背の高い青年やインデアンやそしてカムパネルラとも、もう二度と生きて出会うことはないのですが、ジョバンニがその人たちを思い続けている限りその人たちはジョバンニの中で生き続けているのです。それは私たちの周りで日々接するたくさんの人たちと自分との関係をかんがえてみても同じなのです。出会いと別れが生と死を伴って繰り返されているのが私たちの日常なのであり、そのことは銀河鉄道での出会いと別れとなんら変わりはないと言ってもよいのではないでしょうか。そのような生と死の明滅のなかにいるわたしたちの人生を、各々が自分と他の人々に対する深い思いを持って、くれぐれもいとおしみ大切にしなくてはならない、それが出会って別れたすべての人たちを本当に生かすことになる、そのような賢治のメッセージがこの作品には込められていると思われてなりません。

ジョバンニにはそのことが深く分かったのでした。ですからジョバンニの頬を伝った冷たい涙は悲しみの涙ではなかったのです。それは別れたすべての人々に感謝し新しい旅立ちへの決意の涙だったのです。そしてジョバンニは厳しい現実に立ち向かって行く勇気を、それはカムパネルラや別れた人たちからあずかった勇気といってもよいものでしたが、を持って丘を下ったのでした。そのジョバンニの頭上には白くぼんやりと天の川がかかり、まっ黒な南の地平線の上はけむったように白くなり、その右手には蝎座のアンタレスが赤くうつくしく輝いていたのでした。つい先ほどカムパネルラと旅をした天の川銀河の星々がやさしくジョバンニを天から見守っているのでした。

ジョバンニは、夕食を食べずにジョバンニの帰りを待っているお母さんのことを思い出して胸が一杯になり、そして牛乳屋でまだ熱い牛乳を受け取りポプラの木が続く通りを抜け町の大通りへと出たのでした。その通りの向こうの十字路を右手に曲がった先には、さっきカムパネルラたちが烏瓜のあかりを流しに行った橋があるのでした。そしてその橋の横に立っているやぐらがぼんやりと見えたのでした。

ところがその十字になった町かどや店の前に女たちが七八人ぐらゐづつ集って橋の方を見ながら何かひそひそ談してゐるのです。それから橋の上にもいろいろなあかりがいっぱいなのでした。

ジョバンニはなぜかさっと胸が冷たくなったやうに思ひました。そしていきなり近くの人たちへ
「何かあったんですか。」と叫ぶやうにきゝました。

「こどもが水へ落ちたんですよ。」一人が云ひますとその人たちは一斉にジョバンニの方を見ました。ジョバンニはまるで夢中で橋の方へ走りました。橋の上は人でいっぱいで河が見えませんでした。白い服を着た巡査も出てゐました。

ジョバンニは橋の袂から飛ぶやうに下の河原へおりました。

その河原の水際に沿ってたくさんのあかりがせわしくのぼったり下ったりしてゐました。向ふ岸の暗いどてにも火が七つ八つうごいてゐました。そのまん中をもう烏瓜のあかりもない川が、わづかに音をたてゝ灰いろにしづかに流れてゐたのでした。

河原のいちばん下流の方へ洲のやうになって出たところに人の集りがくっきりまっ黒に立ってゐました。ジョバンニはどんどんそっちへ走りました。するとジョバンニはいきなりさっきカムパネルラといっしょだったマルソに会ひました。マルソがジョバンニに走り寄ってきました。「ジョバンニ、カムパネルラが川へはいったよ。」「どうして、いつ。」「ザネリがね、舟の上から烏うりのあかりを水の流れる方へ押してやらうとしたんだ。そのとき舟がゆれたもんだから水へ落っこったらう。するとカムパネルラがすぐ飛びこんだんだ。そしてザネリを舟の方へ押してよこした。ザネリはカト

ウにつかまった。けれどもあとカムパネルラが見えないんだ。」「みんな探してるんだらう。」「あゝすぐみんな来た。カムパネルラのお父さんも来た。けれども見附からないんだ。ザネリはうちへ連れられてった。」ジョバンニはみんなの居るそっちの方へ行きました。そこに学生たち町の人たちに囲まれて青じろい尖ったあごをしたカムパネルラのお父さんが黒い服を着てまっすぐに立って右手に持った時計をじっと見つめてゐたのです。

みんなもぢっと河を見てゐました。誰も一言も物を云ふ人もありませんでした。ジョバンニはわくわくわくわく足がふるえました。魚をとるときのアセチレンランプがたくさんせわしく行ったり来たりして黒い川の水はちらちら小さな波をたてて流れてゐるのが見えるのでした。

下流の方の川はゞ一ぱい銀河が巨きく写ってまるで水のないそのまゝのそらのやうに見えました。

ちょうど放たれたブーメランがもとの場所へ戻って来るようにジョバンニは橋のたもとに戻って来ます。そして溺れそうになったザネリを助けるために川へ飛び込んだカムパネルラが行方不明となってしまったことを知ります。河岸ではあちらでもこちらでもアセチレンランプの火がせわしく行き来し、カムパネルラの捜索が行われています。カムパネルラのお父さんも右手に持った時計をじっと見てまっすぐ立っていたのでした。そしてそのような光景を見下ろすかのようにそらには天の川銀河がかかり、その銀河が下流の方の川幅いっぱいに巨きく写って、それはまるでそこに水がないそのままの銀河があるように見えたのでした。「イギリス海岸」という短編のなかにも北上川で水の事故があることが示唆されていますが、溺れた人を捜索するアセチレンランプの火を賢治は実際に見たことがあったのではないでしょうか。人々の様子、捜索のありさま、家族の表情などの描写のなかには、それぞれに賢治の鋭い観察眼がひかり、情景がありありと瞼にうかんできます。

ジョバンニが銀河鉄道でカムパネルラに最初に会った時に「すぐ前の席に、ぬれたやうにまっ黒な上着を着た、せいの高い子供が、(以下略)」とあるように、カムパネルラが溺れたことがそれとなく示されていました。そうしますとカムパネルラが溺れたことをジョバンニはうすうす分かっていたと思いますが、ここでその厳然たる事実をつきつけられ、人の死が持っている事実の重さに足がわくわくわくわく震えてきたのでした。しかしそのような人の死もその中に包み込むようにして、銀河は天にそしてそれを写しだした川面に存在していたのでした。「まるで水のないそのまゝのそらのやうに」銀河は川はばいっぱいに、川という水の流れを超越してそのままそこにあるかのように写し出されていたのでした。

——ジョバンニはそのカムパネルラはもうあの銀河のはづれにしかゐないといふやうな気——

がして仕方なかったのです。

けれどもみんなはまだ、どこかの波の間から、

「ぼくずゐぶん泳いだぞ。」と云ひながらカムパネルラが出て来るか或ひはカムパネルラがどこかの知らない洲にでも着いて立ってゐて誰かの来るのを待ってゐるかといふやうな気がして仕方ないらしいのでした。けれども俄かにカムパネルラのお父さんがきっぱり云ひました。

「もう駄目です。落ちてから四十五分たちましたから。」

ジョバンニは思わずかけよって博士の前に立って、ぼくはカムパネルラの行った方を知ってゐますぼくはカムパネルラといっしょに歩いてゐたのですと云はうとしましたがもうのどがつまって何とも云へませんでした。すると博士はジョバンニが挨拶に来たとでも思ったものですか　しばらくしげしげジョバンニを見てゐましたが
「あなたはジョバンニさんでしたね。どうも今晩はありがたう。」と叮ねいに云ひました。

ジョバンニは何も云へずにたゞおじぎをしました。

「あなたのお父さんはもう帰ってゐますか。」博士は堅く時計を握ったまゝまたきゝました。

「いいえ。」ジョバンニはかすかに頭をふりました。

「どうしたのかなあ、ぼくには一昨日大へん元気な便りがあったんだが。今日あたりもう着くころなんだが。船が遅れたんだな。ジョバンニさん。あした放課后みなさんとうちへ遊びに来てくださいね。」
さう云ひながら博士はまた川下の銀河のいっぱいにうつった方へじっと眼を送りました。ジョバンニはもういろいろなことで胸がいっぱいでなんにも云へずに博士の前をはなれて早くお母さんに牛乳を持って行ってお父さんの帰ることを知らせやうと思ふともう一目散に河原を街の方へ走りました。

とうとう最後の場面になりました。「ジョバンニはそのカムパネルラはもうあの銀河のはづれにしかゐないといふやうな気がしてしかたなかったのです」カムパネルラを捜している人々を見ていたジョバンニは、カムパネルラはもうこの地上のどこにもおらず、銀河鉄道の旅の最後にジョバンニと別れた銀河のはづれでお母さんや仲間たちと一緒にやすらかに過ごしており、どんなに探してももう見付けることはできないだろうとの気持ちがこみ上げて来てしかたがなかったのでした。ですが人々はカムパネルラが「ぼくずゐぶん泳いだぞ」と波の間から姿を現すのではないかとかどこか遠くの中州にたどり着いて立ちあがり助けを待っているのではないかという気持ちがして仕方がないらしいのでした。人は絶望の中でも一縷の希望があればそちらに望みを託する生きものなのです。いや絶望と希望の両方の選択肢があるならば希望を選ぶのが人間のこころの中に備わっている本性といってもよいのです。しかし時にその本性のためにこの世の真実を正しく見ることができなくなってしまうことにもなります。たとえばもし自分が癌でもう何をしても助からないと分かったときに、そのことを正しく見ることができるでしょうか。何かほんの少しの希望やたとえそれが副作用の強い治療法でもそれにすがって逆に命を縮めてしまうことも多いのです。

カムパネルラのお父さんは我が子を喪うという不幸のなかでも努めて冷静に感情的にならずに行動しています。わが子を亡くした時にいつまでもその事実を受けいれることができない人もたくさんいますが、お父さんである博士はまだ四十五分しか経っていないのに「もう駄目です」ときっぱりと言います。私たちならばたったの四十五分であきらめることができるでしょうか。博士と記されているのですからお父さんは理性的な人なのです。四十五分という時間は確かに生と死を分けるには実は充分な時間なのです。ジョバンニはお父さんの博士にかけよって「ぼくはカムパネルラの行った方を知ってゐますぼくはカムパネルラといっしょに歩いてゐたのです」と言おうとしたのですが、のどがつまって何も言えなかったのでした。もしカムパネルラは銀河のはづれでお母さんや仲間たちとやすらかに暮していると言ったとしても、理性的なカムパネルラのお父さんにそのことが正しく伝わるかどうかはかなり疑問なのですし、お父さんの悲痛な気持ちを考えるとその言葉は慰めにならないどころかおかしなことをいう頭がどうかしてしまった子供だと誤解されるのがせいぜいのところだったでしょう。ジョバンニののどのつまりは、そのような言葉が相手にとっては慰めにならないし本当のことはなかなか伝わらないものであるという絶望感がそうさせたのではないでしょうか。

そこでジョバンニがあいさつに来たと思った博士はしばらくジョバンニをしげしげと見たのでした。そしてやっとジョバンニだと分かった博士はジョバンニに叮ねいに「どうも今晩はありがたう」と感謝の言葉を述べたのでした。またジョバンニのお父さんから一昨日便りがあり今日にも帰って来ると書いてあったことを知らされます。ですが博士はその話をする間も堅く時計を握ったままなのでした。そして「ジョバンニさん。あした放課后みなさんとうちへ遊びに来てくださいね」と言ったのでした。そうしますと博士は「もう駄目です」とカムパネルラの生存をあきらめた言葉を口に出してはいましたが、本当はなんとか助かって欲しいと思っていたのであり、まだ見つからないカムパネルラのことが心の底から心配であったのだと思います。そのことが堅く握った時計には込められていたのではないでしょうか。もし死んだと本当に思っていたのなら「あした放課后みなさんとうちへ遊びに来てきださいね」と言ったりするでしょうか。本当は死の事実を受け入れることはまだまだ出来てはいないのだと考えるのが自然だと思います。そして「さう云ひながら博士はまた川下の銀河のいっぱいにうつった方へじっと眼を送りました」と表現されているように博士の川をじっと見つめているその眼のなかには、どこかへ消えてしまった吾が子を想う悲痛な思いが込められていると思われてなりません。

そのようなカムパネルラのお父さんの気持ちを察することができたジョバンニは、そのことやカムパネルラと一緒に旅をした銀河鉄道のいろいろなこと、また自分のお母さんやお父さんのことなどが胸一杯に込みあげてきて何も言えずに博士のもとを離れたのでした。そしてはやくお母さんに牛乳を持って行ってあげようと思い、またお父さんの帰ってくることを知らせようと思って一目散に河原を街の方へ走ったのです。もっともジョバンニのお父さんが何で真っ先にお母さんに知らせて来なかったのかはどうしても疑問として残りますが。

ここで本文篇は終わっています。ですが初期形三では、カムパネルラが汽車から消えてしまった後にカムパネルラが座っていた席に「黒い大きな帽子をかぶった青白い顔の瘠せた大人」が忽然と姿を現しジョバンニと問答をする部分があります。その部分は本文篇では削除されていますが、この『銀河鉄道の夜』が書かれるに到った背景がかなりのところまで表明されており、作品の理解のためにはぜひとも見ておきたいと思われますので、次節で取り上げてみることに致します。

十、黒い大きな帽子の人との問答（初期形三の削除部より）

カムパネルラがいなくなった場面にもどります。ジョバンニは窓の外へからだを乗り出して力いっぱいはげしく胸をうって叫びそれから咽喉いっぱいに泣きだしたのでした。もうそこらじゅうがまっくらになったように思ったのです。そのとき誰かの声が聞えてきたのでした。

「おまへはいったい何を泣いてゐるの。ちょっとこっちをごらん。」いままでたびたび聞えたあのやさしいセロのやうな声がジョバンニのうしろから聞えました。

ジョバンニははっと思って涙をはらってそっちをふり向きました。さっきまでカムパネルラの座っていた席に黒い大きな帽子をかぶった青白い顔の瘠せた大人がやさしくわらって大きな一冊の本をもってゐました。

「おまへのともだちがどこかへ行ったのだろう。あのひとはね、ほんたうにこんや遠くへ行ったのだ。おまへはもうカムパネルラをさがしてもむだだ。」

「ああ、どうしてなんですか。ぼくはカムパネルラといっしょにまっすぐに行かうと云ったんです。」

「あゝ、さうだ。みんながさう考へる。けれどもいっしょに行けない。そしてみんながカムパネルラだ。おまへがあふどんなひとでもみんな何べんもおまへといっしょに苹果をたべたり汽車に乗ったりしたのだ。だからやっぱりおまへはさっき考へたやうにあらゆるひとのいちばんの幸福をさがしみんなと一しょに早くそこに行くがいゝ、そこでばかりおまへはほんとうにカムパネルラといつまでもいっしよに行けるのだ。」

「あゝぼくはきっとさうします。ぼくはどうしてそれをもとめたらいゝでせう。」

「あゝわたくしもそれをもとめてゐる。おまへはおまへの切符をしっかりもっておいで。そして一しんに勉強しなけぁいけない。おまへは化学をならったらう。水は酸素と水素からできてゐるといふことを知ってゐる。いまはたれだってそれを疑やしない。実験して見るとほんたうにさうなんだから。けれども昔はそれを水銀と塩でできてゐると云ったり、水銀と硫黄でできてゐると云ったりいろいろ議論したのだ。みんながめいめいじぶんの神さまがほんたうの神さまだといふだらう、けれどもお互ほかの神さまを信ずる人たちのしたことでも涙がこぼれるだらう。それからぼくたちの心がいゝとかわるいとか議論するだらう。そして勝負がつかないだらう。けれどももしおまへがほんたうに勉強して実験でちゃんとほんたうの考とうその考とを分けてしまへばその実験の方法さへきまればもう信仰も化学と同じやうになる。けれども、ね、ちょっとこの本をごらん。いゝかい、これは地理と歴史の辞典だよ。この本のこの頁はね、紀元前二千二百年の地理と歴史が書いてある。よくごらん紀元前二千二百年のことでないよ、紀元前二千二百年のころにみんなが考へてゐた地理と歴史といふものが書いてある。だからこの頁一つが一冊の地歴の本にあたるんだ。いゝかい、そしてこの中に書いてあることは紀元前二千二百年のころにはたいてい本統だ。さがすと証拠もぞくぞく出てゐる。けれどもそれが少しどうかなと斯う考へだしてごらん、そら、それは次の頁だよ。紀元前一千年　だいぶ、地理も歴史も変ってるだろう。このときには斯うなのだ。変な顔をしてはいけない。ぼくたちはぼくたちのからだだって考へって天の川だって汽車だって歴史だってたゞさう感じてゐるのなんだから、そらごらん、ぼくといっしょにすこしこゝろもちをしづかにしてごらん。いゝか。」

そのひとは指を一本あげてしづかにそれをおろしました。するといきなりジョバンニは自分といふものがじぶんの考というものが、汽車やその学者や天の川やみんないっしょにぽかっと光ってしぃんとなくなってぽかっとともってまたなくなってそしてその一つがぽかっとともるとあらゆる広い世界ががらんとひらけあらゆる歴史がそなはりすっと消えるともうがらんとしたたゞもうそれっきりになってしまふのを見ました。だんだんそれが早くなってまもなくすっかりもとのとほりになりました。

本文篇ではすべて削除されていますが、初期形二や初期形三ではところどころでやさしいセロのような声が聞えてきます。それはジョバンニとカムパネルラをどこか天の高見からみている人物がおり、二人の考えが真実からずれようとしたときにふたりを真実に引き戻す役割をしているように思われます。そしてここでは「おまへはいったい何を泣いてゐるの。ちょっとこっちをごらん」という声がしてジョバンニがふり向くとそこには黒い大きな帽子をかぶった青白い顔の瘠せた大人がやさしくわらって大きな一冊の本を持っていたのでした。セロのような声の主がはじめて姿を現したのでした。その人は「あのひとはね、ほんたうにこんや遠くへ行ったのだ。おまへはもうカムパネルラをさがしてもむだだ」と言います。それに対してジョバンニは、「ああ、どうしてなんですか。ぼくはカムパネルラといっしょにまっすぐに行かうと云ったんです」と逆に質問します。それに対してその人は「死んだ人といっしょに歩いて行こうと誰もが考える」と言った後で「けれどもいっしょに行けない」と言います。死を後戻りさせることはできませんし時間は刻々と過ぎて行くわけですから、死者の後を追いかけることはできない、無駄であるということなのでしょう。いや、無駄だとの言い方は正確ではなく、生があれば死は必ずあるとの真理つまり法（ダルマ）を理解せよ、そして泣いているその瞬間瞬間でも生きていることにこそ眼を向けてその瞬間を大切にせよ、と言っているのだと思います。だからといって泣くのはいくら泣いてもいいのだと思いますが。そしてそのあとで「そしてみんながカムパネルラだ。おまへがあふどんなひとでもみんな何べんもおまへといっしょに苹果をたべたり汽車に乗ったりしたのだ」と語ります。

わたしたちが毎日会う人々も、みんながカムパネルラと同じだというのです。カムパネルラをかけがえのない友達だと思っているが、カムパネルラだけでなくだれでもが自分にとってかけがえのない存在なのです。そしてだれでもが一緒に何べんも何べんも林檎を食べたり汽車に乗ったりしているというのです。そんな、だれでもは言い過ぎではと思われるかもしれませんが、自分の今の行動は宇宙全体と繋がっているのだから、たとえ林檎を食べることでも汽車に乗ることでもすべての人と繋がっていると言えるのです。ここのところは、仏教哲学や宇宙哲学の領域に入っていると言ってよいと思いますし、わたしたちの行動や思考はおのおのが宇宙の根本的な場において、お互いに共鳴しあっているといってもよいのです。

そしてそのあとで、「だからやっぱりおまへはさっき考へたやうにあらゆるひとのいちばんの幸福をさがしみんなと一緒に早くそこに行くがいゝ、そこでばかりおまえはほんたうにカムパネルラといつまでもいっしょに行けるのだ」と続きます。みんなのいちばんの幸福をさがし出して、早くみんなといっしょにそこに行きなさい。そのように行動しているその時こそが本当にカムパネルラといつまでもいっしょに歩んでいることになるのだ、と言うのです。しかし「あらゆるひとのいちばんの幸福」とは何なのでしょうか。賢治は「農民芸術概論綱要」の中で「もっと明るく生き生きと生活をする道を見付けたい」と言っています。みんなが明るく生き生きと生活することが「あらゆるひとのいちばんの幸福」と言ってもよいのかもしれません。そしてみんなのさいわいを求めるという行動をみんなと一緒に行っているまさにその時が、実はカムパネルラと一緒に居る時なのだと、黒い大きな帽子の人は述べているのではないでしょうか。みんなの幸福のためにすべてをささげてもいいというのが、ジョバンニとカムパネルラの共通の願いなのですから、その願いのために行動している時こそがカムパネルラと行動していることになるといってよいのです。

そこでジョバンニは、「ああぼくはきっとそうします。ぼくはどうしてそれをもとめたらいいでせう」と質問します。それにたいしてその大人の人が答えたのは、だれもがそれを求め続けているのであり、まずは自分の切符をしっかり持ってつまり地に足をつけて、そしてこの世の中の真実を求めてしっかり勉強しなさいということでした。その例としてたとえば、水は酸素と水素からできていますが、そのことがはっきりするまでは水銀と塩でできていると言ったり、水銀と硫黄でできていると言ったりいろいろ議論して真実が分かってきたのであり、ですから真実に到るためにはそのことについての研究や勉強が必要なのだというのです。

また人間はおのおの自分の神さまが本当だといいますが、ほかの神さまを信じるひとのしたことでも感動して涙がこぼれることもあり、人間の本性は信じている神によって異なるものではないのです。またぼくたちのこころがいいとかわるいとか議論をしますが、結局勝負がつかないだろうといいます。ここのところでは、ある宗教に入信するとそれがすべて正しいのであり他の考えや信仰は間違っているとして非難し退けようとします。ですがお互いがお互いを非難し合っていても勝ち負けはつかないと言っています。そのように非難し合うのではなく、なにが真実かを勉強してそれを摑むことが大切なのであると言っているのだと思います。そうして実験でなにが正しいか正しくないか分けられるならば、信仰も化学と同じようになると言っています。

真実を知るためにはその対象についてとことん勉強することが必要になります。そうしてただしく判断するならば、正しい行動がとれるようになると賢治は思っていたのだと思います。賢治は法華経信者の他に科学者としての面も持っており、科学的に物事を考えることがいかに大切かをよく分かっていたのだと思います。この世のなかにはあまりにも科学的な正しい判断とかけ離れたことが多いのです。新聞やテレビで流される情報をわたしたちは無批判に受け入れ、その奥にどのような事実真実があるのかを勉強したり考えてみたりしようともしません。それらの情報を正しく判断するためには、たとえばいろいろな事実を曲げて情報を流して利益を得る勢力があることを知ることも含めて勉強することが必要になってきます。そして神についても同様に正しさを勉強した上で判断することが必要になってきます。

次に黒い帽子の人は持っていた本を示して説明します。それは地理や歴史に対してその時代時代に人々が地理や歴史をどう考えていたかが書かれた辞典なのでした。「紀元前二千二百年」と「紀元前一千年」では地理や歴史に対する見方考え方がいかに変わったかが述べられています。おのおのその時代時代で正しいとされている見方でも、時がたてば驚くほど変わってしまっています。ですから実はぼくたちの身体にしろ、頭の中で考える考えにしろ、また天の川だって汽車だって歴史だって、昔と今ではずいぶんと見方が変わっているのです。そのような変転きわまりないこの世界ではありますが、そのような変転する人の有様を感じながらも、こころを静かにしてこの世界の本質をこころの眼で深く見つめるならば、その中から根本的ななにかを掴むことができるだろうと、このように賢治は述べているのだと思います。それは釈尊が修行の後に悟り、つまりこの世界の本質を見る眼を得たのと同じことなのだと思います。

そしてそのひとは指を一本あげてしずかにおろしたのでした。この一本の指を挙げてそこに宇宙の法（ダルマ）を象徴させるのに関連しては、唐代の禅僧、倶胝和尚の説話が思い出されます。倶胝和尚は「いかなるか是れ仏」と聞かれても、「いかなるか是れ禅」と聞かれても、ただすうっと指を一本たててそのことに答えるだけであったというのです。おそらく賢治もその説話を知っていたのではないでしょうか。そして「するといきなりジョバンニは自分といふものがじぶんの考というものが、汽車やその学者や天の川やみんないっしょにぽかっと光ってしぃんとなくなってぽかっとともってまたなくなってそしてその一つがぽかっとともるとあらゆる広い世界ががらんとひらけあらゆる歴史がそなはりすっと消えるともうがらんとしたたゞもうそれっきりになってしまふのを見ました。だんだんそれが早くなってまもなくすっかりもとのとほりになりました」に続いて行きます。

このところの文章は、賢治らしい詩的で象徴的な表現が使われています。この部分の理解のためには詩集『春と修羅』序、が参考になると思いますので、長くなりますが全文をまず引用しておきます。（一部、銀河ステーションの章で引用済）

序

わたくしといふ現象は
仮定された有機交流電燈の
ひとつの青い照明です
（あらゆる透明な幽霊の複合体）
風景やみんなといつしよに
せはしくせわしく明滅しながら
いかにもたしかにともりつづける
因果交流電燈の
ひとつの青い照明です
（ひかりはたもち　その電燈は失はれ）

これらは二十二箇月の
過去とかんずる方角から
紙と鉱質インクをつらね
（すべてわたくしと明滅し
　みんなが同時にかんずるもの）
ここまでたもちつゞけられた

かげとひかりのひとくさりづつ
そのとほりの心象スケツチです

これらについて人や銀河や修羅や海胆は
宇宙塵をたべ、または空気や塩水を呼吸しながら
それぞれ新鮮な本体論もかんがへませうが
それらも畢竟こゝろのひとつの風物です
たゞたしかに記録されたこれらのけしきは
記録されたそのとほりのこのけしきで
それが虚無ならば虚無自身がこのとほりで
ある程度まではみんなに共通いたします
（すべてがわたくしの中のみんなであるやうに
　みんなのおのおののなかのすべてですから）

けれどもこれら新生代沖積世の
巨大に明るい時間の集積のなかで
正しくうつされた筈のこれらのことばが

（海胆＝うに）

わづかその一点にも均しい明暗のうちに
　（あるひは修羅の十億年）
すでにはやくもその組立や質を変じ
しかもわたくしも印刷者も
それを変らないとして感ずることは
傾向としてはあり得ます
けだしわれわれがわれわれの感官や
風景や人物をかんずるやうに
そしてたゞ共通に感ずるだけであるやうに
記録や歴史、あるひは地史といふものも
それのいろいろの論料（データ）といつしよに
　（因果の時空的制約のもとに）
われわれがかんじてゐるのに過ぎません
おそらくこれから二千年ぐらゐ前には
青ぞらいつぱいの無色な孔雀が居たとおもひ
新進の大学士たちは気圏のいちばんの上層
きらびやかな氷窒素のあたりから

すてきな化石を発掘したり
あるひは白亜紀砂岩の層面に
透明な人類の巨大な足跡を
発見するかもしれません

すべてこれらの命題は
心象や時間それ自身の性質として
第四次延長のなかで主張されます

この詩には『銀河鉄道の夜』で取り上げられた内容がいくつか入っています。銀河や新生代沖積世、記録や歴史、地史、白亜紀砂岩、などが出て来ます。そしてそれらの命題は、「心象や時間それ自身の性質として、第四次延長のなかで」、つまり四次元空間である銀河鉄道と同じく、そのような第四次の次元のなかで主張されるというのです。

また「自分といふものがじぶんの考というものが、汽車やその学者や天の川やみんないっしょにぽかっと光ってしいんとなくなってぽかっとともってまたなくなってそしてその一つがぽかっとともるとあらゆる広い世界ががらんとひらけあらゆる歴史がそなはりすっと消えるともうがらんとしたたゞもうそれっきりになってしまふのを見ました。だんだんそれが早くなってまもなく

すっかりもとのとほりになりました」との表現は、この『春と修羅』序の冒頭の表現を再掲しますと、

わたくしといふ現象は
仮定された有機交流電燈の
ひとつの青い照明です
（あらゆる透明な幽霊の複合体）
風景やみんなといつしよに
せはしくせはしく明滅しながら
いかにもたしかにともりつづける
因果交流電燈の
ひとつの青い照明です
（ひかりはたもち　その電燈は失はれ）

の内容に関係していると思われます。つまりじぶんやじぶんの考えや、汽車や学者や天の川もいずれも「交流」電燈で照らされた存在だと云うのです。交流ですので、実はついたり消えたりしているのですが、それがあまりにせわしいために眼で見ると、ずっとたしかについているよう

に見えるのです。そしてそれは「有機」交流であり、「因果」交流だというのです。有機とはその回りの事物と複雑に絡み合っていることでしょうし、「因果」つまり原因や結果の鎖にも繋がれていますが、明滅しているその瞬間瞬間においては、それらの有機や因果の鎖から自由な存在として、確かにその場所に灯り続けているというのです。じぶんの考えや、汽車や学者や天の川や、そしてあるゆる広い世界やあらゆる歴史も、そのように瞬間瞬間で変わりながらも確かな存在として現在に灯っていると、いうのです。

「さあいゝか。だからおまへの実験はこのきれぎれの考のはじめから終りすべてにわたるやうでなければいけない。それがむづかしいことなのだ。けれどももちろんそのときだけのものでもいゝのだ。あゝごらん、あすこにプレシオスが見える、おまへはあのプレシオスの鎖を解かなければならない。」

そのときまっくらな地平線の向ふから青じろいのろしがまるでひるまのやうにうちあげられ汽車の中はすっかり明るくなりました。そしてのろしは高くそらにかゝって光つづけました。「あゝマジェランの星雲だ。さあもうきっと僕は僕のために、僕のお母さんのために、カムパネルラのためにみんなのためにほんたうのほんたうの幸福をさがすぞ。」ジョバンニは唇を噛んでそのマジェランの星雲をのぞんで立ちました。そのいちばん幸福なそのひとのために！

ここでの実験とは、真実を知るための行為を意味しているのではないでしょうか。賢治は科学者でもありますから、実験という表現を用いたのだと思います。そのような真実を知るための行為が「このきれぎれの考のはじめから終りすべてにわたるやうでなければいけない」、つまり変転し明滅するぼくたちのからだや考えや天の川や汽車や地理や歴史や、そのような様々な現象世界の一つ一つについて、真実を知るための行為や努力が必要なのです。それは、因果の時空的制約の基での実験ではありますが、そのような実験を通してこそわたしたちは因果の鎖を解いて真実に近づいて行くことができるのです。しかしすべてのことに対してそのような実験をすることは困難なことなのですので、そのときに直面していることに対してだけでもよいと言っています。そして次の言葉が投げかけられます。

「あゝごらん、あすこにプレシオスが見える。おまへはあのプレシオスの鎖を解かなければならない。」

この言葉は旧約聖書のヨブ記から採られていると言われていますし、プレシオスはプレアデス星団のことではないかと言われています。確かに「あゝごらん」と言われて見上げ天に輝いている星を指し示したのですから、プレシオスはプレアデス星団と考えるのでよいのではないでしょ

プレアデス星団

うか。プレアデス星団はその特有の星の並びがとても目を引きます。日本名はすばるですし、その集まった様子は鎖で繋がれているようにも見えます。長時間露出で撮影した天体写真を見ますと星団全体が星間ガスで包まれ、あたかも鎖で繋がれているように見えます。そうしますと賢治は旧約聖書も読んでいたのです。そこでヨブ記から問題の個所を書き出してみます。ここでの言葉は神（ヤハウェ）がヨブに応答して言った言葉です（ヨブ記38章31節）。

あなたはプレイアデスを鎖で結び、
オリオンの綱を外せるか。
かの星々をその時に引き出し、
また熊と彼女の子らを導けるか。
あなたは天の諸々の法則を知っているか、
その規則文書を地上で実施できるか。
あなたは雲にまであなたの声を届かせて、
大水があなたを覆うようにできるだろうか。
あなたは稲妻たちを派遣して行かせ、
彼らは「ここにおります」とあなたに言うだろうか。
誰が鴇に知恵を与え、

雄鳥に分別を授けたのか。
誰が知恵によって群がる雲を数え、
天の水瓶を傾けることができるか、
塵が注ぎ出されて形をなし、
塊が互いに結びつく時に。

ここでプレアデスつまりプレシオスを鎖で結んだのは神（ヤハウェ）なので、人間であるヨブにそんなことができるはずもないのです。ヨブは義人で信仰心がとても篤かったのですが神はそんなヨブに数々の苦難を強いたのでした。しかし信仰心の篤いヨブはいかなる困難にも耐えて神を非難することもなく全能の神に従ったのでした。信仰心が厚いから神の加護が厚いというわけではないのです。キリスト教では因果律つまり原因があって結果があるという考え方を否定し神の意思のみが全てであるとしますが、ヨブ記はそのことを主張しています。この考えは仏教とは根本的に異なります。仏教では因果律は重要な柱です。賢治も因果という表現はよく使っています。

すると「プレシオスの鎖を解く」とは神（ヤハウェ）の意思に逆らうこととも取ることができるのではないでしょうか。神のくびきを脱して自由になるという近代主義の主張であり、そうすることがここで主張される実験つまり真実を求める行為に結びついてくると賢治は表明しているのではないでしょうか。「プレシオスの鎖を解かなければならない」と強く表現しているのは、真実を知るための行為や努力を怠ることなく実行して行かなくてはならないと主張しているのだと思います。

このように、黒い大きな帽子の人との問答、は普通の童話にはそぐわないほとんど哲学的といってよい内容を含んでおり、最終の本文稿では削除されたのではないかと推察されます。しかし賢治がこの『銀河鉄道の夜』という作品を書いた動機に繋がる重要な内容が、黒い大きな帽子の人との問答、には含まれているのです。

そしてまっくらな地平線の向うから青じろいのろしが打ち上げられ、汽車の中はまるでひるまのようにすっかり明るくなったのでした。そしてその光はマジェランの星雲になったのでした。天の川銀河から天の南極をはさんで天の川銀河に寄り添うように大マジェラン銀河と小マジェラン銀河が南半球の夜空に浮かんでいます。二つともに天の川銀河の伴銀河で大マジェラン銀河は十六万光年の位置に小マジェラン銀河は二十万光年の位置にあります。わたしたちの天の川銀河から最も近くにある銀河で、天の川銀河と相互に影響を及ぼしあっています。天の川銀河の直径が約十万光年であることを考えますと、二つの銀河がいかに近いかが分かると思います。また大マジェラン銀河は天の川銀河の十分の一の質量で約十五億年の周期で天の川銀河の中心のまわりを回っていると推測されています。小マジェラン銀河は天の川銀河の約百分の一の質量です。

ジョバンニは唇を噛んでそのマジェラン銀河をのぞんで立ち、お母さんやカムパネルラやみんなのために「ほんたうのほんたうの幸福を」さがす決意を新たにしたのでした。それはほんとうの幸福をさがし続けることがその人たちと一緒に歩むことであり、その人たちをいちばん幸せにすることなのですから。


「さあ、切符をしっかり持っておいで。お前はもう夢の鉄道の中でなしに本統の世界の火やはげしい波の中を大股にまっすぐに歩いて行かなければいけない。天の川のなかでたった一つのほんたうのその切符を決しておまへはなくしてはいけない。」あのセロのやうな声がしたと思ふとジョバンニはあの天の川がもうまるで遠く遠くなって風が吹き自分はまっすぐに草の丘に立ってゐるのを見また遠くからあのブルカニロ博士の足おとのしづかに近づいて来るのをききました。

「ありがたう。私は大へんいゝ実験をした。私はこんなしづかな場所で遠くから私の考を人に伝へる実験をしたいとさっき考へてゐた。お前の云った語はみんな私の手帳にとってある。さあ帰っておやすみ。お前は夢の中で決心したとほりまっすぐに進んで行くがいゝ。そしてこれから何でもいつでも私のとこへ相談においでなさい。」

「僕きっとまっすぐに進みます。きっとほんたうの幸福を求めます。」ジョバンニは力強く云ひました。「あゝではさよなら。これはさっきの切符です。」博士は小さく折った緑いろの紙をジョバンニのポケットに入れました。そしてもうそのかたちは天気輪の柱の向ふに見えなくなってゐました。ジョバンニはまっすぐに走って丘をおりました。そしてポケットが大へん重くカチカチ鳴る野に気がつきました。林の中でとまってそれをしらべて見ましたらあの緑いろのさっき夢の中で見たあやしい天の切符の中に大きな二枚の金貨が包んでありました。

「博士ありがたう、おっかさん。すぐ乳をもって行きますよ。」

ジョバンニは叫んでまた走りはじめました。何かいろいろのものが一ぺんにジョバンニの胸に集って何とも云へずかなしいやうな新しいやうな気がするのでした。

琴の星がずうっと西の方へ移ってそしてまた蕈のやうに足をのばしてゐました。

いままでも何度か聞えて来たあのセロのような声がジョバンニにこれからは本当の世界で、火や激しい波のような困難のなかでも大股でまっすぐに歩いて行かなくてはならないと言います。ここのところは法華経の中の観世音菩薩普門品つまり観音経において語られる次の文句が想い出されてきます。

若有持是。観世音菩薩名者。設入大火。火不能焼。由是菩薩。
威神力故。若為大水所漂。称其名号。即得浅所。
（若《も》し是の観世音菩薩の名《みな》を持《たも》つ者あらんに、設《たと》い大火に入るとも、火も焼くこと能わず、是の菩薩の威神力《いじんりき》に由るが故に。
若し大水のために漂《ただよ》わされんに、その名号を称《とな》うれば浅き処を得ん。
(『法華経を読む　観音経講話・如来寿量品提唱』澤木興道、大法輪閣、平成十五年)

つまり火難や水難も観世音菩薩の名を称え観世音菩薩とつまり観世音菩薩の思いがあまねく及ぶ天地宇宙と一体になるならば、どんな困難も乗り越えられると言っているわけです。賢治の脳裏にはこの言葉が去来していたのではないでしょうか。

そしてセロのような声は天の川銀河の中でただ一枚の本当の切符をしっかり持ってなくさないようにしなくてはならないと言います。その切符は銀河鉄道の乗車券にもなりますが、ジョバンニが人々のほんとうの幸福を求めて歩む時に直面するさまざまな困難を、打ち破って行けるように力を与えてくれるお守り札のようでもあり、さらに人々のほんとうの幸福を求めるとのジョバンニの願いそのものが、切符の中の文字に込められているのかもしれません。いずれにしても人間が行動する際においては、自分の意志ですべてが行われているのではなく何か天の力のようなものが働いているのであり、何か人々のために行動するときにはそのような行動を天が見守ってくれているのですから、そのような天の力や見守りの象徴がジョバンニの切符なのではないでしょうか。そしてそこには、梵字で書かれた仏教的な文言が書かれているような気が致しますがどうでしょうか。

そうしてジョバンニは天の川から離れて、あの丘の上に帰ってきたのでした。すると遠くからあのブルカニロ博士の足音がしずかに近づいて来るのを聞いたのでした。そして博士は話しはじめます。博士の話の内容は、ジョバンニとカムパネルラの銀河の旅は「実験」だったというのです。それは「自分の考えを人に伝える実験」であり「ジョバンニの云った語はみんな手帳にとってある」と言うのです。またあの旅は「夢」だったと言うのです。ですがジョバンニに「夢のなかで決心したとおりまっすぐに進んで行く」ようにしなさいと言うとともに「いつでも相談に来なさい」と言います。そしてジョバンニが銀河鉄道で持っていた切符を博士が持っており、それをジョバンニに渡したのでした。そして博士は天気輪の柱の向こうに消えたのです。

ジョバンニはブルカニロ博士のテレパシーに操られて夢の中での銀河の旅をしたと言うのです。しかしカムパネルラが死んだことは事実なのですし、二人の生き生きとした銀河鉄道の旅がすべて博士のテレパシーに操られていたのだと考えることには無理があると思います。またすべてが夢の中の出来事であり、幻のようなものであったと考えることも出来ないと思います。そのような幻のようなものからは、「僕きっとまっすぐに進みます。きっとほんたうの幸福を求めます」とのジョバンニの決意は生まれてこないと思います。また夢判断のような夢の内容の分析がこの銀河鉄道の旅で必要であると考えてそうすることも、銀河というスケールの中ではあまり意味があるとも思えません。やはりここにブルカニロ博士を登場させることには問題があると思われます。おそらく賢治もそのようなことを感じて本文稿では削除したのではないでしょうか。

そして最後にジョバンニがポケットが重くカチカチ鳴るので見てみますと、先ほどの切符のなかに金貨が二枚包んであったのでした。それに対してジョバンニは素直に「博士ありがたう」と感謝したのでした。ですがこの金貨にも問題があります。おそらくジョバンニが活版所で働いてもらう小さな銀貨の何十倍何百倍の価値があると思いますが、そのような金貨は労働の対価として貰ったのではありませんので、ジョバンニの生活や精神をスポイルしてしまう危険性があると思います。それにお父さんもすぐに帰って来るのですから、むしろ不要といってもよいでしょう。この点も削除の原因だったのかもしれません。

ジョバンニは「何かいろいろのものが一ぺんにジョバンニの胸に集って何とも云へずかなしいやうな新しいやうな気が」したのでした。カムパネルラや男の子や女の子や青年やみんなと別れてしまったさみしさかなしさがこみ上げてきたのですが、カムパネルラたちとともにみんなのほんとうの幸福のために進んで行こうとの決意が気分を新たにしたのでした。

そして空を見上げると白鳥座も琴座も鷲座も西の方へ傾き一番西の琴の星が蕈のように足をのばしていたのでした。

おわりに

一日の仕事が終わってほっとした夜、一人静かに趣味のチェロを弾くと少しずつ疲れが和らいで行きます。昼間こころとからだが動かなくなると私は賢治の「農民芸術論綱要」の言葉をあたまの中で繰り返していました。もう一度序論の言葉を書き出すのをお許し願います。そこにはやはり『銀河鉄道の夜』のすべてが込められていたのだ、との思いが更に強く感じられて来ます。

……われらはいっしょにこれから何を論ずるか……
おれたちはみな農民である　ずゐぶん忙しく仕事もつらい
もっと明るく生き生きと生活をする道を見付けたい
われらの古い師父たちの中にはさういふ人も応々あった
近代科学の実証と求道者たちの実験とわれらの直観の一致に於て論じたい
世界がぜんたい幸福にならないうちは個人の幸福はあり得ない
自我の意識は個人から集団社会宇宙と次第に進化する
この方向は古い聖者の踏みまた教へた道ではないか
新たな時代は世界が一の意識になり生物となる方向にある
正しく強く生きるとは銀河系を自らの中に意識してこれに応じて行くことである

さまざまな人々が訪れてきて、それぞれの話をします。その人々の不安な気持ちを少しでもやわらげ少しでもよりよい生活を送れるように手助けすることが自分の取るべき行動であるとの思いが、この言葉を読むと静かに涌きあがってきます。特に「正しく強く生きるとは銀河系を自らの中に意識してこれに応じて行くことである」との言葉を繰り返すと目のまえの世界のベールがサァーッと取れてはっきりと見えてくる気持ちになります。この目の前の世界は銀河宇宙と継ぎ目なしに繋がっているのであり、わたしたちのいちいちの行動も銀河宇宙と継ぎ目なしに繋がっているのである、そうすると自分のなんでもない行動をもっと大切にしてもっと深く味わわなくてはならないのではと思えて来ます。もっとも自分は小さな利個的な人間であり「世界がぜんたい幸福にならないうちは個人の幸福はあり得ない」とまで言い切ることはできそうもないが、そうではありますが自分が明るく生き生きと生活することを少しでも実現することができるならば、そしてそれがまわりにすこしでも及んで行くならば、世界の幸福に少しばかりは繋がってゆくことになるのではないでしょうか。

賢治は死の十日前に教え子の柳原昌悦あての手紙で語っています。「風のなかを自由にあるけるとか、はっきりした声で何時間も話しができるとか、じぶんの兄弟のために何円かを手伝へるとかいふやうなことはできないものから見れば神の業にも均しいものです。そんなことはもう人間の当然の権利だなどといふやうな考へでは、本気に観察した世界の実際と余り遠いものです。どうか今のご生活を大切にお護り下さい。上のそらでなしに、しっかり落ちついて、一時の感激や興奮を避け、楽しめるものは楽しみ、苦しまなければならないものは苦しんで生きていきませう」と、この遺言ともいえる言葉はわたしたちに勇気を与えてくれます。当たり前と思っていることも本気で観察してみるならば、そこには本当の世界の実際がありありと姿を表しており、そのことを感じ取ることができるならば瞬間瞬間を本当に生きることができるようになるのだと、賢治は言っているのだと思います。普通に食事をしていることも身近な人たちと話をすることも天の星を仰ぎ見ることができることもそして今生きていて当たり前に息ができることも、とりあげれば無限といってもよい世界の実際があり、それらの世界の実際をわたしたちの一挙手一頭足を含めて本気で観察してみましょう。そして少しでもそれらの本当の姿が分かって来るならば、そのことが正しく強く生きる糧になるのだと思います。また賢治は「苦しまなければならないものは苦しんで生きていきませう」とも言っています。明るく生き生きと生活することを妨げるたくさんの現実がこの人間の世界にはあり、そのような現実に私たちは否応もなく直面していきます。ですがそのような人間の世界の現実も「本気で観察」するならば、「苦しまなければならないものは苦しんで」なおかつその本質の姿を妄想を離れて捉え、行動をすることにより、「もっと明るく生き生きと生活をする道を見付け」て行くことができるのではないでしょうか。また自分の利益のためには他の人を省みようとしない風潮が世の中に蔓延しておりますが、このような時代であるからこそ、賢治の「まことのみんなの幸福のために」行動するという問いかけが、大きな意味をもって私たちに迫ってくるのだと思います。そうしてこの「農民芸術論綱要」の序論の最後の三行に繫がって行きます。

新たな時代は世界が一の意識になり生物となる方向にある
正しく強く生きるとは銀河系を自らの中に意識してこれに応じて行くことである
われらは世界のまことの幸福を索ねよう　求道すでに道である

宇宙はエネルギーに満ちた真空で結び合わされた無限の拡がりをもっており、そのように結び合わされた宇宙を目を閉じて自分のなかで深く思い、そしてその中で相互に関係しながら回転しつつ浮ぶ銀河系を思い浮かべるならば、賢治が言うように「上のそらでなしに、しっかり落ちついて、一時の感激や興奮を避け、楽しめるものは楽しみ、苦しまなければならないものは苦しんで生きてい」くことを実践する大きな糧になるのではないでしょうか。そのように宇宙を意識することも本気で観察した世界の現実と言ってよいのだと思います。また「銀河系を自らの中に意識する」ことは、自分の身のまわりに拡がっている世界が実は宇宙や銀河と密接に繫がっているのであり、それはちょうど法華という言葉の意味と同じくすばらしい宇宙世界なのであり、わたしたちは常にその宇宙世界から影響を受けながら、また宇宙世界に影響を及ぼしている存在なのだということを意識することと同義なのだと思います。さらに宇宙には天の川銀河だけでなく数十億の銀河が存在しており、それらがお互いに呼応しあいメタ銀河という構造をつくり、また私たちの生命を構成する無数の細胞もそれら銀河と呼応しあっていると考えることは、この宇宙という場において生命を与えられている本当の意味を理解することに繋がると思います。そしてそこにこそ「自我の意識は個人から集団社会宇宙と次第に進化する」と賢治が述べている本意があるのだと思います。またそのような宇宙にまで進化した意識とは集団社会宇宙をすべて含んで宇宙と呼応しあう意識であり、それはこのわたしたちが生活しているこの宇宙のありのままの姿をいきいきと感じることと同じであると思います。そしてそのような意識を持つことはわたしたちの生命現象の本質に目を向けることであり、それは日々を強く正しく生きることや世界のまことの幸福を求めることに繋がっていると、賢治は言っているのではないでしょうか。世界のまことの幸福に到る道は困難ですが、その道を求めるために行動することとそれ自体が、すでに道のなかに生きていることなのであり、ジョバンニもそのことが銀河鉄道の旅の終わりに深く分かったのだと思います。そして現実の中へ強く踏み出したのでした。

最後に「農民芸術概論綱要」の「結論」を書き出して賢治の理想に触れ、少しでも今の私たちの生命が明るく生き生きと輝く糧にできたらと思います。

結　論

……われらに要るものは銀河を包む透明な意志　巨きな力と熱である……
われらの前途は輝きながら険峻である
険峻のその度ごとに四次芸術は巨大と深さとを加へる
詩人は苦痛をも享楽する
永久の未完成これ完成である

理解を了へばわれらは斯る論をも棄つる
畢竟ここには宮澤賢治一九二六年のその考えがあるのみである

三十歳の賢治は「われらに要るものは銀河を包む透明な意志　巨きな力と熱である」と高らかに宣言します。銀河を包んでいる透明な意志や巨きな力や熱から物質が生まれ生物が生まれそして人間も生まれたのです。そこで現実の世界で強く正しく生きるためには、われらを生みだした根本に帰りそこからいきいきと生きるためのエネルギーをくみ取ることが必要なのです。

世界のまことの幸福を求めると云う理想は、『銀河鉄道の夜』の中でジョバンニやカムパネルラの理想でもありました。それは人間にもともと備わった本質的なものであり、人間がそこから生まれた自然や宇宙と結びついた「透明な意志」と言ってもよいと賢治は考えていたのだと思います。しかし生きるために組んずほぐれつしている世の中においては、自己の利益こそが正義であると思い、そのために他の人をないがしろにすることを何とも思わない風潮が蔓延しています。そのような世の中で人々のためを第一に考え人々の幸福のために行動しようとすることは、多くの困難を伴わざるを得ません。そこでそのような道を進もうとする際には、それに伴う困難をまず覚悟しなくてはならないという意味で「われらの前途は輝きながら険峻である」と強調されます。そしてその困難が険しければ険しいほどそこから生まれる宇宙意思を表現した四次芸術は深さと大きさを増して行くというのです。そこに詩人宮澤賢治の苦しみと楽しみがあると云ったあとで次のように結語されます。「永久の未完成これ完成である」。理想に向かって行く道にこれで理想が完成したということは永久にないのであり、それに向かい続けること自体が理想を完成することと同じであると言ってもよいのです。この結語はジョバンニが物語の最期に、世界のほんとうの幸福を求めるために本統の世界の火やはげしい波の中をまっすぐに進んで行こうと覚悟して、現実の世界に踏み出したのと同じ結語なのだと思います。ですが賢治は最後に控えめに附け加えます。

「理解を了へばわれらは斯る論をも棄つる　畢竟ここには宮澤賢治一九二六年のその考えがあるのみである」、ここには自分の考えをも変転するものとして客観視する賢治の、自己に対する厳しい視線が感じられます。しかし賢治の考えが変転することはその死の時までもちろんなかったのでした。

この二十一世紀の混沌とした時代を生きている私たちは、理想と現実の狭間で苦闘した賢治のように、この混沌のなかで多くの困難に直面しています。また何が正しいかが見失われむきだしの欲望が幅をきかせています。このような時代であればなおのこと再び「正しく強く生きるとは銀河系を自らの中に意識してこれに応じて行くことである」との賢治の言葉を繰り返し、あたりまえな一人の生活者として生きながら、宇宙と繋がっている一人の人間としてほんとうの世界を見ようとする努力を怠ることなく、また心のなかに人々のまことの幸福を願う理想の火を絶やさずにありたいものです。そして賢治の言うように、上のそらでなしにしっかりと落ちついて一時の感激や興奮を避け、日々明るく生き生きと生活することをこそまず第一の理想として、この銀河宇宙の中で生き続けて行きたいと思います。それが『銀河鉄道の夜』という作品や宮澤賢治の生き方がわたしたちに投げかけていることなのではないでしょうか。

最後に「銀河鉄道の夜」で繰り返し語られ賢治のなかではっきりと意識されていたと思われる、この宇宙に満ちて音もなく流れているエネルギーについて、感じたことを詩で表現しておわりにしたいと思います。

ジョバンニとカムパネルラが旅した宇宙は
この私たちが生きている世界とそのまま繋がっている
この地球も大宇宙を母体として創られた

その宇宙にあまねく満ちたエネルギーは
賢治のいうようにすがたかたちもなく宇宙空間を満たして流れ
万物を生成する母体となった
わたしたちもこのエネルギーから生み出された一つの現象として
この地球の上に生存している
それは決して無から生じて無に帰って行くのではなく
宇宙のエネルギーから生まれ宇宙のエネルギーとなって帰って行く
永遠の輪廻の一現象であり
大宇宙の創造物といってもよい

地球という生命に満ち溢れた惑星の上で
かけがえのない生命を宇宙から与えられているわたしたちは
化石燃料や核燃料を消費し環境を破壊し大量破壊兵器をつくりだし
富の偏在は貧困を生みだし貧困は暴力を生みだしてきている
遠からずわたしたちは大変な困難に直面するだろう
今一度賢治の理想に帰り
人々が共生する世界を求めたい

何億という銀河もこの大宇宙の申し子であるが
目に見える星々や銀河はまだまだこの宇宙の一部分にすぎない
目には見えないものこそが本当の主役なのだ
その目には見えないものから
わたしたちや星々や銀河やすべてのものも生みだされ
そしてすべては共鳴しあっている
銀河系を自らの中に意識してこれに応じて行くこととの
われらに要るものは銀河を包む透明な意志　巨きな力と熱であるとの
賢治のことばのむこうには
目には見えないものを見ている
賢治の視線がある
今一度その根源の世界をわがたましいの内に見つめよう
ジョバンニやカムパネルラとともに

参考文献

1. 『[新] 校本宮澤賢治全集』、筑摩書房、1995〜2009
2. 澤木興道『法華経を読む　観音経講話・如来寿量品提唱』、大法輪閣、2003
3. 中村元訳『ブッダ最後の旅　大パリニッバーナ教』、岩波文庫、1980
4. 旧約聖書翻訳委員会訳『旧約聖書XII　ヨブ記　箴言』、岩波書店、2004
5. 奥田治之、祖父江義明、小山勝二『天の川の真実　超巨大ブラックホールの巣窟を暴く』、誠文堂新光社、2006
6. 西嶋和夫『現代語訳正法眼蔵』、金沢文庫、1993〜1995
7. 三枝充悳『法華経現代語訳　全』、第三文明社、1978
8. 布施哲治『たとえば、銀河がどら焼きだったら？』、日本評論社、2008
9. チャールズ・S・コケル著、大藏雄之助訳『不都合な生命　地球2億5000万年銀河の旅』、麗澤大学出版会、2009
10. 福江純『カラー図解宇宙のしくみ』、ゼロからのサイエンス、日本実業出版社、2008
11. 小室直樹『日本人のためのイスラム原論』、集英社インターナショナル、2002
12. アーヴィン・ラズロ著、吉田三知世訳『叡知の海・宇宙』、日本教文社、2005

著者
佐々木賢二
京都大学薬学部卒業、徳島大学医学部卒業
横浜市大病院、横浜南共済病院、横浜船員保険病院に
勤務後、横浜市港北区にて内科小児科クニックを開業

イラスト・装丁
こよみ丸（高山裕美子）
日本女子大学文学部国文科卒業、蓼科在住
自然をテーマに文章をつづるほか、2009年秋より
「絵ものがたる」として絵を描きはじめる
ワンダーおはなし館『なくしものの たに』（世界文化社）

宮澤賢治《みやざわけんじ》『銀河鉄道《ぎんがてつどう》の夜《よる》』の真実《しんじつ》を探《さぐ》って

2011年 5月 30日　発　行　　NDC909

著　　者　佐々木賢二《ささきけんじ》
発 行 者　小川雄一
発 行 所　株式会社誠文堂新光社
〒113-0033　東京都文京区本郷3-3-11
電話　03-5800-5753（編集）
03-5800-5780（販売）
http://www.seibundo-shinkosha.net/
印刷・製本　株式会社大熊整美堂

ISBN978-4-416-91102-0